2.

BASTEI
LÜBBE
TASCHENBUCH

Weitere Titel der Autorin:

Der Duft des Sommerwindes

Titel auch als E-Book erhältlich

Über die Autorin:

Nach einer erfolgreichen Karriere im Marketing- und PR-Bereich zog Fiona Valpy 2007 nach Frankreich und verliebte sich in einen Einheimischen. Während sie mit ihrem Mann ein altes Bauernhaus renovierte, entdeckte sie nicht nur ihre Begabung zum Zement-Anmixen, sondern auch ihre Liebe zum Schreiben.

Fiona Valpy

HOCHZEITS-SOMMER

Roman

Aus dem britischen Englisch von
Freya Gehrke

BASTEI LÜBBE
TASCHENBUCH

BASTEI LÜBBE TASCHENBUCH
Band 17 366

Dieser Titel ist auch als E-Book erschienen

MIX
Papier aus verantwortungsvollen Quellen
FSC® C083411

Vollständige Taschenbuchausgabe

Deutsche Erstausgabe

Titel der englischen Originalausgabe: »The French for Always«
Originalverlag: Bookouture

Textredaktion: Stefanie Kruschandl, Hamburg
Titelillustration: © shutterstock/R-studio; © Masterfile/RF;
© shutterstock/tang
Umschlaggestaltung: Kerstin Osenau
Satz: Urban SatzKonzept, Düsseldorf
Gesetzt aus der Garamond
Druck und Verarbeitung: CPI books GmbH, Leck – Germany
Printed in Germany
ISBN 978-3-404-17366-2

5 4 3 2 1

Für Aline Wood,
eine äußerst elegante und versierte Brautmutter,
in Liebe.

Tanze, als würde niemand dir zusehen;
Liebe, als wüsstest du nicht um den Schmerz.
Sing, als könne niemand dich hören;
Lebe, als seist du im Himmel auf Erden.

Mark Twain zugeschrieben

1. *Kapitel:*

Das Ende

Vor gar nicht allzu langer Zeit in einem nicht so fernen Land stand ein ehrwürdiges Château auf der Kuppe eines Weinbergs, hoch über einem goldenen Fluss.

Es war eine heiße Sommernacht, und mit einem Seufzer der Erleichterung sank Sara aufs Bett und streckte die schmerzenden Beine über die glatte Kühle der Decke. In jeder Zelle ihres Körpers pochte die Müdigkeit. Sie griff zum Nachttisch, um den Wecker für morgen früh zu stellen – beziehungsweise *heute* früh; die Uhr zeigte bereits ein Uhr siebenundvierzig. Mittlerweile war sie seit – sie zählte es an den Fingern ab – über achtzehn Stunden mehr oder weniger ununterbrochen auf den Beinen, und in fünf Stunden würde es weitergehen.

Doch morgen würde es leichter werden, jetzt, da die Hochzeit selbst vorüber war. Sie musste nur noch den Sonntagsbrunch überstehen, für den aber größtenteils das Catering zuständig war, und dann würden langsam einige Gäste abreisen, wenn sie erst das Brautpaar in die Flitterwochen verabschiedet hatten. Brittany und Gary würden klappernd die Einfahrt hinab verschwinden, der Mietwagen vollgesprüht mit Rasierschaum und geschmückt mit Blechdosen und aufgeblasenen Kondomen, auf dem Weg zum Flughafen von Bordeaux für eine Woche an einem Strand in Thailand.

Die Hälfte ihrer ersten Saison auf Château Bellevue de Coulliac war geschafft, und langsam gewann Sara eine gewisse Sicherheit, was ihr neues Unternehmen betraf. Sie genoss es, Teil der Magie zu sein und Traumhochzeiten wahr werden zu lassen, hier in ihrem uralten steinernen Schloss auf einem Hügel über dem tiefen Tal der Dordogne. Es war wie aus dem Bilderbuch, ihr neues Leben hier in Frankreich mit Gavin, wie sie gemeinsam ihr Geschäft aufbauten und ihren Traum verwirklichten …

Aber woher kam dann dieses Gefühl zu ersticken, das sie in den ruhigeren Momenten überkam? Ein Gefühl, das sich noch dazu ständig zu steigern schien.

Es lag nicht nur an der drückenden Hitze und dem unablässigen Kreislauf von Ankunft, Hochzeit, Abreise und dann, direkt im Anschluss, Vorbereitungen für die nächste Veranstaltung. Wenn sie innehielt und nachdachte – was in den letzten hektischen Monaten zugegebenermaßen nicht besonders oft geschehen war –, beschlich sie der furchtbare, nagende Verdacht, einen riesigen Fehler begangen zu haben. Vielleicht den größten Fehler ihres Lebens, zumindest bis dato. Denn mit dem Umzug hierher hatte Sara alle Brücken hinter sich abgebrochen. Sie hatte ihre winzige Londoner Wohnung verkauft und sich von ihrem aufkeimenden Erfolg als selbstständige Landschaftsgärtnerin verabschiedet. Ohne einen Blick zurück war sie gegangen, die Augen fest auf das verführerische Versprechen einer sonnigen Zukunft in Frankreich gerichtet, auf das Eheleben mit Gavin, auf ein Zuhause, eine Familie …

Bisher hatte sie sich immer für vorsichtig und fähig gehalten. Doch diese Gewissheit wankte, und Zweifel fraßen sich wie Trockenfäule geradewegs in ihre Substanz und erschütterten ihr Selbstvertrauen. Es war eine impulsive Entscheidung gewesen, das sah ihr eigentlich gar nicht ähnlich. Wer wusste, was für schreckliche Katastrophen sie noch anrichten würde in den Jahren, die ihr bevorstanden?

Es lag auch nicht am Arbeitsaufwand, obwohl das hier härter war als alles andere, was sie in ihrem Leben gemacht hatte – und als Landschaftsgärtnerin mit einem eigenen kleinen Unternehmen hatte sie schon vorher das ein oder andere über harte Arbeit gewusst. Tatsächlich hatte sie es herrlich gefunden, sich in die praktischen Aufgaben zu stürzen: der Wirbel von Aktivitäten um die Renovierung, Inneneinrichtung und Instandhaltung der Gebäude, das Anlegen und die Umgestaltung der Gärten, um atemberaubende Kulissen für Hochzeitsfotos zu schaffen, während sie zugleich ihre Website und den Marketingplan ins Rollen brachten. Der Stolz über das Erreichte war jede Mühe wert.

Und nichts hatte in all der Aufregung eine vollkommenere Konzentration garantiert als die unverrückbare, beängstigende, in Stein gemauerte Deadline der ersten Hochzeit der Saison, die im Terminkalender auf sie gewartet hatte.

Sie rief sich in Erinnerung, dass ihr Aufbruch in dieses Abenteuer – die Möglichkeit, mit dem Mann, den sie liebte, auf diesem wundervollen Fleckchen Erde gemeinsam etwas zu erschaffen – eine einmalige, berauschende, erfüllende Gelegenheit war. Und absolut Furcht einflößend, wäre Gavin nicht an ihrer Seite gewesen. In den teilweise entmutigenden Tagen jenes ersten kalten, feuchten Winters, als jede Pore ihrer Körper von Baustaub verstopft und ihre Hände mit Blasen übersät und vernarbt von der ungewohnten Arbeit gewesen waren, hatten sie einander unermüdlich unterstützt und ermuntert.

Doch während sie sich das in Erinnerung rief, hob Sara unbewusst eine Hand an ihre Kehle, wie um die erstickende Panik zu lindern, die sich dort festgesetzt zu haben schien.

Erst nach Beginn ihrer ersten Hochzeitssaison hatte sie bemerkt, dass Gavin offenbar sein Ego streicheln musste, indem er Hunderte kleine Dinge an ihr auszusetzen fand, ihre Anstrengungen kritisierte und ihre Entscheidungen widerrief. Anfangs war es ihr unbedeutend erschienen, doch mit der Zeit – und zwar schon seit ihrem Umzug hierher vor zwei Jahren – hatte er ihr Selbstwertgefühl ebenso subtil wie unerbittlich untergraben. Es war nichts Auffälliges, nichts, was sie hätte benennen können, doch Stück für Stück hatte Gavin die Führung übernommen und ihre Partnerschaft in eine Diktatur verwandelt. Er traf einseitige Entscheidungen, überging ihre Vorschläge, verwarf ihre Pläne.

Natürlich traf sie eine Mitschuld. Hätte sie ihm das nicht zu Beginn durchgehen lassen, aus Respekt vor seinem überlegenen Wissen über die Eventbranche, würde sie jetzt vielleicht nicht daliegen und sich fühlen, als wäre ihre Stimme ihr völlig abhandengekommen.

Denn genau so fühlte es sich an, wenn sie es ehrlich betrachtete: Als würde, sobald sie das Wort ergriff, niemand mehr zuhören. Mittlerweile war es leichter, sich im Hinblick auf das Château einfach Gavins Anordnungen zu fügen und ihre kreative Energie stattdessen in den Garten fließen zu lassen. Dem schleichenden Verdacht, das Fundament ihrer Beziehung sei womöglich nicht ganz so fest wie gedacht, ging sie sorgsam aus dem Weg.

Davon abgesehen hatten sie ohnehin die meiste Zeit über so viel zu tun, dass zum Nachdenken kein Raum blieb. Nur in diesen sehr seltenen, kostbaren Momenten des Alleinseins kam die alte, fähige, selbstsichere Sara wieder an die Oberfläche und versuchte, sich Gehör zu verschaffen.

Das Problem war nur, dass dieser Tage nur noch Sara selbst ihr zuhörte.

Vielleicht war es also besser so, dass sie meistens zu beschäftigt war, um diese panischen Gedanken überhaupt von der Leine zu lassen. Sie musste ihre Energie auf die Gäste verwenden und dafür sorgen, dass jede Hochzeit perfekt verlief. Jede der Veranstaltungen hatte ihren ganz eigenen Charakter, durchdrungen von den Persönlichkeiten der einzelnen Teilnehmer, und es bereitete Sara echte Freude zu sehen, wie jedes Paar den Geschehnissen seinen eigenen Stempel aufdrückte. Sie alle ließen ihr persönliches Märchen wahr werden.

Die heutige Hochzeit allerdings war ein besonders hartes Stück Arbeit gewesen. Die Mutter der Braut, Mrs Nolan, war eine Glucke, die nicht fähig war, Sara und Gavin in Ruhe ihre Aufgaben erledigen zu lassen. Ständig tauchte sie hinter Sara auf und ergänzte die ohnehin schon lange Liste von Sonderwünschen ihrer Tochter um weitere Anforderungen.

»Entschuldigen Sie bitte vielmals, aber haben Sie vielleicht etwas pinkes Schleifenband? Es ist so, Brittany will, dass Melanie ihre Bitsy mit durch den Mittelgang führt, aber wir haben nur die gelbe Leine dabei. Und Gelb würde sich ganz fürchterlich mit den Kleidern der Brautjungfern beißen. Nein, nicht so ein Blassrosa, eher in Richtung Cerise ... Oh, nun ja, wenn das alles ist, was Sie haben, dann werden wir uns wohl damit abfinden müssen. Aber gefallen wird Brittany das nicht.« Letztendlich war es Sara doch noch gelungen, in einer Schublade voller Geschenkpapier ein Stück leuchtend pinkes Schleifenband auszugraben, und Brittanys persönliche Sonne war zumindest hinter dieser dräuenden schwarzen Wolke wieder hervorgetreten.

In der Kapelle hatte es einen nervenzerreißenden Augenblick gegeben, als der Trauzeugin Melanie der pinke Stoffstreifen aus der Hand gerutscht war, den sie am Paillettenhalsband von Brittanys handtaschengroßem Chihuahua Bitsy befestigt hatten. Der kleine Hund hatte die Flucht ergriffen und es beinahe durch die Tür nach draußen geschafft. Zum Glück war Gavin mit seinen schnellen Reflexen zur Stelle gewesen und hatte Bitsy zurück in die wartenden Arme von Melanie mit ihrem üppig zur Schau gestellten Dekolleté befördert, begleitet von einem leisen Murren: »Man sollte nie mit Kindern oder Tieren arbeiten ...«

Mrs Nolan war nicht nur eine Glucke, sie war auch ein Plappermaul. Sara klingelten immer noch die Ohren von dem wahllosen Wortschwall, der sie über einen Großteil des Tages begleitet hatte. »Wir wollten natürlich nach Colchester, aber Brittany hat gesagt: ›Nein, Mum, das ist mein großer Tag, das muss an einem besonders exklusiven Ort sein.‹ Und mit einem Namen wie ihrem musste es natürlich Frankreich sein. Wir haben sie nach dem Ort benannt, an dem sie gezeugt wurde, wissen Sie.«

»Wie schön«, hatte Sara höflich geantwortet, die nur halb zugehört hatte, während sie Teller in den Geschirrspüler geräumt hatte. »Sie haben Brittany also nach der Region benannt.«

Verständnislos hatte Mrs Nolan sie angeblickt.

»Nein, Liebes – nach der Fährgesellschaft. Die erste Nacht unserer Flitterwochen, die Überfahrt von Portsmouth nach

Santander, und dann sind wir für zwei Wochen runter an die Costa Blanca gefahren. Damals gab es noch nicht all diese Billigflüge, und das war natürlich, bevor Dereks Firma groß geworden ist, deshalb hatten wir nicht wirklich viel Geld übrig. Unsere kleine Prinzessin weiß gar nicht, was für ein Glück sie hat, dass sie in *ihren* Flitterwochen bis nach Bangkok und weiß Gott wohin fliegen kann.«

Dann hoffen wir lieber, dass ihr erstes Kind nicht ebenfalls in der ersten Nacht gezeugt wird, hatte Sara gedacht und war nach draußen gegangen, um die Floristin zu empfangen und die Blumenarrangements in der Kapelle zu überwachen, genau nach Mrs Nolans detaillierten Anweisungen.

Im Gegensatz zu seiner geschwätzigen Frau war Mr Nolan kein Mann vieler Worte. Er hatte in der Logistikbranche ein Vermögen gemacht, das seine Frau und seine Tochter nun nach Kräften verpulverten. Den Morgen hatte er in einem Liegestuhl im Schatten einer Zeder verbracht, mit der verzweifelten Miene eines Mannes, der dazu verdonnert worden war, für seine Tochter eine Hochzeitsansprache zu halten, während er viel lieber mit seinen Kumpels bei einem Bierchen in der Dorfkneipe gesessen hätte. Doch er hatte sich der Situation gewachsen gezeigt und eine liebevolle und witzige Ansprache gehalten. Nur ein einziges Mal hatte er auf das düstere Schicksal (bestehend aus einem verschlossenen Raum und einem Gewehr) angespielt, das Gary erwarten würde, sollte er sich nicht so um Brittany kümmern, wie sie es gewohnt war.

Sara streckte ihre schmerzenden Beine und ließ die Füße kreisen, in der Hoffnung, ihre Gelenke etwas zu lockern. Diese Hitze brachte sie noch um. Aber natürlich war das perfektes Hochzeitswetter, und auch das war es, wofür die

Leute bezahlten, wenn sie sich für eine Hochzeit in einem französischen Château entschieden. Hier waren die Chancen auf einen wunderschönen Sonnentag einfach wesentlich größer als in England. Bei Temperaturen um die dreißig Grad zu arbeiten, war allerdings kräftezehrend.

Als sie vorletztes Jahr mit Gavin hierher gezogen war, hatten sie die Sonne bei jeder Gelegenheit gesucht. Die ungewohnte Empfindung von Wärme auf der Haut war purer Genuss gewesen, und sie hatten sich eine gesunde, strahlende Bräune zugelegt bei ihrem Projekt, das Château in die perfekte Hochzeitskulisse zu verwandeln. Die Begeisterung war groß gewesen: Wer hätte je gedacht, dass sie sich diesen wunderschönen Ort leisten könnten? Doch sie hatten es geschafft, mit jedem Penny ihrer gesammelten Ersparnisse, Gavins Erbschaft und dem Geld aus dem Verkauf von Saras Wohnung – und harten Preisverhandlungen.

Wie Gavin schadenfroh angemerkt hatte, bot selbst eine weltweite Finanzkrise einigen Glücklichen erstklassige Gelegenheiten. Es war ein Käufermarkt, und der Eigentümer des Châteaus hatte es verzweifelt abstoßen wollen. Nachdem er die Hälfte der so dringend benötigten Renovierungsarbeiten durchgeführt hatte, war ihm klar geworden, dass er sich mit diesem Projekt übernommen hatte. Und so gehörte Château Bellevue de Coulliac nun auf wundersame Weise ihnen, und sie waren auf bestem Wege, hier draußen ein erfolgreiches Veranstaltungsunternehmen aufzubauen.

Und nächstes Jahr, zum Abschluss ihrer hoffentlich gelungenen zweiten Saison, würden sie ihre persönliche Märchenhochzeit in ihrem eigenen französischen Schloss feiern, umringt von einigen der besten Weinberge der Welt …

Eigentlich hätte Sara also übersprudeln sollen vor glückseliger Vorfreude, genau wie all die anderen Bräute, die sie diesen Sommer hatte kommen und gehen sehen. Doch stattdessen erfüllte sie diese düstere Vorahnung, dieses Gefühl, ungehört zu ersticken. Ganz zu schweigen von ihrer Sehnsucht nach körperlicher Zuneigung, die sich schmerzhaft in ihrem Brustkorb festgesetzt hatte.

Natürlich war es wenig überraschend, dass Gavin nicht mehr die Energie hatte, mit ihr zu schlafen – so hart und so lange, wie er arbeitete. In den Anfangstagen, berauscht vom Sonnenschein und der allumfassenden Abenteuerstimmung, hatte sie sich ihm näher gefühlt als je zuvor. Als wäre es ihr gelungen, den Schatten ihrer Vergangenheit davonzulaufen – ihrer unglücklichen Kindheit, den gescheiterten Beziehungen – und gemeinsam mit ihm in eine neue Welt zu entfliehen. Eine Welt, in der Liebe und Freude schlichte Geschenke waren, die einem in dieser atemberaubend schönen Kulisse Tag für Tag zuteilwurden. Sie versuchte, sich zu erinnern, wann sie zuletzt so beieinandergelegen hatten. Wie seine sonnenwarme Haut sich auf ihrer angefühlt hatte, wie seine Arme, kräftig und tief gebräunt nach tagelanger Arbeit im Freien, sie hielten …

Vielleicht würde es wieder anders werden, wenn sie ihre erste Saison erfolgreich hinter sich gebracht hatten.

Sie setzte sich auf und begann, etwas Handcreme in ihre von der Arbeit rauen Hände einzumassieren. Vorsichtig schob sie ihren Verlobungsring hin und her, der in der Hitze etwas eng auf ihrem geschwollenen Finger saß. Dann schaltete sie die Nachttischlampe neben sich aus. Die auf Gavins Seite würde sie brennen lassen, bis er es auch endlich ins Cottage schaffte. Für die Dauer der Saison waren sie in dieses einfache kleine Steinhaus gezogen. Mit seinem beengten

Schlafzimmer und dem dazugehörigen Wohn-Esszimmer samt Küchenzeile schmiegte es sich hinter dem Château an die Mauern des Gemüsegartens. Im Augenblick waren die Beete ein einziger Unkrautdschungel, der sich fest in den schweren, von der Sonne zementhart gebackenen Lehmboden krallte. Hier wuchs außer dem altehrwürdigen, flechtenüberzogenen Birnbaum in der Ecke und einigen Kräutern, die sie in einen alten Steintrog gepflanzt hatte, nichts Brauchbares. Doch im kommenden Winter plante Sara, sich an die Arbeit zu machen und einen richtigen kleinen *potager* anzulegen, mit Obstbäumen und ordentlichen Hochbeeten voller Gemüse, pünktlich zur nächsten Saison.

Während sie so dalag und darauf wartete, endlich einzuschlafen, schien die Hitze sie von allen Seiten zusammenzupressen. In der heißen Nachtluft hing ein schwefliger Hauch französischer Abwässer, eine Erinnerung daran, dass das Waschbecken im winzigen Bad des Cottages schon wieder verstopft war. Ihre oberste Priorität waren die Gästeunterkünfte gewesen, die schnellstmöglich perfekt instand gesetzt werden sollten. Ihr eigenes Sommerlager hatte daher warten müssen, und so gab es im Cottage nur das Nötigste. Morgen würde sie wieder mal die Verstopfung beseitigen müssen – eine weitere Aufgabe auf ihrer ohnehin schon langen Liste.

Die Disco in der Scheune, bei der Gavin den DJ gegeben hatte, war vor einer halben Stunde verstummt, also würde er hoffentlich bald zu ihr ins Bett kommen. Außer, er machte es sich mit einigen der hartgesotteneren Hochzeitsgäste gemütlich und blieb an einer weiteren Flasche Whiskey hängen. Das war schon ein paarmal passiert. Doch als Sara angemerkt hatte, ob das denn so klug sei – immerhin mussten sie am nächsten Morgen früh wieder raus und sich ihren Pflichten widmen –, hatte er nur gelacht. Er hatte ihr erklärt, sich unter die Gäste zu mischen sei ein unerlässlicher Teil des Geschäfts, gut für die Öffentlichkeitswirkung, das alles gehöre zu seinem Job. Morgen würde sie als Erste aufstehen, um den Frühstückstisch für eventuelle Frühaufsteher unter den Gästen zu decken. Gavin würde sie ein oder zwei kostbare zusätzliche Stunden Schlaf gönnen.

Mit einem leisen Seufzer der Erleichterung schloss Sara die Augen und schob die Beine auf eine kühlere Stelle des Baumwolllakens. Sie ließ die Müdigkeit aus ihrem Nacken und ihren Schultern hinabsickern, und langsam kamen ihre wirbelnden Gedanken zur Ruhe.

Doch dann seufzte sie gleich noch einmal, diesmal genervt, als jemand an die Tür des Cottages klopfte.

Sie atmete tief durch, hievte ihre schweren Beine wieder aus dem Bett und zog sich einen Morgenmantel über.

»Gav? Sara? Ich bin's, Brittany.«

Sara öffnete die Tür und sah sich der Braut gegenüber, angetan mit einem knappen Negligé für die Hochzeitsnacht, aus pfirsichfarbenem Satin mit schwarzen Spitzenapplikationen. »Tut mir leid, dass ich so spät noch störe, aber ich hab gesehen, dass bei euch noch Licht brennt. Es ist wegen Bitsy. Sie musste mal Pipi machen, deshalb hab ich sie kurz rausgebracht, aber jetzt ist sie weggelaufen. Ich weiß nicht, was in sie gefahren ist, das macht sie zu Hause nie. Könnte Gavin mir vielleicht helfen, sie zu suchen?«

»Er ist noch nicht wieder hier, wahrscheinlich räumt er noch in der Scheune auf. Na komm, ich helfe dir bei der Suche. Keine Sorge, sie ist bestimmt nicht weit.« Sara holte eine Taschenlampe aus der Kommode und band sich den

Gürtel ihres Morgenmantels (weiße Baumwolle, nicht annähernd so exotisch wie Brittanys Outfit) fest um die Taille.

Vorsichtig machten sie sich auf den Weg, den Pfad entlang und dann über die Wiese, während Sara mit der Lampe unter Büsche und Bäume leuchtete.

»Bitsy! Hier, Itsy-Bitsy!«, rief Brittany.

»Psst, ruf lieber leiser nach ihr.« Sara hielt einen Finger vor die Lippen. »Die meisten schlafen mittlerweile wahrscheinlich.«

Auf Zehenspitzen suchten sie weiter, bis sie unvermittelt ein leises Kläffen aus der Gegend des Swimmingpools hörten.

»Das ist sie!« Brittanys besorgte Miene verwandelte sich in einen freudigen Gesichtsausdruck.

»Na dann los, aber ganz leise jetzt. Wir wollen ja nicht, dass sie wieder wegläuft.«

Sie schlichen sich über den Schotterpfad, und sachte hob Sara den Riegel des Tors in der Absperrung rund um den Pool.

Doch als sie den Strahl der Taschenlampe über das Pflaster sandte, erstarrte sie vor Entsetzen. Sie blieb so abrupt stehen, dass Brittany von hinten gegen sie stieß. Denn auf einem der Liegestühle war ein Pärchen in einer äußerst intimen Position zu sehen, das gerade stoßend und keuchend zum Höhepunkt kam. Das Licht fing eine verlassene Champagnerflasche ein, die umgekippt dalag, die achtlos zerknüllte kirschrote Seide eines Brautjungfernkleids und dann Bitsys fröhlich glitzerndes Paillettenhalsband.

Der winzige Hund rammelte eifrig den Fuß des Mannes, der auf Melanie lag. Einen Fuß, der in einem markanten Sebago-Schuh steckte. Rosa, blaues und lavendelfarbenes Leder. Und weil er dieses Modell als seine Discotreter bezeichnete, wusste Sara sehr genau, dass der Schuh ihrem eigenen Verlobten gehörte – der nun plötzlich ihr Exverlobter war.

2. Kapitel:

Der Morgen nach der Nacht davor

Was Etikette betraf, gab es nicht viel, was Sara nicht wusste. Über dieses Thema besaß sie einen ganzen Stapel Bücher. Sie wusste, wie man eine Hochzeitseinladung formulierte, wie man eine Sitzordnung erstellte, auf welcher Seite der Kirche man die Familie der Braut und auf welcher die des Bräutigams zu platzieren hatte. Sie wusste auch bei den kompliziertesten Gedecken, welches Besteck und welche Gläser zu verwenden waren, und sie wusste (nur für den Fall!), wie man einen Herzog oder eine Herzogin korrekt ansprach.

Aber was sahen die Anstandsregeln für die Betreuung eines Nach-Hochzeitsbrunchs vor, wenn man gerade seinen Verlobten dabei erwischt hatte, wie er eine der Brautjungfern vögelte? Sie hatte den Verdacht, dass die angemessene Verhaltensweise in dieser Situation nichts war, das sie in einem ihrer Bücher nachschlagen könnte.

Doch selbst Sara war klar, wie die oberste Regel in diesem Geschäft lautete: Die Show muss weitergehen. Heute waren nicht Gavin und sie wichtig, sondern nur, dass die Nolans bekamen, wofür sie bezahlt hatten, und dass Brittany und Gary freudestrahlend in die Flitterwochen geschickt wurden. Also goss sie sich mit zittriger Hand einen Kaffee ein und versuchte, einen klaren Kopf zu bekommen.

Albtraum! Albtraum! Albtraum! Sie presste beide Hände

gegen die Schläfen und wusste genau, wie die Gestalt in diesem Gemälde »Der Schrei« von Munch sich fühlte.

Mit einem tiefen Atemzug versuchte sie erneut, sich in den Griff zu kriegen. Sie musste die Flut der Gedanken aussperren, die in Wogen der Abscheu und Panik immer wieder über sie hereinbrach: die Bilder von Gavin und Melanie auf dem Liegestuhl letzte Nacht, bei denen ihr körperlich schlecht wurde; der weißglühende Zorn auf ihn, dass er sie in diese Situation gebracht hatte; die Erniedrigung – *oh, die Erniedrigung!* – und das schiere blinde Entsetzen bei der Frage, was das für ihre Zukunft, ihre Karriere, ihr Leben bedeutete … Eine Mischung aus Erschöpfung und koffeinbefeuertem Adrenalin ließ ihre Finger beben, als sie ihren Kaffeebecher umfasste und einen weiteren Schluck nahm.

Es kostete sie jedes Fünkchen ihrer verbliebenen Kraft, aber sie schob ihre Emotionen beiseite und versuchte, klar zu denken. Schließlich waren sie und Brittany die Einzigen, die Bescheid wussten (obwohl sie es höchstwahrscheinlich Gary erzählt hatte, der es dann seinen Kumpels berichten würde, prustend vor Lachen … *Nein, schieb diesen Gedanken beiseite!*), also war es wohl die beste Taktik, Ruhe zu bewahren und weiterzumachen, getreu dem bewährten britischen Motto *Keep calm and carry on*. Sie würde einfach hoch erhobenen Hauptes die Getränke für den Brunch abklären und danach mit dem Kaffee die Runde machen (während jeder im Raum sich ins Fäustchen lachte oder, womöglich noch schlimmer, sie bemitleidete …).

Verzweifelt ließ sie wieder den Kopf in die Hände sinken. Es war unmöglich. Das konnte sie nicht allein durchstehen. Es wurde Zeit, einen ihrer Rettungsanker zu werfen und eine Freundin anzurufen.

Sie griff nach dem Telefon und wählte. »Karen? Ja, ich bin's. Hör mal, tut mir *wirklich* leid, dass ich dich zu so nachtschlafender Zeit anrufe. Ich weiß, heute ist dein freier Tag, aber ich habe mich gefragt, ob du mir vielleicht einen Riesengefallen tun könntest ...«

»Hinsetzen. Trink was. Iss was. Und wenn du so weit bist, erzähl.« Nie war Sara dankbarer gewesen für Karens hemdsärmelige, unverblümte australische Sachlichkeit als in diesem Augenblick. Gehorsam zog sie sich auf der Terrasse vor dem Cottage einen Stuhl an den Tisch und nahm den Becher Tee in die Hände, den Karen vor sie hingestellt hatte.

»Entschuldige, könnte sein, dass ich erst mal heulen muss.« Sara fummelte nach einem Taschentuch und tupfte die Tränen fort, die plötzlich überzulaufen drohten. »Bitte sei nicht nett zu mir, sonst kann ich nicht wieder aufhören.«

Karen war fantastisch gewesen. Sie hatte keinerlei Erklärung verlangt, warum Sara sie zu einer so gottlosen Zeit an einem Sonntagmorgen anrief. Mittlerweile kannte sie ihre Chefin gut genug, um zu wissen, dass es ein echter Notfall sein musste, und man brauchte kein Genie zu sein, um zu erraten, dass es etwas mit Gavin zu tun hatte. Schätzungsweise war Karen schon längst klar gewesen, dass die Beziehung nicht mehr so idyllisch verlief, wie es den Anschein haben mochte. Eine Stunde später war sie da gewesen und hatte die Organisation des Brunchs übernommen. Und als Mrs Nolan verlangt hatte, mit Sara über den ungeklärten Verbleib der Transportschachtel für die restliche Hochzeitstorte zu sprechen, hatte Karen ihr bestimmt mitgeteilt: »Tut mir leid, Sara hat gerade ein paar Stunden Pause. Lassen Sie mich sehen, was ich auftreiben kann.«

Gavin war Sara komplett aus dem Weg gegangen, aber im Grunde war sie dafür dankbar. Es würde ein Showdown stattfinden müssen, aber es war unendlich viel besser, damit zu warten, bis die Gäste abgereist waren. Vorhin hatte sie ihn aus der Ferne gesehen, wie er den Pool gereinigt hatte (und vermutlich die Liegestühle wieder ordentlich hingestellt und die leere Champagnerflasche mit Dutzenden anderen in die Altglastonne gebracht). Ganz locker hatte er mit ein, zwei Gästen geplaudert, die gekommen waren, um sich eine erfrischende Runde im Wasser zu gönnen. Tatsächlich legte er eine ziemlich gute Show hin, scheinbar völlig unbekümmert, ob irgendjemand über seine nächtlichen Aktivitäten Bescheid wusste. Und als sie ihm so aus dem Küchenfenster zugesehen hatte, war die schreckliche Erkenntnis in Sara aufgekeimt, dass er in dieser Angelegenheit wahrscheinlich einige Übung besaß ... Sein regelmäßiges Verschwinden nach den bisherigen Hochzeiten hatte womöglich mehr beinhaltet als bloß einen Schlummertrunk in der Scheune mit den letzten verbliebenen Gästen.

Dank Karen hatte Sara zwei ruhige Stunden gehabt, um zu versuchen zu begreifen, was geschehen war. Als sie hierhergezogen waren, hatte sie geglaubt, ihre Beziehung mit Gavin sei so solide wie der Gesteinssockel, auf den das Château gebaut war. Aber war sie das wirklich gewesen? Die leisen Zweifel in Saras Hinterkopf hatten sich zu einem ohrenbetäubenden Getöse verstärkt, während sie ihre Verlobung im Licht der schrecklichen Entdeckung von letzter Nacht betrachtete. Ein Licht, das so unvorteilhaft war wie die Spots in einer Topshop-Gemeinschaftsumkleide.

Sie und Gavin hatten sich gut ein Jahr gekannt, bevor sie den Schritt nach Frankreich gewagt hatten. Begegnet waren sie sich, als Sara ein Landschaftsbauprojekt auf dem Gelände einer imposanten Villa geplant hatte, in der seine Firma die Veranstaltung für eine Produkteinführung betreute. Ihr Geschäft kam gerade immer mehr in Gang, mit einer soliden Kundenbasis, deren elegante Londoner Gärten sie regelmäßig pflegte, und ab und an einem größeren Projekt obendrauf. Gavin hingegen spürte eine wachsende Frustration darüber, für andere Leute zu arbeiten. Außerdem fürchtete er, für seinen Job könnte bald die Stunde schlagen, da die Wirtschaftskrise zu greifen begann. Überall wurden die Veranstaltungsbudgets gekürzt, und die Londoner Unternehmen warfen nicht mehr so mit dem Geld um sich.

Er war derjenige, der es kaum erwarten konnte, aus der Stadt wegzukommen, und er überredete sie zu dem Umzug. Mit seinem Heiratsantrag zerstreute er auch die letzten Zweifel, die sie noch gehabt hatte, was die Entscheidung anging, ihr Unternehmen in diesem Stadium aufzugeben. (»Die Verlobungszeit wird wohl etwas länger sein müssen«, erklärte er, »aber dafür kannst du am Ende deine persönliche Hochzeit in dem Château feiern, das wir mit eigenen Händen erschaffen haben. Stell dir das mal vor!«) Und ihr Widerstand schmolz dahin.

Denn trotz der Tatsache, dass sie kurz zuvor »Männer sind vom Mars, Frauen von der Venus« gelesen hatte – was höchst erhellend im Hinblick auf die grundsätzlich männliche Angewohnheit gewesen war, sich von Zeit zu Zeit in eine Höhle zurückzuziehen –, war ihr eins entgangen. Während der Satz »Lass uns heiraten« auf Venusianisch bedeutete: »Du bist die schönste Frau der Welt; ich will dich, ich brauche dich, ich will mein Leben mit dir verbringen«, hieß er auf Marsianisch grob übersetzt nichts anderes als: »Du scheinst ein Arbeitstier zu sein; ich will deine Wohnung, ich brauche dein Geld, für ein Jahr oder so bin ich dabei.«

Sie hatte geglaubt, diesmal jemanden gefunden zu haben, dem sie wirklich vertrauen konnte. Einen Mann, der anders war als diejenigen, denen sie bisher begegnet war. Einen, der sich nicht vor Verbindlichkeit fürchtete (diesem verbotensten aller Worte). Doch jetzt, im grellen Schein der französischen Sonne, das Bild der vergangenen Nacht unwiderruflich in ihr Gedächtnis gebrannt, gestand Sara sich widerstrebend ein, dass in ihrer Beziehung tatsächlich schon seit einiger Zeit nicht mehr alles in Ordnung gewesen war.

Hätten sie nicht die monumentale Ablenkung des Umzugs hierher gehabt, wären sie dann in London überhaupt zusammengeblieben? Ihr kam der unangenehme Verdacht, dass der Reiz des Neuen für Gavin bereits damals zu verfliegen begonnen hatte ... Das war doch ein klassischer Beziehungsfehler, oder? Aber während andere in einer solchen Situation versuchten, die Beziehung durch paradoxe Maßnahmen wie Heirat oder Kinderkriegen zu kitten, hatte sie ihr gesamtes Erspartes in ein Furcht einflößendes Mammutprojekt in einem fremden Land gesteckt.

Es sah ihr überhaupt nicht ähnlich, so waghalsig zu handeln. Normalerweise war sie übervorsichtig, sowohl bei der Arbeit als auch in Beziehungen. Aber vielleicht, gestand sie sich zögernd ein, hatte auch ihr dreißigster Geburtstag sein Scherflein dazu beigetragen, dass sie den Sprung ins kalte Wasser mit Gavin gewagt hatte.

Und sie hatte sich immer danach gesehnt – mehr als nach allem anderen –, sich ein eigenes Zuhause aufzubauen. Eine ihrer lebhaftesten Kindheitserinnerungen war, wie sie am Schultor stand, lange nachdem die letzten Eltern ihre Kinder eingesammelt hatten. Während ein leichter Nieselregen einsetzte, wurde ihr klar, dass sie vergessen worden war. Nach der Scheidung ihrer Eltern waren immer noch alle dabei, sich an die neue Routine zu gewöhnen, und Sara wechselte zwischen den beiden Wohnungen hin und her, von denen sich für sie keine wie ein Zuhause anfühlte. Es war der erste Freitag nach den Ferien, und eigentlich hätte sie von ihrer Stiefmutter abgeholt werden sollen. Als Lissy also nicht auftauchte, beugte die elfjährige Sara sich hinunter, zog sich die Schulsocken hoch, warf sich die schwere Tasche voller Wochenend-Hausaufgaben über die Schulter und marschierte los.

Sie hatte kein Geld, und das Sekretariat war bereits geschlossen, sodass sie auch von dort nirgends anrufen konnte. Also lief sie durch die Straßen von Südlondon, den Kopf gegen die mit jeder Minute dicker und kälter werdenden Tropfen gesenkt. Unermüdlich stapfte sie voran, während ihre Tasche beinahe so schwer auf ihren Schultern lastete wie das Gefühl auf ihrem Herzen, durch die Löcher im Netz ihrer Familie gerutscht zu sein.

Sie duckte sich in einen Ladeneingang, um einer Rotte von Jungen auszuweichen, die laut und ungestüm die Freiheit des Freitagabends feierten. Busse rauschten an ihr vorbei und spritzten schlammiges Wasser aus dem Rinnstein auf ihre durchnässten Schuhe, hell erleuchtet in der Dämmerung. Noch einmal fasste sie in ihre Taschen, nur für den Fall, dass sich dort doch noch ein oder zwei wundersame Münzen verbargen, um den Fahrpreis zu bezahlen, obwohl sie bereits wusste, dass es hoffnungslos war. Unauffällig schlängelte sie sich zwischen anderen Passanten entlang, die zielgerichtet ihren Weg nach Hause verfolgten, wo es warm war und das Abendessen auf sie wartete und Menschen, denen sie gefehlt hatten.

Sicherheitshalber machte sie einen Abstecher zur neuen Wohnung ihrer Mutter, nur für den Fall, dass sie zu Hause war, auch wenn Sara heute nicht bei ihr eingeplant war. Leer hörte sie die Klingel durch die Wohnung hallen, blieb aber trotzdem ein paar Minuten stehen, tief in den Schutz des Türrahmens gedrückt. Mittlerweile regnete es in Strömen, und sie war nass bis auf die Haut. Auf ihren Wangen mischten sich warme Tränen in die kalten Regentropfen.

Als sie sich wieder auf den Weg machte, schmatzten ihre Schuhe mit jedem Schritt die Treppe hinab. Weiter ging es durch die Straßen, die letzten zwei Meilen unter dem Licht der Straßenlaternen bis zu dem Haus, in dem Dad jetzt mit Lissy und ihrer Tochter Hannah lebte, die noch im Kindergartenalter war. Und mit jedem Schritt schwor Sara sich, dass sie in der Schule hart arbeiten und sich so bald wie möglich eine Arbeit besorgen würde, damit sie sich ein eigenes Zuhause schaffen konnte und sich nie, nie mehr in einer solchen Situation wiederfinden musste.

Während ihres Marschs beschloss sie, dass sie einen Haustürschlüssel verlangen würde. Außerdem würde sie um ein Handy betteln und sich von ihrem Taschengeld einen Notgroschen für ein Busticket zurücklegen, den sie immer bei sich tragen würde. Ihre eiserne Entschlossenheit, unabhängig zu sein, und die Sehnsucht nach einem Zuhause, das nur ihr gehörte, rührten von jenem einen schrecklich einsamen Abend her.

Noch heute erinnerte sie sich an den Ausdruck des Schocks auf Lissys Gesicht, als sie schließlich die Tür geöffnet und Sara dort vorgefunden hatte, tropfnass und völlig verstört. »O Gott, das hab ich ja völlig vergessen. Ich sollte dich abholen. Sag deinem Dad nichts davon, ja? Er hat schon genug um die Ohren mit allem, was da auf der Arbeit gerade los ist, und dann stellt deine Mum sich auch noch so an wegen der Alimente. Geh nach oben und zieh dich um. Ich hole dir den Fön. Hannah, lass Sara in Frieden.« Mühsam hatte sie Hannahs pummelige Ärmchen von Sara gelöst, die mittlerweile äußerst ungelegen auf den Flurteppich tropfte. »Na komm, du musst noch dein Abendessen aufessen.«

»Lissy, könnte ich ab und zu Hannah für dich babysitten? So als bezahlten Nebenjob, meine ich?«

»Sei nicht albern, dazu bist du viel zu jung!«, hatte ihre gestresste Stiefmutter entgegnet, obwohl sie Hannah durchaus manchmal in Saras Obhut ließ, wenn sie »nur mal kurz einkaufen« ging.

Durch das dunkle, regennasse Fenster hatte Sara auf den kleinen, zerzausten Rasenfleck gestarrt, der dahinter lag. Weder Lissy noch ihr Dad hatten Zeit oder Lust, sich darum zu kümmern. »Wie ist es dann mit dem Garten, könnte ich den machen? Du müsstest mir auch gar nicht viel bezahlen. Ich kann den Rasen mähen und die Kanten schneiden. Unkraut jäten. Vielleicht ein paar Blumen für dich anpflanzen.«

Zweifelnd hatte Lissy sie angesehen. »Du bist mir vielleicht eine! Wenn ich nicht wüsste, dass du elf bist, würde ich sagen, du gehst stark auf die dreißig zu. Aber ja, in Ordnung, wenn du wirklich einen Job willst, dann können wir uns sicher einigen. Aber jetzt ab nach oben und raus aus den nassen Klamotten, bevor dein Dad nach Hause kommt.«

Und so hatte Sara ihre erste Kundin gefunden. Still und leise hatten sich das Kleingeld und später – als sie bewiesen hatte, dass sie gute Arbeit leistete, und auch die Gärten von einigen von Lissys Freundinnen übernommen hatte – die Scheine gestapelt. Zuerst in einem Glas unter ihrem Bett und dann in einem Bausparvertrag, sich über die Jahre langsam vermehrend, bis sie schließlich aus eigener Tasche die Kaution für eine eigene Wohnung hatte zahlen können.

Sara schüttelte den Kopf, um diese alten, schmerzhaften Bilder loszuwerden. Wütend versetzte sie sich innerlich einen Tritt, dass sie ihre hart erkämpfte Unabhängigkeit so gedankenlos an Gavin verspielt hatte. Sie hatte sich geschworen, nicht dieselben Fehler zu begehen wie ihre Eltern. Deren Scheidung und die folgenden zweiten Ehen waren weitere unglückliche Meilensteine auf dem Pfad ihrer Kindheit.

Und die Ironie war ihr durchaus bewusst: Vor dem Kauf des Châteaus hatte sie nur zwei Hochzeiten miterlebt – die ihrer Mutter mit ihrem Stiefvater und die ihres Dads mit Lissy. Ein Ende wie im Märchen, »sie lebten glücklich bis ans Ende ihrer Tage«? Nicht in ihrer bitteren Erfahrung. Weshalb es ein umso größerer Sprung ins kalte Wasser gewesen war, Gavins Antrag anzunehmen, verlockt von einem Versprechen auf das Heim ihrer Träume und ihre eigene Märchenhochzeit. Doch jetzt sah es aus, als sei sie geradewegs in einen weiteren kolossalen Fehler gestolpert, und diesmal hatte sie ihn ganz allein fabriziert. *Tja, von der Ehe habe ich jedenfalls definitiv genug*, dachte sie wütend. Selbst wenn sie, Gipfel der Ironie, ihren Lebensunterhalt damit verdienen musste, die Hochzeiten anderer Leute zu organisieren.

Karen schob ihr einen Teller mit Keksen zu. »Komm schon, Sara, in solchen Zeiten musst du bei Kräften bleiben.«

Vom Parkplatz her drang eine Kakophonie aus Gejohle

und Jubelrufen an ihre Ohren: Das Brautpaar stand kurz vor der Abreise, und die Brunchgäste ließen es sich nicht nehmen, die beiden Neuvermählten zu verabschieden. Danach würde die Menge sich langsam verlaufen, die Leute würden zurückkehren in die Gästehäuser und Ferienvillen, in denen sie wohnten. Einige würden aufbrechen, um ihre Flüge zu erwischen, oder die Fahrt Richtung Norden antreten, bis nur noch die Nolans und ein paar enge Freunde und Verwandte übrig wären, die noch eine Nacht im Château bleiben und dann am nächsten Morgen abreisen würden.

»Soll ich nicht doch lieber hierbleiben und das Abendessen übernehmen?«, fragte Karen und tätschelte Sara die Hand.

»Nein, ich komme schon zurecht. Viele sind es nicht mehr, und es ist ja bloß ein kaltes Buffet.«

»Na ja, diese Trauzeugin verschwindet jedenfalls auch heute Nachmittag. Ich hab gehört, wie sie gejammert hat, dass sie morgen schon wieder zur Arbeit muss. Was auch immer die macht, Telefonzentrale bei ›Billig und Willig‹ oder so was.«

Sara brachte ein schwaches Lächeln zustande. »Danke, Karen. Das tut gut. Na los, fahr schon nach Hause und genieß deinen Restsonntag. Wir sehen uns Dienstag früh.«

»Soll ich wirklich nicht morgen vorbeikommen?« Normalerweise hatte das gesamte Team des Châteaus montags frei, um sich zu erholen, bevor es mit den Vorbereitungen für die Hochzeit des nächsten Wochenendes losging.

»Keine Sorge, ich komm schon klar. Die letzten Gäste werden im Laufe des Vormittags verschwinden. Und ich schätze, Gavin und ich haben einiges zu klären … Karen – danke für heute.« Saras Stimme brach, und sie hielt inne, um sich erneut die Augen zu wischen und die Nase zu putzen.

»Kein Ding, Süße, ist doch selbstverständlich.« Noch einmal tätschelte sie Saras Hand. »Wenn ich ehrlich bin, überrascht es mich nicht so richtig, dass das passiert ist. Schon seit die Saison angelaufen ist, hab ich gesehen, wie du immer mehr in den Hintergrund getreten bist. Du bist förmlich verblasst. Gavin scheint sich ...« Zögernd suchte sie nach den richtigen Worten. »... mit vollem Einsatz in die Arbeit zu stürzen, aber es hat oft ausgesehen, als ginge das auf deine Kosten.« Sara wusste Karens taktvoll verschlüsselte Botschaft zu deuten und begriff, dass ihr Verdacht über Gavins nächtliche Aktivitäten zutreffen musste.

Karen lächelte ermutigend und griff nach ihrer Handtasche und dem Autoschlüssel. »So, und jetzt wasch dir am besten schnell das Gesicht und mach dir ein bisschen Concealer um die Augen, bevor du wieder nach oben ins Château gehst. *Bon courage*. Wir sehen uns Dienstag.«

Solange noch Gäste im Château waren, hielt Gavin sich bedeckt – Sara wusste nicht und interessierte sich auch nicht dafür, in welchem leeren Zimmer er sich für die Nacht einquartiert hatte. Schließlich reisten auch Mr und Mrs Nolan ab, den Range Rover vollgestopft bis unter die Decke mit Brittanys Hochzeitskleid samt Schleier, dem Brautstrauß, der übriggebliebenen Torte und Bitsys pinkem, samtgefüttertem Reisetäschchen. Nachdem Sara den beiden zum Abschied gewinkt hatte, machte sie sich auf den Weg zum Cottage, um zu versuchen, den verstopften Abfluss zu reinigen. In einer Hand trug sie eine Saugglocke und in der anderen eine Rohrzange. Im Haus fand sie Gavin vor, wie er Kleidung in eine Reisetasche stopfte.

»Tut mir leid, Sara«, murmelte er mit gesenktem Kopf, ohne sie anzusehen. »Ich kann das einfach nicht mehr.«

»Was, Gavin? Was kannst du nicht mehr? Die Arbeiten am Château? Die Hochzeitsplanungen? Oder unsere Beziehung?« Sara war erstaunt, wie ruhig sie klang, wie eine Mutter, die besänftigend und vernünftig mit einem bockigen Kind redete. Sie war wie betäubt. Mittlerweile hatte er sich so weit vom Pfad nachvollziehbaren menschlichen Verhaltens entfernt, dass sie offenbar nicht in der Lage war, eine entsprechende emotionale Reaktion darauf zu finden. Vielleicht war es aber auch bloß ein Schutzmechanismus, der ihr half, den nackten Tatsachen ins Auge zu sehen. Als würde ihr Geist die Wellen des Zorns und des Schmerzes automatisch abblocken, die während der letzten zwei Tage immer wieder über sie hereingebrochen waren.

»Nichts davon«, murmelte er und schnappte sich den Schlüssel seines Audis, immer noch ohne ihrem Blick zu begegnen. Dann hielt er inne und straffte die Schultern, um sie anzusehen, wie sie da stand, das Klempnerwerkzeug noch in der Hand. »Das Ganze war ein Fehler. Ich bin einfach noch nicht bereit für so viel Verbindlichkeit.«

Da war es wieder: das verbotene Wort. Als ihre schlimmsten Ängste wahr wurden, spürte Sara, wie plötzlich reine Wut durch ihre Adern zu pulsieren begann. *»Und das war's jetzt?«*, schrie sie und schüttelte die Rohrzange, als wäre sie das Schwert der Wahrheit. »Du haust einfach so ab? Was ist mit der Firma? Was ist mit der Zukunft? Was ist mit uns?«

»Tut mir leid. Ich muss hier einfach nur raus. Ich melde mich.«

Ein weißglühender Schmerz blendete sie, eine machtvolle

Mischung aus Angst, Zorn und Trauer strömte durch ihren Körper und übernahm das Kommando, bevor sie nachdenken konnte.

Ihr rechter Arm bog sich zurück, und dann, jeder Funke ihrer sprachlosen Rage und Frustration gebündelt in einem Reflex, schleuderte sie die schwere schmiedeeiserne Zange nach seinem Kopf.

Das Adrenalin mochte ihr zwar einige zusätzliche Kraft verliehen haben, aber ihrer Treffsicherheit half es nicht weiter, und Gavin wich dem Geschoss mühelos aus. Mit Schwung wirbelte das Werkzeug durch die Luft und krachte in die Wand hinter ihm. In einer dramatischen Explosion aus splitterndem Holz und pulverisiertem Putz löste die alte, rissige Oberfläche sich in eine Staubwolke auf.

Stumm und starr vor Schock stand Sara da, entsetzt über ihre Tat und das explosive Ergebnis.

Ohne ein Wort, ohne auch nur einen Blick auf den Schaden hinter ihm, beugte Gavin sich vor, nahm seine Tasche und ging nach draußen in die Sonne. Zitternd blieb sie allein zurück, während der Staub sich langsam auf ihr Haar und ihre Schultern senkte.

Sie hörte ihn den Wagen starten und davonfahren. Wie ferngesteuert folgte Sara dem Geräusch des leiser werdenden Motors über die Schwelle des Cottages hinaus, auf den Pfad in Richtung Château, das selig in der Nachmittagssonne schlummerte.

Benebelt stand sie da, und der Sommergesang der Zikaden kreischte in der Stille wie ein Tinnitus. In der Luft über der Auffahrt schwebte eine feine Staubwolke, aufgewirbelt von Gavins Auto. Während sie wie angewurzelt dastand, verblasste die Wolke, bis nichts mehr blieb außer schimmernder

Hitze und dem surrealen Gefühl, ihr Leben der vergangenen achtzehn Monate sei nichts als eine magische Illusion gewesen, die soeben in Rauch aufgegangen war.

Schließlich ging sie langsam zum Château und legte eine Hand an den fein behauenen cremefarbenen Stein des tiefen Eingangstors. Um sich abzustützen, aber auch, um sich zu vergewissern, dass es noch solide, greifbare Dinge gab. Die sonnenwarmen Kalksteinblöcke verströmten ein Empfinden von Frieden, von Geschichte, von Unerschütterlichkeit. Sara dachte an die vielen anderen Menschen, die über die Jahrhunderte durch diese Türen geschritten sein mussten, und schöpfte Kraft aus dem Gedanken, dass auch sie in diesen altehrwürdigen Mauern ihre persönlichen Tragödien und Triumphe durchlebt haben mussten. Aber was war mit ihr? Konnte sie dieses Desaster in einen Triumph verwandeln? Oder würde sie den Rückzug antreten müssen, geschlagen nach London zurückkehren, um zu versuchen, die Überreste ihres alten Lebens und ihrer alten Firma wieder zusammenzusetzen?

Für einen Moment lehnte sie die Stirn gegen das Mauerwerk, sehnte sich nach dem Trost der starken Umarmung des Gebäudes, wie ein Kind sich nach Sicherheit in den Armen seiner Eltern sehnt. Der solide Stein schenkte ihr Kraft. Also zwang sie sich auf zittrigen Beinen, zurück zum Cottage zu gehen und den Besen in die Hand zu nehmen, damit sie anfangen konnte, das Chaos zu beseitigen.

Es sah aus, als hätte es geschneit. Eine feine Staubschicht überzog jede Oberfläche in dem Raum, der als Küche, Esszimmer und Wohnzimmer zugleich diente. Ihre Schritte hinterließen Fußabdrücke auf den abgetretenen Fliesen, als sie zu der malträtierten Wand ging, um sich den Schaden genauer anzusehen. Das beachtliche Loch, wo der Putz so explosiv geborsten war, wurde eingerahmt von den zersplitterten Enden spröder Latten, über die Jahre von Holzwürmern zerfressen. Mit Handfeger und Kehrblech machte Sara sich an die Arbeit und versuchte, sich darauf zu konzentrieren, die Trümmer der Wand zu beseitigen, statt sich mit den Trümmern ihres Lebens auseinanderzusetzen.

Als sie das Gröbste aufgefegt hatte, begann sie, den verbliebenen Staubfilm fortzuwischen. Sorgsam fuhr sie mit dem Mop unter der Wand entlang, als ihr auffiel, dass hinter dem Loch ein Lumpenbündel steckte. Vermutlich war es als behelfsmäßige Isolierung hinter das hölzerne Lattenwerk gestopft worden, bevor man die Wand damals verputzt hatte. Sie holte sich einen schwarzen Müllsack und zog dann vorsichtig an einem Zipfel des brüchigen Stoffs, darauf bedacht, keine weiteren Putzbrocken auf dem frisch gewischten Boden zu verteilen. Plötzlich blitzte glattes Fell aus dem Bündel hervor, wirbelnd schoss ein dünner, geschmeidiger Schwanz an ihr vorbei. Während Sara noch erschrocken und angewidert aufschrie, flitzte die Maus unter die Küchenschränke.

»Es ist bloß eine Maus«, tadelte sie sich, und in der Stille klang ihre Stimme laut. »Komm schon, Mädchen, krieg dich wieder ein.« Sie griff sich die Rohrzange und schob das vordere Ende unter das Stoffbündel, um es vorsichtig herauszuheben – nur für den Fall, dass in seinen schmuddeligen Falten noch weitere Nager lauerten.

Größtenteils schien es sich um mottenzerfressene Laken zu handeln, doch ein Stoffstück war dunkler als der Rest. Mit Daumen und Zeigefinger fasste sie das schwarze Kammgarn, um es aus dem Knäuel hervorzuziehen. Dann, in einem erneuten reflexhaften Schauder des Entsetzens, ließ sie es fallen. Sie traute ihren Augen kaum. Der gesamte Tag schien sich in eine Art surrealen Albtraum verwandelt zu haben, von dem sie langsam befürchtete, sie würde niemals daraus entkommen. Denn dort auf dem feuchten Boden lag, wie ein dunkler Geist, eine schwarze Uniformjacke. Auf einem der Ärmel war ein Aufnäher in Gestalt eines Adlers angebracht, die mächtigen Schwingen weit ausgebreitet. In seinen Klauen, deutlich zu erkennen, hielt er einen Kranz aus Eichenlaub, die silbernen Fäden der Stickerei matt glitzernd unter ihrer Staubschicht. Beim Anblick der nüchternen, geometrischen Form in der Mitte dieses Kranzes schnappte Sara erneut nach Luft: der unverwechselbare Umriss eines Hakenkreuzes.

Schwindelnd griff Sara nach der Küchentheke, während ihr das Blut in den Ohren rauschte. Sie fühlte sich, als würden die Wände nicht bloß im wörtlichen Sinne, sondern auch noch metaphorisch über ihr zusammenbrechen.

Sie hatte diese Mauern in ihrer beruhigenden Solidität immer als ihre Verbündeten empfunden, hatte Kraft aus der jahrhundertealten Geschichte geschöpft, die sie zu verströmen schienen. Doch hier lag der Beweis einer viel dunkleren Seite vor ihr: Was hatten diese Gebäude sonst noch zu verbergen?

Während der Bauarbeiten im Château war sie auf dem Dachboden auf stapelweise stockfleckige Zeitungen aus den 1920ern gestoßen. Noch weiter zurückliegende Epochen hatten ihre Spuren in den uralten Balken hinterlassen, waren in die rauen Steinwände eingekerbt und an der glatt getretenen Maserung der polierten Holzfußböden abzulesen. Doch ein Hinweis auf die Kriegsjahre war nirgendwo zu finden gewesen, trotz der Tatsache, dass Château Bellevue zwei Weltkriege überstanden hatte, ganz zu schweigen von den zahlreichen Konflikten vorhergehender Jahrhunderte.

Sara wusste, dass dieser Teil Frankreichs genauso viel von den Gräueln des Krieges erlebt hatte wie der Rest des Landes. Sie hatte die schlichten Denkmäler gesehen, hier und dort in den Straßen von Sainte-Foy-la-Grande, die jene Orte kennzeichneten, an denen Mitglieder der *Résistance* gefallen waren. Doch es schien, als seien die Leute nicht bereit, über jene finsteren Zeiten zu sprechen. Sorgsam wurden die Erinnerungen weggeschlossen, niemals bei Tageslicht betrachtet, und bei den seltenen Gelegenheiten, als sie hatte nachfragen können, war niemand besonders mitteilsam über die Rolle gewesen, die das Château in all dem gespielt hatte.

Als sie sich nun den am Boden liegenden Stoff genauer besah, wurde ihr klar, dass dies das bevorzugte Nistmaterial der Maus gewesen sein musste, denn stellenweise war das Kammgarn völlig zerfressen. Dennoch war auf dem Kragen, zusätzlich zu dem Hakenkreuz-Adler auf dem Ärmel, eine weitere Stickerei aus dem gleichen silbernen Garn zu erkennen. Ein doppelter Blitz, der zwei kantige Buchstaben bildete: SS.

Sara fröstelte, trotz der Wärme des frühen Abends. Erneut stieg Panik in ihrer Kehle empor, als das Chaos aus Gedanken und Bildern in ihrem Kopf sie zu überwältigen drohte. *Reiß dich zusammen*, ermahnte sie sich. *Durchdrehen kommt jetzt nicht infrage.* Schließlich sammelte sie sich, packte die Jacke beherzt und stopfte sie zusammen mit den zerfetzten Laken, die sie aus der Wand gezogen hatte, in den Müllsack. Sie fegte die letzten Krümel Putz zusammen und wischte noch einmal den Boden. Dann, mittlerweile entschlossener und selbstsicherer, nahm sie sich den Beutel mit den Lumpen und eine

Schachtel Streichhölzer und marschierte nach draußen in den ummauerten Garten.

In einer Ecke, so weit von dem alten Birnbaum entfernt wie möglich, harkte sie einen Haufen aus vertrocknetem Unkraut und Zweigen zusammen. Dann, während der dunkle Schatten der Mauern über den Boden auf sie zu kroch, kniete sie sich hin und steckte den Zunder in Brand. Eine helle Flamme leckte an einem dünnen Grashalm entlang, flackerte einen Moment lang zweifelnd, als sie auf einen trockenen Zweig traf, und sprang dann über, sog Luft an, wurde kräftiger. Mit der Flamme spürte Sara auch ihre eigenen Kräfte wachsen, genährt vom Zorn, der Angst und der Abscheu der letzten Tage, und endlich gelang es ihr, das schreckliche Gefühl des Erstickens abzuschütteln.

Gavins Verschwinden war womöglich das Beste, was ihr seit Langem passiert war.

Sie zog die Uniformjacke aus dem Müllbeutel und knüllte sie zu einem Ball zusammen, den sie oben auf die lodernden Zweige legte, damit er schnell Feuer fing. Die Flammen leckten an den Flügelspitzen des silbernen Adlers, bevor sie das Hakenkreuz zu verzehren begannen. Aufmerksam sah Sara zu, ging sicher, dass das Emblem vollständig verbrannt war, bevor sie die verbliebenen zerfressenen Laken nach und nach ins Feuer warf. Und während der Rauch in den Nachthimmel stieg, reckte sie die Arme über den Kopf, atmete tief durch und erkannte, dass mit Gavins Weggang ihre Stimme in voller Stärke zurückgekehrt war. »Bloß weg mit dem ganzen Mist«, sagte sie laut, und ihre Worte flogen mit den Funken empor und verschwanden in der Dunkelheit.

Sie sah zu, bis das Feuer erstarb, dann goss sie eine Gießkannenladung Wasser über die schwelende Asche, um sicherzustellen, dass alles vollständig ausgelöscht war. Als sie das Tor des *potager* hinter sich geschlossen hatte, klopfte sie sich die Asche von den Händen und blieb einen Augenblick stehen, bot der Dunkelheit die Stirn und musterte das Grüppchen von Gebäuden, das sich schlummernd vor ihr ausbreitete.

So viel hatte sie in diesen Ort investiert ... Sie hatte hart gearbeitet, richtig geschuftet, hatte liebevoll das Mauerwerk saniert, das Gebälk beschliffen und geweißt, die Wände in klaren, strahlenden Farben gestrichen, die diesen uralten Räumen gerecht wurden. Unterstützt von ihrem Teilzeitgärtner Claude hatte sie sich auf den Außenanlagen abgerackert, um eine Struktur und einen logischen Fluss in die kreuz und quer angelegten Gärten zu bringen. Unermüdlich hatte sie den schweren Lehm umgepflügt, hatte tonnenweise Kompost untergehoben, um die Bodenqualität zu verbessern, damit sie ihre Bepflanzungspläne umsetzen konnte: ein sanfter Teppich aus Steppengräsern und Heidekraut, durchbrochen von Obelisken aus englischen Rosen und Olivenbäumen mit ihren silbrigen Blättern. In finanzieller Hinsicht hatte sie jeden Penny, den sie besaß, auf eine Zukunft gesetzt, die so erfolgversprechend ausgesehen hatte, aber nun – nach Gavins Abreise – auf deutlich wackligen Füßen stand. Auch emotional hatte sie alles investiert: ihre Hoffnungen und Träume, ihre Liebe, ihr Vertrauen. Jetzt zog sie ein Resümee, gegen die Mauern des Schlosses gestützt. Tief durchatmend spürte sie das feste, altehrwürdige Fundament unter ihren Füßen.

Also gut, die investierten Gefühle konnte sie komplett abschreiben. Was das anbetraf, hatte Gavin mit seinem Verhalten sichergestellt, dass es nichts mehr zu retten gab. Aber ihr blieb immer noch das Château inklusive sechs weiterer

Hochzeiten, die über den August und bis in den September hinein gebucht waren. So beängstigend es auch sein mochte, sie würde eben einfach ohne ihn klarkommen müssen. Gott sei Dank hatte sie ein so gutes Team an ihrer Seite. Und zum Saisonende konnte sie das Château dann verkaufen, nach London zurückkehren und sich daranmachen, das Leben wieder aufzubauen, das sie dort hinter sich gelassen hatte. Sie musste es nur durch den Rest des Sommers schaffen ...

Zurück im Cottage stellte sie sich unter die lauwarme Dusche, bis der Putzstaub und der Rauchgeruch des Feuers von ihrer Haut und aus ihren Haaren gespült waren. Sie legte sich aufs Bett, und das Schweigen zog sich um sie zusammen.

Doch dann, in der stillen Dunkelheit, ertönte ein leises Rascheln, und lauschend setzte sie sich auf. Die Maus war in ihr Versteck in der Wand zurückgekehrt und schien sich eifrig ein neues Nest zu bauen, ihr zerstörtes Zuhause neu zu errichten. Sara lächelte in sich hinein. Eigentlich war es ganz schön, ein wenig Gesellschaft zu haben.

Und wenn diese Maus das schaffte, dann konnte sie es doch bestimmt auch.

Am nächsten Morgen blickte Sara mit einem entschuldigenden Lächeln jeden der um den Küchentisch Versammelten der Reihe nach an. »Also, ich fürchte, folgendermaßen sieht es aus.« Sie hatte entschieden, dass es keinen Zweck hatte, die Sache schönzureden. »Gavin ist zurück nach England gegangen.« (War er das? Sie hatte keine Ahnung, aber das war wohl das wahrscheinlichste Szenario. Vermutlich war er nach Hause zu seiner herrischen Mutter gelaufen – die natürlich hocherfreut sein würde, ihn wiederzuhaben. »Gütiger Himmel!«, hatte sie ausgerufen, als sie Sara zum ersten Mal gesehen hatte: »Das ist ja wirklich ein ganz zierliches Ding. Ich hatte eher so jemanden wie diese Charlie Dimmock erwartet, die Fernsehgärtnerin!« Sara hatte den Verdacht, dass keine Frau je gut genug für Mrs Farrells Goldjungen sein würde.)

»Aber ich denke«, fuhr sie fort, »gemeinsam kriegen wir das hin – sofern ihr alle sicher seid, dass euch ein paar zusätzliche Schichten nichts ausmachen?«

»Mir soll's recht sein«, erklärte Karen. »Das zusätzliche Geld kommt mir ganz gelegen.«

Die Zwillingsschwestern Hélène und Héloise Thibault wechselten einen Blick und nickten. »Für uns ist das auch nicht schlecht. Wir müssen ohnehin noch ein bisschen was für nächstes Jahr ansparen, wenn wir an die Uni gehen. So verdienen wir mehr und haben weniger Zeit, um das Geld auszugeben – ist doch eine Win-win-Situation.« Die Mädchen lebten im benachbarten Dorf Coulliac und hatten gerade die Schule abgeschlossen. Gavin hatte sie immer die »Héls Belles« genannt, und der Spitzname war hängen geblieben.

Antoine, der Saras Sommelier, Barkeeper, Kellner und Mädchen für alles war, zuckte mit den Schultern. Er studierte Weinherstellung an der Uni Bordeaux und wohnte als einziges Teammitglied auf dem Gelände. Der ehemalige Schweinestall war für ihn zu einer hellen Atelierwohnung umgebaut worden. »Ich bin sowieso hier, und bei den Hochzeiten komme ich wenigstens unter Leute. Kein Problem.« Für ihn war das schon eine ziemlich lange Rede. Für die Saison eingestellt hatten sie ihn, weil er sowohl Französisch als auch Englisch flüssig sprach. Außerdem kannte er sich mit Wein aus und machte eine verflucht gute Bloody Mary, doch ein Mann vieler Worte war er in keiner der beiden Sprachen – wann immer man ihn direkt ansprach, lief er feuerrot an. Vor allem, wie Sara aufgefallen war, in Gegenwart der Héls Belles.

»Okay, wunderbar. Dann gehen wir mal das kommende Wochenende an.« Sara händigte jedem Teammitglied eine Kopie des Programms für die nächste Hochzeit aus, einschließlich aller Details und der Schichten jedes Einzelnen. Sie zog sich die Brille aus dem Haaransatz auf die Nase und überflog den Plan. »Also gut, diesmal ist alles ziemlich unkompliziert. Die Hausgäste bleiben von Donnerstag bis Montag, die Hochzeit findet am Samstagnachmittag statt, das übliche Timing für den Gottesdienst und dann nahtloser Übergang zu den Fotos, Getränken und dem Abendessen. Antoine übernimmt die Bar. Gleich Samstag früh kommt die Floristin, und die Catering-Leute erscheinen nach dem Lunch, um alles aufzubauen. Die Fotos macht Henri Dupont, der kennt ja den Ablauf.«

»*Ooh lálá!* Dann ziehen wir mal lieber die stählernen Liebestöter an, Mädels«, warf Karen lachend ein.

»Ich weiß, ich weiß«, seufzte Sara und schüttelte den Kopf. »Aber er macht wirklich gute Bilder. Und er ist aus der Gegend. Außerdem zieht er einem nicht völlig das Fell über die Ohren mit seinen Preisen. Die große Auswahl haben wir hier ja nun nicht gerade. Also, hat noch jemand Fragen? Nein? Dann fangen wir mit den Zimmern an. Hélène, würdest du bitte im großen und kleinen Salon die Fenster putzen? Und Héloise, könntest du einmal mit dem Staubwedel die Runde machen und die Spinnweben von den Balken holen? In der Scheune sind mir ein paar aufgefallen.« Es war eine Erleichterung, sich wieder auf die unmittelbaren Probleme zu konzentrieren.

»Keine Sorge, Sara, wir haben alles im Griff«, versicherte ihr Karen, die schon dabei war, Putzutensilien auf vier Eimer zu verteilen.

Sara musterte noch einmal die Papiere auf dem Tisch vor sich. »Das Einzige, was ich bisher nicht auftreiben konnte, ist ein DJ. Von euch kennt nicht zufällig einer jemanden aus der Gegend, der die nächsten sechs Samstage einspringen könnte? Da werde ich wohl mal rumtelefonieren müssen und sehen, ob jemand Zeit hat.«

Karen pfiff durch die Zähne. »Das wird nicht leicht so kurzfristig und mitten in der Saison. Kannst du nicht einfach eine Playlist laufen lassen?«

»Nicht wirklich.« Sara nahm sich einige zusammengeheftete Zettel vom Stapel. »Gavin war wirklich gut darin, die Musik exakt auf die jeweilige Hochzeit zuzuschneiden. Genau das macht den Unterschied zwischen einer So-lala-Veranstaltung und einer tollen Party.«

In diesem Moment wurden sie vom Geräusch eines Wagens unterbrochen, der an der Küchentür vorfuhr und aus dessen Autoradio in voller Lautstärke »Let Me Entertain You« dröhnte. Karen warf einen Blick aus dem Fenster und wandte sich grinsend zu Sara um. »Sieh an, sieh an. Was für ein Zufall!«

Die Musik verstummte genauso plötzlich wie der Motor des Wagens, dann klopfte es an der Tür. *»Coucou! Le vin est arrivé!«*

»Aha! Thomas, du kommst gerade recht«, begrüßte ihn Karen.

»*Oh lálá.* Ich dachte immer, die Briten hätten den grausamsten französischen Akzent der Welt, aber jetzt weiß ich, dass es in Wahrheit die Australier sind. Wie oft muss ich dir noch erklären, dass es To-*mah* heißt? Die Betonung liegt auf der zweiten Silbe, ohne ›s‹!«

»Okay, okay, Tommy-Boy, mach dir nicht gleich ins Hemd. Ehrlich, ihr Franzosen seid immer so pingelig.«

Nachdem dieser fröhliche Austausch von Beleidigungen erledigt war, machte Thomas Cortini sich daran, die Weinlieferung vom Gut seiner Familie im Nachbartal auszuladen, Château de la Chapelle. Während Antoine ihm half, die Kartons in den Keller zu schleppen, stieß Karen Sara an. »Warum fragst du ihn nicht, ob er auflegen will? Er wäre der ideale DJ«, zischte sie.

»Glaubst du, das würde er machen? Ich käme mir total blöd vor, ihn das zu fragen. Bestimmt hat er viel zu viel zu tun.«

»In der Not frisst der Teufel Fliegen. Außerdem ist bei den Winzern gerade nicht viel los. Jetzt ist die Zeit, in der die Reben die letzten Wochen bis zur Ernte in Ruhe gelassen werden, damit die Trauben natürlich reifen können.« Karens Ehemann betrieb eine Werkstatt für landwirtschaftliche Maschinen, deshalb wusste sie genau, was in den örtlichen Weinbergen so vor sich ging. »Frag ihn«, drängte sie noch einmal. »Du hast doch nichts zu verlieren.«

Thomas kam mit dem Papierkram für die Lieferung zurück in die Küche. Er war ein gut aussehender Kerl, der unbekümmerte jüngere Sohn des Eigentümers von Château de la Chapelle. Sara genoss die fröhlichen Besuche, wenn Thomas kam, um ihre Weinbestellungen anzuliefern.

»Möchten Sie vielleicht auch einen Kaffee?«, fragte sie so beiläufig, wie sie es eben fertigbrachte. »Wir wollten uns gerade einen machen.«

»*Volontiers.*« Ein unbefangenes Lächeln breitete sich langsam auf Thomas' Zügen aus, warm wie die französische Sommersonne. »Ist Gavin da? Ich wollte ihm etwas mit der Rechnung erklären.«

»Ich fürchte, nein. Und wo wir gerade beim Thema sind, ich wollte Sie etwas fragen …«

Thomas' Gesichtsausdruck wandelte sich zu mitfühlender Betroffenheit, als er hörte, dass Gavin sich davongemacht hatte. Sara versuchte, eine gewisse Leichtigkeit zu wahren, denn sie wusste, dass Nachrichten vom Unglück anderer Leute die unangenehme Angewohnheit hatten, sich auszubreiten wie ein MRSA-Ausbruch auf einer Krankenstation. Ihre missliche Lage würde schneller in der ganzen Umgebung bekannt werden, als man den Satz »Offensichtlich ist ihr Verlobter ein sexuell inkontinentes Arschloch, das sie in der Patsche hat sitzen lassen« auf Französisch übersetzen konnte. (Okay, dieser belebende, weißglühende Zorn hatte sich offenbar noch nicht ganz verflüchtigt, stellte sie fest.)

Doch so ruhig und grob umrissen sie es Thomas auch schilderte: Sie konnte nicht verbergen, dass ihre aktuelle Situation definitiv ernst war. Immerhin hing ihr halbes Jahreseinkommen davon ab, dass sie die nächsten sechs Traumhochzeiten in einer Qualität ablieferte, die den Erwartungen ihrer Kunden entsprach – oder sie besser noch übertraf.

Thomas saß ihr gegenüber, nach vorn gelehnt und die Ellbogen auf den Tisch gestützt, die großen, starken Hände um seinen Kaffeebecher gelegt, während er Sara erzählen ließ. Er war ein guter Zuhörer, und sie konnte sehen, dass ihm klar war, dass mehr hinter Gavins abrupter Abreise steckte, als sie preisgeben wollte.

Nachdem sie fertig war, lehnte er sich auf seinem Stuhl zurück, strich sich mit einer Hand durch das pechschwarze

Haar und streckte die Beine vor sich aus. Wieder breitete sich dieses träge Lächeln auf seinem Gesicht aus und machte seine kantigen Züge weicher.

»*Eh bien, pourquoi pas?* Mein Bruder und seine Familie sind für die nächsten Wochen am Meer, solange es im Weinberg ruhig ist. Und neuerdings ist mein Job ohnehin leichter, nachdem Gina jetzt dazugekommen ist und unsere Weine auf dem englischen Markt absetzt – das ist die Frau eines guten Freundes, eine echte Weinexpertin. Wenn ich samstagabends zu Hause bleibe, zwingt mein Vater mich nur, mit ihm Karten zu spielen und zu viel *pastis* zu trinken. Außerdem bieten Sie mir an, herzukommen und auf Hochzeiten aufzulegen, auf denen es vor heißen englischen Mädchen nur so wimmelt. Hmm, schwere Entscheidung, aber ja, okay, ich bin bereit, meine kostbaren Wochenenden zu opfern und Ihnen aus der Bredouille zu helfen. Unter der Voraussetzung, dass Sie dazu noch Unmengen Wein von Château de la Chapelle kaufen. Und vielleicht möchten Ihre Hochzeitsgäste ja auch mal für eine Weinprobe zu uns kommen und noch mehr Wein kaufen, um ihn mit nach Hause zu nehmen? Das wäre doch für alle ein gutes Geschäft, oder?«

Sara streckte ihm die Hand entgegen. »Abgemacht«, sagte sie und schüttelte fest die seine. »Sie sind mein absoluter Held, Thomas, ich kann Ihnen gar nicht sagen, wie dankbar ich Ihnen bin. Antoine, würdest du Thomas die Scheune und die Anlage zeigen?«

Die zwei Männer gingen mit der Musik- und Lichtanlage spielen, und wenige Minuten später schallte laute Partymusik über den Hof und schreckte die Schwalben aus ihren Nestern unter dem Scheunendach auf.

Sara wandte sich Karen zu, strahlend vor Erleichterung.

»Das war ja ein Kinderspiel! Es grenzt schon an ein Wunder.«

»Suchet, und ihr werdet finden«, entgegnete Karen grinsend. »Ach, übrigens, eins wirst du noch lernen müssen über das Leben hier in Frankreich auf dem Land: Wenn ein Nachbar in Not ist, packen die Leute mit an und helfen. Einer der wenigen Vorteile daran, dass jedermann weiß, was bei einem so los ist.«

»Das ist so nett von ihm. Was für ein toller Mann. Den hab ich schon immer gemocht.«

Die Héls Belles warfen sich einen Blick zu und kicherten, und Karen setzte eine Miene gespielter Verzweiflung auf.

»*Was* denn?«, fragte Sara in aller Unschuld.

Karen kam zu ihr herüber. »Ich glaube, der Zeitpunkt ist gekommen, die *Verlobten-Brille* abzusetzen.« Vorsichtig nahm sie Sara die Lesebrille ab, klappte sie sorgfältig zusammen und legte sie auf die Arbeitsplatte. »Und dann müssen wir diese *So-was-von-vergeben-Frisur* mal ein bisschen auflockern«, fuhr sie fort und zog das Band aus Saras straffem Pferdeschwanz, sodass ihr das dunkle Haar glänzend über die Schultern fiel.

»Hey!«, protestierte Sara schwach, und Héloise und Hélène kicherten nur noch mehr.

»Und zu guter Letzt sollten wir diese *Flugverbotszone* aufheben.« Karen öffnete ein paar Knöpfe an Saras Bluse.

»Na also«, sagte sie und trat zurück, um ihr Werk zu bewundern. »Was meint ihr, Mädels? Gelungene Verwandlung des Rühr-mich-nicht-an-Outfits?«

»*Pas mal*«, meinte Hélène lachend.

»*Viel* besser«, befand Héloise.

»Weißt du, falls es dir dank des Kraftfelds, das du als Gavins treusorgende Verlobte um dich errichtet hast, nicht aufgefallen sein sollte: Thomas ist ein Mann. Und nicht nur das, er ist auch noch Franzose. Und dazu noch ein ziemlich süßer. Und möglicherweise wäre er nicht ganz so bereitwillig als DJ eingesprungen, wärst du nicht eine sehr attraktive und plötzlich alleinstehende Frau ungefähr in seinem Alter – in einer Gegend, in der Menschen, auf die diese Beschreibung zutrifft, ziemlich rar gesät sind.«

»Ach Karen, das ist doch Blödsinn! In Wahrheit ist er doch bestimmt nur vom geschäftlichen Standpunkt her interessiert. Immerhin ergibt es wirklich Sinn, unseren Gästen seine Weine zu verkaufen.« Sara errötete. »Egal, leise jetzt! Er kommt zurück.«

Sie strich sich das Haar hinter die Ohren und ging hinaus, ihm entgegen.

»Fantastisches Soundsystem! Und die Beleuchtung sieht wirklich professionell aus, vor allem diese Discokugel. Ich freue mich schon darauf, dieses Wochenende mein Debüt am Plattenteller zu geben. Wenn das in Ordnung wäre, würde ich gern am Donnerstagnachmittag noch mal für ein Stündchen herkommen, bevor Ihre Gäste eintreffen. Ich will sichergehen, dass ich die Anlage im Griff habe, und auch schon ein, zwei Playlists zusammenstellen. Und wann soll ich am Samstag da sein?« Thomas' ungekünstelte Begeisterung und Lebenslust erinnerten Sara an das Prickeln in einem Glas Champagner.

»So um halb sieben? Wenn Sie mögen, können wir Ihnen in der Küche auch einen Teller mit ein paar Happen vom Abendessen zusammenstellen. Nochmals vielen Dank, Thomas, Sie sind meine Rettung.« Sie hielt absichtlich den Rücken zur Tür gewandt, da sie genau wusste, dass dort Karen und die Héls Belles gespannt das Gespräch verfolgten.

Thomas beugte sich vor, um sie auf beide Wangen zu küssen, und sie sog den Duft seiner warmen Haut ein – ein Hauch von frisch gebackenem Brot. Dabei war sie sich der Muskeln an seinem markant geschnittenen Kiefer unvermittelt äußerst bewusst. »Es wird mir ein Vergnügen sein«, entgegnete er galant, während wieder jenes träge Lächeln sein Gesicht erstrahlen ließ. »Ich freue mich schon darauf, Sara.«

Winkend sah sie ihm hinterher, als er die Auffahrt hinunterfuhr. Karen kam ebenfalls nach draußen und blieb neben ihr stehen. Ohne sich umzudrehen, murmelte Sara: »Er ist wirklich ziemlich süß, oder?«

»Braves Mädchen«, lobte Karen mit einem anerkennenden Nicken. »Du weißt ja, wie es heißt: Man muss erst eine Menge Frösche küssen, bevor man seinen Prinzen findet! Schön zu sehen, dass du gleich wieder in den Sattel steigst.«

Sara schüttelte den Kopf. »Das war doch bloß ein Scherz«, protestierte sie lachend. »Aber danke, dass du das auch nur für möglich hältst, Karen – das geht runter wie Öl! Trotzdem, sobald die Saison vorbei ist, verwandle ich das Château in ein Kloster, mit mir als Mutter Oberin. Männern ist jeglicher Zutritt verboten, auf immer und ewig. Ich hab meine Lektion gelernt. Also dann, machen wir uns an die Arbeit. Wir haben Zimmer zu putzen und Klos zu schrubben. Du weißt ja, wie es heißt, Karen« – sie stieß ihrer Freundin einen Ellbogen in die Rippen – »Erst die Arbeit, dann das Vergnügen!«

3. Kapitel:

Niamh & Keiran

Mr und Mrs Padraic O'Callaghan
bitten zur Hochzeitsfeier ihrer Tochter

Niamh

mit

Mr Keiran Best

Château Bellevue de Coulliac
am Samstag, 4. August – um 15:30 Uhr

Um Antwort wird gebeten:
Greenways, The Oaks
Straffan
County Kildare

Sara begann, das Gemüse für eine Ratatouille zu schneiden, die heute mit dem Abendessen serviert werden sollte. Neben ihr zischte bereits heißes Öl im Topf. Ein herrlicher Duft nach angebratenen Zwiebeln und Paprika verbreitete sich in der weitläufigen Gewölbeküche des Châteaus.

Als auch Knoblauch, Zucchini und Tomaten in den Topf gewandert waren, rührte sie das aromatisch dampfende Gemüse um und blickte aus dem Küchenfenster. In der Scheune auf der anderen Seite des Hofs vergewisserte Thomas sich, dass er das Soundsystem und die Beleuchtung im Griff hatte, während Antoine die Stühle für die Fete der Iren am Samstagabend aufstellte. Friedlich lagen das Château und seine zusammengedrängten Nebengebäude im Nachmittagslicht da: die Ruhe vor dem Sturm. Das goldene Gestein reflektierte sanft die Sonne, und verträumt wölkten sich Schneewittchenrosen und Lavendel um die Kiespfade. Das Ganze hatte einen beinahe impressionistischen Effekt, der den perfekten romantischen Hintergrund für eine Märchenhochzeit bot.

Gavin hatte immer gesagt, in ihrem Geschäft gehe es darum, Träume wahr werden zu lassen. In der Realität bedeutete das, wie Sara wusste, schlicht eine Heidenarbeit. Es verlangte ein Auge für die kleinsten Details, vor allem jedoch die Fähigkeit, die Ruhe zu bewahren – ob im Angesicht anspruchsvoller Hochzeitsplaner, schwieriger Gäste, sanitärer Notfälle, der ein oder anderen Alkoholvergiftung, überdrehter Kinder, überdrehter Trauzeugen, hysterischer Bräute, hysterischer Brautmütter, aufflammender Familienstreitereien oder jeglicher anderer Dramen, die eine Hochzeit so mit sich brachte.

Und jene Herausforderungen waren gar nichts im Vergleich dazu, mitten in der Saison von seinem Geschäftspartner im Stich gelassen zu werden – geschweige denn dem zukünftigen Ehemann. Vermutlich hätte es sie mit Verbitterung erfüllen sollen, Traumhochzeiten zu organisieren, während die Aussicht auf ihre eigene gerade mit eingezogenem Schwanz davongejagt war. Aber zu ihrer Überraschung musste Sara feststellen, dass es ihr damit ganz gut ging. Genau genommen freute sie sich beinahe darauf, das Unternehmen allein zum Erfolg zu bringen. Ihr ging auf, dass sie gerade ihr Selbstbewusstsein zurückgewann, ihre Stimme wiederfand. Wenn sie die Firma allein führen wollte, war das auch bitter nötig. Ein neues Gefühl der Gewissheit erfüllte sie, während sie ihre Arbeit verrichtete. Es war, als hätte sie sich nach diesem schmerzhaften Sturz beherzt wieder in den Sattel geschwungen und säße dort jetzt sicherer als zuvor.

Sie strich sich eine Haarsträhne aus der Stirn. In dieser Hitze würden die Geranien und die Verbenen in ihren Töpfen heute Abend Wasser brauchen – am besten erinnerte sie Antoine noch einmal daran. Sie fegte die Gemüsereste in den Komposteimer und ging nach draußen in den Küchengarten, wo das Unkraut in der Sommerhitze vertrocknete. Nächstes Jahr um diese Zeit hätten bereits ordentliche Reihen selbst gezogenen Gemüses in den Hochbeeten wachsen und gedeihen sollen, mit einem automatischen Bewässerungssystem, das den reichhaltigen Lehmboden weich und fruchtbar halten würde. Mit einem leisen Stich der Traurigkeit wurde ihr bewusst, dass es dazu nun nie kommen würde. Das kommende Jahr schien unerreichbar fern: Bis dahin würde das Château jemand anderem gehören …

Über ihr, im schwindelerregenden Blau des Augusthimmels, wirbelte ein Schwalbenschwarm unter schrillem Geschrei durch die Luft. Sie holte tief Luft, genoss die letzten friedlichen Augenblicke. Als sie sich bückte, um ein großes Büschel des pfeffrigen Basilikums aus dem Steintrog zu pflücken, ertönte ein tiefes Summen aus den Lautsprechern in der Scheune, dann dröhnte plötzlich die Pogues-Version von »The Irish Rover« aus den Toren: Thomas probte seinen Willkommensgruß für die Gäste. Sara lächelte. Das war die Ouvertüre: Es wurde Zeit, den Vorhang zu lichten – gleich würde die Show beginnen.

Ein Konvoi von Mietwagen schlängelte sich über die Zufahrt und zog in der Abendluft eine Staubwolke hinter sich her. Sara entdeckte die O'Callaghans – die gut gepolsterten, überlebensgroßen Brauteltern, mit denen sie die letzten Monate über einen regen Austausch geführt hatte – und ging sich vorstellen. Unter viel Gelächter und aufgeregtem Geplapper der Gäste gelang es ihr, jedem sein Zimmer zuzuweisen, und Antoine und die Héls Belles wiesen den Weg. Aus den Kofferräumen kamen riesige Gepäckstücke zum Vorschein und wurden ins Haus geschleppt.

Sara war schon immer der Meinung gewesen, dass sich die zu erwartende Familiendynamik schon in den ersten fünf Minuten zeigte. Diesmal hatte sie ein gutes Gefühl, und sie spürte, wie ihre Schultern sich etwas lockerten: Weniger familiäre Spannungen bedeuteten, dass es für sie weniger Brände zu löschen gab.

Niamh, die Braut, strahlte. Mit ihren dunkelblauen Augen und dem zarten Porzellanteint war sie eine natürliche irische Schönheit. Sie verströmte ihr Glück wie die Sonne ihr Licht, und die restliche Festgesellschaft schwirrte um sie herum wie die Planeten auf ihren Bahnen. Jeder wollte sie umarmen, ihre Taschen tragen, mit ihr lachen und sich in der Wärme ihrer Freude sonnen. Und Keiran, der Bräutigam, war ein gut aussehender, rugbyspielender Banker, der sein Mädchen offensichtlich anbetete. Das war normalerweise (wenn auch nicht immer) selbstverständlich: Wenn das Brautpaar zu diesem Zeitpunkt nicht unübersehbar ineinander verliebt war, dann gab es ein echtes Problem. Häufiger war es die Dynamik zwischen den beiden Familien, die potenzielle Schwierigkeiten verursachte, und üblicherweise stellte Saras Radar sich sofort auf das Verhältnis zwischen den beiden Elternpaaren ein.

Hier sah es so aus, als bestünde schon jetzt eine ehrliche Zuneigung. Die zwei Mütter waren bereits in ein Gespräch über eine gemeinsame Bekannte vertieft, die in der heimischen Gemeinde einen Skandal ausgelöst hatte, indem sie sich einen Toy Boy zugelegt hatte. Außerdem wusste Sara – weil sie die Arrangements getroffen hatte –, dass die Väter des Brautpaars beide zu der Gruppe gehörten, die sich morgen Vormittag einen Teil der Zeit bis zur Hochzeit mit Golfen vertreiben würde. Wie sich herausgestellt hatte, gehörten sie daheim in Irland beide demselben Golfclub an.

Sie brachte die O'Callaghans in ihr Zimmer. Den großen Pappkarton, in dem Niamhs Brautkleid ruhte, trug sie auf ausgestreckten Armen vorsichtig vor sich her.

»Wenn Sie sich dann eingerichtet haben, halten wir auf der Terrasse Getränke für Sie bereit. Lassen Sie es mich wissen, wenn Sie noch etwas brauchen. Hier sind auch Bügel«, erklärte sie und öffnete eine Schranktür, »da können Sie das Kleid gleich wieder aufhängen.«

Mrs O'Callaghan sank aufs Bett und streifte sich dankbar die Schuhe von den Füßen. »Seht euch nur mal meine Knöchel an, in dieser Hitze könnte man meinen, sie wären aufs

Doppelte angeschwollen.« Mit ihrem Reisepass fächerte sie sich Luft zu.

»Jetzt sind Sie ja hier, heute Abend können Sie sich erst einmal entspannen und erholen. Machen Sie es sich gemütlich. Wir sehen uns dann gleich unten.« Sara ließ die beiden zum Auspacken alleine und ging hinunter in die Küche, um den Schweinebraten für das Abendessen in den Ofen zu schieben.

Im Château war Platz für vierundzwanzig Übernachtungsgäste und, wenn nötig, noch einige Kinder. Heute Abend würde es zwei Tische mit jeweils zwölf Personen geben. Die Kinder konnten am Küchentisch essen und dann zum Spielen nach draußen gehen, bis ihre leicht beschwipsten Mütter sich aus der Dinnerrunde losrissen, um sie ins Bett zu bringen. Dieses System funktionierte gut: So konnten sich alle entspannen und die Zeit genießen. Vor allem, wenn Antoine, der heute Abend aushalf, sich dazu überreden ließ, die Kinder zum Fangenspielen mit der Taschenlampe mitzunehmen. Damit wären sie abgelenkt und könnten ihre Eltern nicht damit nerven, sie sollten ihnen noch einen nächtlichen Ausflug in den Pool erlauben.

»Welche der holden Maiden muss ein Mann hier beglücken, um einen anständigen Drink zu kriegen?« Liam, der Trauzeuge, kam in die Küche und legte Sara einen massigen Arm um die Schultern.

Sara grinste. »Also die besten Chancen hast du da wohl bei Antoine. Aber abgesehen davon gibt es auf der Terrasse Wein und Bier. Bedien dich. Und die hier kannst du als kleine Grundlage mitnehmen.« Sie reichte ihm ein Tablett Käsestangen und ein Schälchen Nüsse.

»Bei Gott, du weißt, wie man Männerherzen gewinnt,

Sara. Was für eine himmelschreiende Ungerechtigkeit, dass du schon vergeben bist – sonst würde ich mir dich sofort schnappen.«

Sie scheuchte ihn aus der Küche und war sich dabei wohlbewusst, dass es zu den Pflichten des Trauzeugen gehörte, mit jeder anwesenden Frau zu flirten, vom kleinsten Blumenmädchen bis zur Brautmutter und allen weiblichen Wesen dazwischen. Sie ließ ihn in dem Glauben, sie hätte weiterhin einen Partner – auf dem Foto auf der Website waren sie und Gavin immer noch gemeinsam abgebildet –, so war es einfacher und professioneller. Doch das helle Band um ihren linken Ringfinger war bereits weniger deutlich zu sehen. Die Zeit und die goldenen Sonnenstrahlen waren bereits dabei, das letzte Überbleibsel ihrer Verlobung auszulöschen.

Von der Terrasse her drang Gelächter nach drinnen. Die entspannte Freundlichkeit dieser Leute würde diese Hochzeit zu einem angenehmen Ereignis machen; es klang, als fühlten sie sich bereits ganz wie zu Hause.

Der Freitagmorgen dämmerte mit einem klaren blauen Himmel herauf, der versprach, dass das Wetter schon einmal von Saras Liste möglicher Fehlschläge für das Wochenende gestrichen werden konnte. Karen hatte angeboten, die Abholung der Croissants – eigentlich Gavins Aufgabe – auf ihrem Weg zur Arbeit zu übernehmen und dafür etwas früher zu kommen. Das Frühstück war eine lockere, entspannte Angelegenheit. Hier in Frankreich erwartete zum Glück niemand ein echtes *English Breakfast* mit allem Drum und Dran. Sara stellte die Kaffeemaschine an, heizte den Ofen vor und machte sich daran, leise die Gläser vom Vorabend zu spülen und abzutrocknen. Sie stellte Schachteln mit verschiedenen Cerealien bereit und holte eine große Schüssel Obstsalat hervor. Zweifellos würden die Kinder früh auf den Beinen sein und Treibstoff für einen aktionsreichen Tag im Pool brauchen.

Sara setzte sich auf einen Hocker an der Küchentheke, überflog das Programm für das Wochenende und nippte ab und zu an einem starken Kaffee mit aufgeschäumter Milch. Sorgsam überprüfte sie alles doppelt und dreifach in einem dicken Ordner mit der Aufschrift »O'Callaghan-Best«. Sie hatte gelernt, jede E-Mail, jedes Telefongespräch, jeden Kostenvoranschlag und jede Rechnung schriftlich festzuhalten und zu sammeln, damit keinerlei Raum für Verwirrung oder Missverständnisse blieb.

Für den heutigen Tag waren einige der Gäste für einen Golfausflug eingeplant, andere würden eine Weinprobe besuchen. Für die Kinder und jene Erwachsenen, denen der Sinn nach etwas Bewegung stand, war eine Kanutour organisiert. Einige würden natürlich auch hierbleiben und sich am Pool oder im Schatten entspannen. Und heute Abend würden zusätzliche Gäste zum Dinner kommen. Die erweiterte Verwandtschaft, die in Gästehäusern und Hotels in der Gegend untergebracht war, war zum Probedinner eingeladen. Es würde ein Buffet geben, mit einer Auswahl an *charcuterie*, kaltem Fleisch, Quiches und einigen Salaten, bei deren Zubereitung ihr Karen und Hélène heute Nachmittag helfen würden. So weit, so gut.

Sie legte den Programmausdruck zurück in den Ordner und erhob sich, als Kinderstimmen durch den Korridor hallten. »Kommt rein, hier gibt's Frühstück«, rief sie die Kleinen leise zu sich, damit die leicht Verkaterten unter den Feiernden von gestern Abend noch etwas länger ausschlafen konnten …

Später am Tag blieb Sara noch einen Moment länger auf ihrem Gartenstuhl sitzen, die Füße auf den Rand eines steinernen Pflanztopfs gelegt, um ihre schmerzenden Waden zu erleichtern. Nach einem schnellen Sandwich zum Mittagessen im Cottage hatte sie sich zum Ausruhen für ein paar Minuten nach draußen gesetzt.

Vom Parkplatz her waren ankommende Wagen zu vernehmen, dann zuschlagende Türen und der angeregte Austausch von Golfplatzgeschichten. Sie beobachtete, wie einige der Männer sich einen Rugbyball zuwarfen. Vermutlich sollte sie besser versuchen, die Jungs taktvoll von den Autos weg auf die große Wiese umzuleiten, wo es weniger Gelegenheit für eingedellte Motorhauben und gesprungene Windschutzscheiben gab. Während sie zu ihnen hinüberging, trafen auch die Gäste der Weinprobe wieder ein, und der Lärmpegel stieg, als die Mädchen mit geröteten Wangen aus ihrem Minibus purzelten. Offensichtlich hatten sich alle gut vergnügt.

Gerade als Sara nach dem hölzernen Tor der Parkplatz-Umzäunung griff, holte der Bruder der Braut – Mitglied im Rugbyclub des Bräutigams – aus, um den Ball zu Liam zu werfen. Es ertönte ein dumpfer Schlag, gefolgt von einem Sekundenbruchteil geschockter Stille und dann einem Schrei von Marie, der Trauzeugin der Braut. Niamh stolperte rückwärts gegen den Minibus und hielt die Hände ans Gesicht gedrückt. Der Ball hatte sie voll getroffen, und für einen Moment wankte sie, als würde sie das Bewusstsein verlieren. In drei langen Sätzen war Keiran bei ihr, die Arme um seine benommene Braut gelegt, während die Brautjungfern auf Robby losgingen. »Du Vollidiot, was zum Geier hast du dir dabei gedacht?« Beschämt ließ er den Kopf hängen und wurde unter ihrer Schelte immer kleiner.

»Niamh, bist du okay? Rede mit mir!«

Sara wartete etwas abseits, während Keiran versuchte, Niamh die Hand vom Gesicht zu ziehen. Gebückt versuchte er, den Schaden zu begutachten. Als sie schließlich die Hände von den Augen nahm, schrie Marie beim Anblick eines feinen Rinnsals von Blut erneut auf. Sara fischte ein sauberes Taschentuch hervor und reichte es Keiran, der es sanft auf die Wunde drückte.

»Ich glaube, es ist nur ein Kratzer, nichts Gravierendes.« Doch Sara sah, dass die Augenhöhle bereits tiefrot war, wo die Spitze des Rugbyballs hart aufgeprallt war. Eine Braut mit blauem Auge würde sich auf den Hochzeitsfotos gar nicht gut machen.

»Na komm, bringen wir dich mal nach drinnen. In der Küche habe ich einen Erste-Hilfe-Kasten, das da müssen wir sauber machen.« Sara ging voran, während Keiran und Robby sich rührend um Niamh kümmerten.

Eins der Kinder war bereits mit der Neuigkeit vorgelaufen, und beim Furcht erregenden Anblick von Mrs O'Callaghan, wie sie um die Ecke der Kapelle gewalzt kam, wären selbst dem wackersten Rugbyspieler die Knie weich geworden. »Ganz ruhig, Liebling«, bat Mr O'Callaghan seine empörte Gattin und hob abwehrend eine Hand. »Es war bloß ein kleiner Unfall. Gleich geht's ihr wieder gut.«

»Robby O'Callaghan, ich schwöre dir, dafür kannst du dich auf eine saftige Ohrfeige gefasst machen«, schäumte seine aufgebrachte Mutter.

»Ist schon gut, Ma«, bremste Niamh sie, das Taschentuch noch immer seitlich an die Nase gedrückt. »Mit ein bisschen Make-up kriegen wir das schon hin.«

In der Küche tränkte Sara einen sauberen Waschlappen mit kaltem Wasser und reichte ihn der Brautmutter, die damit vorsichtig die Wunde ihrer Tochter säuberte. Zum Glück hatte die Blutung mittlerweile aufgehört, aber Sara hatte sich nicht getäuscht: Das Gewebe um das Auge herum begann bereits anzuschwellen und hatte sich zu einem hässlichen Rot verfärbt. Mrs O'Callaghan lamentierte unaufhörlich über gedankenlose Jungs, die zweifellos im Golfclub ein, zwei Pints über den Durst getrunken hatten, und warum hatte Mr O'Callaghan nur nicht so viel Verstand besessen, sie aufzuhalten?

»Kühl das Auge am besten fürs Erste weiter mit dem kalten Lappen, das sollte helfen, die Schwellung zu reduzieren«, riet Sara der armen Niamh.

»Keine Sorge, Schwesterherz; im schlimmsten Fall gibt's immer noch Photoshop«, fügte Robby hilfsbereit hinzu.

Sara wandte sich um und scheuchte Robby, Liam und den Schwarm besorgter Brautjungfern aus der Küche, die sich um das Waschbecken drängten. »Warum geht ihr nicht nach draußen auf die Terrasse, und ich bringe euch eine Tasse Tee? Ich glaube, den können wir jetzt alle gebrauchen«, schob sie hinterher und lächelte die Brautmutter an – in einem Versuch, weiteres Blutvergießen unter den O'Callaghans zu verhindern. Im Angesicht einer heiklen Situation waren Tee und Kuchen ihrer Erfahrung nach immer eine nützliche Beschäftigung, die angespannte Nerven beruhigte und angeknackste Beziehungen kittete.

Zwei Stunden später waren Sara und Hélène dabei, in der Küche die letzten Vorbereitungen für das Abendessen zu treffen, während Antoine Tabletts mit Gläsern füllte, um sie für den Aperitif auf die Terrasse zu bringen. In diesem Augenblick streckte Mr O'Callaghan den Kopf durch die Küchentür. »Könnte ich ein Glas Eiswasser für Niamh mit nach oben nehmen?«

»Wie geht es ihr?«, erkundigte Sara sich besorgt.

Er schüttelte den Kopf. »Vor den anderen macht sie natürlich gute Miene, aber da oben in ihrem Zimmer hat sie sich gerade ein bisschen bei Mama ausgeweint. Wirklich eine Schande, und das an ihrem großen Tag. Aber es gab schon Schlimmeres. Wird allerdings definitiv ein ordentliches Veilchen. Geht ihr nicht so gut damit, den anderen zum Probedinner so unter die Augen zu treten – von ihrer Hochzeit morgen müssen wir gar nicht erst reden.«

»Die Arme. Auch wenn es schon mehr als ein blaues Auge bräuchte, um ihre natürliche Schönheit zu entstellen.« Sara schüttelte den Kopf. »Aber Augenblick mal«, setzte sie hinzu. »Mir kommt da gerade eine Idee, die vielleicht helfen könnte. Würden Sie Liam und ein paar der Jungs zusammentrommeln?« Sie warf einen Blick auf ihre Armbanduhr. »Eine halbe Stunde haben wir noch ...«

Und so kam es, dass Niamh O'Callaghan, zukünftige Mrs Best, zum Probedinner für ihre Hochzeit an der Terrassentür erschien, erhobenen Hauptes und das Veilchen so gut wie möglich mit Make-up verdeckt – und von ihrem gut aussehenden Bräutigam eine Sonnenbrille in die Hand gedrückt bekam. »Die setzt du am besten auf«, riet er ihr.

Sie schüttelte den Kopf. »Ist schon okay, Keiran, mir geht's gut.«

»Na dann, meinetwegen, wenn du als Einzige nicht dazugehören willst – mir soll's recht sein.« Sie warf ihm einen argwöhnischen – wenn auch beinahe einäugigen – Blick zu, während er seine eigene Sonnenbrille aufsetzte und ihr den Arm reichte. Und dann trat sie auf die Terrasse, wo jeder Einzelne der versammelten Gesellschaft, vom kleinsten Baby bis zur ältesten Großtante und einschließlich der Kellner, ebenfalls eine dunkle Sonnenbrille trug, aus Solidarität mit der wunderschönen Braut.

Als der Groschen fiel, erstrahlte auf Niamhs lieblichem lädiertem Gesicht das leuchtende Lächeln, das man von ihr gewohnt war. Und dann, lachend und weinend zugleich – was ihr Make-up gleich wieder ruinierte – setzte sie die Sonnenbrille auf und ließ sich in den liebevollen Aufruhr fallen, als der gesamte Raum spontan in Applaus ausbrach.

Sara atmete erleichtert auf. Wieder eine Krise abgewendet. Ein ganz normaler Tag im Hochzeitsgeschäft.

»... und damit bleibt mir jetzt nichts weiter zu tun, als euch alle zu bitten, das Glas auf die wunderschönen Brautjungfern zu erheben!« Liams Ansprache war gut angekommen. Erleichtert hatte Sara bemerkt, dass er sich die schlimmsten Scherze wohl für den Junggesellenabschied und den Rugbyclub aufgehoben hatte. Für ein Publikum, das altersmäßig von zwei bis zweiundachtzig reichte, war also nichts allzu Unerhörtes dabei gewesen. Es erstaunte sie immer wieder, wie manche Leute so absolut danebenliegen konnten, dass am Ende ältliche Tanten missbilligend die Stirn runzelten und

Eltern sich unbehaglich wanden, während ihre kleinen Kinder eine Erklärung der unaussprechlichen Sexualpraktiken forderten, die mit völlig unangebrachter Erheiterung beschrieben worden waren.

Dem Veilchen der Braut, das sich über Nacht zu einem dramatischen Lila verfärbt hatte, waren sie gründlich mit Concealer und Puder zu Leibe gerückt, bis es beinahe nicht mehr zu sehen war. Zum Glück war die Schwellung größtenteils wieder zurückgegangen. Der Fotograf, Henri Dupont, hatte sein Möglichstes getan, vor allem Niamhs unversehrtes Profil auf den Bildern zur Geltung kommen zu lassen. Nichtsdestotrotz hatte Sara ihn mit Argusaugen beobachtet. Seinen Job machte er wirklich gut, aber offenbar war er der Meinung, einer der Vorteile daran sei die Möglichkeit, sich neben der Arbeit auch etwas Vergnügen zu gönnen – mit den Brautjungfern oder sonstigen verlockenden weiblichen Hochzeitsgästen, wer auch immer am betrunkensten oder am leichtesten zu haben erschien.

Wann immer es während der letzten Hochzeiten so ausgesehen hatte, als wolle Henri Dupont eins der Mädchen von der Herde trennen und mit Versprechungen eines Gratis-Shootings ins Gebüsch locken (ein nicht umsonst eindeutig zweideutiges Angebot), hatte Sara versucht, ihm zuvorzukommen, indem sie ihn um weitere Bilder von der Ehrentafel gebeten hatte. Inzwischen war ihr aufgegangen, dass darin eine gewisse Ironie lag. Von ihren Versuchen, Henris Verhalten im Auge zu behalten, war sie immer so abgelenkt gewesen, dass ihr Gavins Aktivitäten in derselben Richtung entgangen waren – direkt vor ihrer Nase.

Doch nun war Niamhs Hochzeit im vollen Gange. Es war eine wundervolle Zeremonie gewesen. Wie bei den meisten

Hochzeiten auf Château Bellevue de Coulliac hatte es einen Segnungsgottesdienst in der alten profanierten Kapelle neben dem Westflügel gegeben. Der Einfachheit halber ließen die meisten Paare sich im Vorhinein an ihrem Wohnort standesamtlich trauen, sodass sie in ihrem Heimatland rechtmäßig verheiratet waren. Hier in Frankreich folgten dann eine Segnung nach Wunsch und im Anschluss eine tolle Party.

Nun, da auch die Desserts abgetragen wurden, bat der Trauzeuge des Bräutigams die Gäste, sich in die Scheune zu begeben, wo der Hochzeitskuchen angeschnitten werden und der erste Tanz des Brautpaars stattfinden sollte. Sara fand es jedes Mal spannend, welchen Song die Frischvermählten sich als »ihren Song« ausgesucht hatten – das Lied, mit dem Thomas natürlich die Playlist für den heutigen Abend eröffnen würde. Er nahm seine neue Rolle sehr ernst und hatte am Donnerstagnachmittag Stunden damit verbracht, die Liste zusammenzustellen und dabei so viele Wünsche wie möglich zu berücksichtigen. Die Musik für seine erste Hochzeit wollte er perfekt hinbekommen.

Als die Lichter gedimmt wurden und die Discokugel sich zu drehen begann, setzte *»The Way You Look Tonight«* ein, und Niamh begegnete dem vernarrten Blick ihres Ehemanns mit einem Lächeln. Für einige wenige Augenblicke vergaßen die beiden die liebenden Freunde und Verwandten, die strahlend im Kreis um sie herum standen und ihnen zusahen. *Das Paar hat wirklich Klasse*, dachte Sara zufrieden. *Etwas anderes hätte ich von den beiden auch nicht erwartet.* Dann gesellten sich Liam und Marie, Mr O'Callaghan und Mrs Best senior sowie Mrs O'Callaghan und Keirans Vater zu ihnen auf die Tanzfläche.

Thomas machte seinen Job großartig. Die Arbeit als DJ lag

ihm offensichtlich im Blut. An das Scheunentor gelehnt beobachtete Sara ihn aus dem Schatten heraus. Bisher hatte sie ihn schlicht als Geschäftspartner gesehen, einen der vielen Zulieferer, mit denen sie zusammenarbeiteten, doch mittlerweile erkannte sie, dass Karen recht hatte: Er war *wirklich* ein gut aussehender Kerl mit seinen dunklen Augen und dem warmherzigen Grinsen, das in der Partybeleuchtung immer wieder aufblitzte. Als würde er spüren, dass sie ihm zusah, warf er einen Blick in ihre Richtung, und als er sie entdeckte, erstrahlte wieder jenes träge Lächeln auf seinem Gesicht. Grüßend hob er seine Bierflasche in ihre Richtung. Er schien ganz in seinem Element zu sein. Sara errötete in der Dunkelheit und war dankbar, dass er nicht ihre Gedanken lesen konnte. Sie erwiderte das Lächeln und deutete mit den Daumen nach oben.

Als Nächstes begann eine lebhafte Nummer von Thin Lizzy, und die Gäste strömten auf die Tanzfläche. Antoine drüben an der Bar hatte auch schon alle Hände voll damit zu tun, reichlich Whiskey auszuschenken. Auf dem Weg nach drinnen legte sie in der Küche noch ein paar zusätzliche Flaschen Wasser in den Getränkekühlschrank, bevor sie den Leuten vom Catering-Service half, die letzten Tischtücher zusammenzufalten. Etwas Wasser würden sie morgen wohl dringend brauchen.

»Viel Glück! Gute Fahrt! Genießt die Zeit …« Die gesamte Gästeschar war zusammengekommen, um das Brautpaar zu verabschieden. Gleich würden die beiden in das gemietete Cabrio steigen und für die Reise in die Flitterwochen in Richtung Flughafen aufbrechen.

Vorher kamen Niamh und Keiran aber noch einmal zu Sara, die gerade Eis am Stiel an die Kinder verteilte. »Vielen Dank für alles. Du hast unsere Hochzeit einfach perfekt gemacht«, sagte Niamh und umarmte Sara.

»Ach, wo wir gerade beim Thema Perfektion sind: Henri hat gesagt, er kann die Fotos retuschieren, wenn ihr wollt. Er schickt euch eine Vorschau, dann könnt ihr ihm sagen, ob er deinem armen Auge ein bisschen mit Photoshop zu Leibe rücken soll.«

Lächelnd blickte die frischgebackene Mrs Best zu ihrem Ehemann auf. »Wisst ihr was: Ich glaube, wir lassen sie genau so, wie sie sind. Das wird uns immer eine Erinnerung an diese wundervolle Feier sein und daran, dass im Leben eben nicht immer alles glattgeht. Was wirklich zählt, sind Familie und Freunde – ganz egal, wie nervig manche davon ab und zu sein mögen. Und dass wir zusammen sind.«

»Ja, und eigentlich gefällt es mir sogar ganz gut, wenn du aussiehst, als hättest du bei einer Schlägerei ganz vorne mitgemischt. Steht dir um einiges besser als den meisten Rugbyspielern, die ich kenne.« Keiran umarmte sie.

Gemeinsam mit den anderen Gästen winkte Sara den beiden von den Stufen des Châteaus zum Abschied. Dann ging sie wieder hinein und kochte noch ein paar Kannen Kaffee, mit denen sie durch die Reihen gehen würde, während die Party sich langsam dem Ende zuneigte.

»Bei den beiden hab ich ein wirklich gutes Gefühl«, bemerkte Karen mit einem bekräftigenden Nicken, als sie mit einem Tablett voller Geschirr von der Terrasse hereinkam.

»Ja. Das sieht ganz nach ›glücklich bis ans Ende ihrer Tage‹ aus, würde ich sagen.« Sara begann, ein paar übrig gebliebene Kaffeetassen abzuwaschen.

Niamhs Abschiedsworte gingen ihr durch den Kopf. *Im Leben geht eben nicht immer alles glatt.* Und Sara wurde klar, dass Niamh recht hatte. Es hatte keinen Sinn zu versuchen, die Realität zu beschönigen. Sie hatte diese Hochzeit überstanden, indem sie jeden Gedanken an Gavins Abreise und andere schmerzliche Momente des Verlassenwerdens vermieden hatte. Jetzt fühlte sie sich der Tatsache gewachsen, dass es zwischen ihnen vorbei war. Doch wäre er nicht gewesen, wäre sie auch nicht hier gelandet. Diese Erkenntnis traf sie etwas unvorbereitet. Sie spürte, wie eine Woge der Akzeptanz sie überrollte und all das Entsetzen fortspülte, das sie bei der Vorstellung erfüllt hatte, den restlichen Sommer allein bewältigen zu müssen.

»Na los«, sagte Karen und schob sie mit der Hüfte vom Waschbecken weg. »Ich spüle, du trocknest ab. So, da hast du also die erste Hochzeit im Alleingang sicher über die Bühne gebracht.«

Sara nickte. »Und zwar dank eurer Unterstützung. Eine erledigt, bleiben noch fünf in dieser Saison. Weißt du was? Ich glaube tatsächlich, wir können das schaffen.«

4. Kapitel:

Etwas Neues

Das war jede Woche ihr Lieblingsmoment: Diese wenigen absolut friedlichen Sekunden direkt nach der Abreise des letzten Hochzeitsgastes, in denen sie das Château für sich allein hatte. Selbst als Gavin noch hier gewesen war, hatte Sara sich jeden Montagmittag in den Garten zurückgezogen, um in aller Ruhe den seltenen Luxus zu genießen, ausnahmsweise einmal ganz für sich zu sein. Sie holte tief Luft und ließ den Atem langsam wieder entweichen, ein langer Seufzer der Erleichterung, dass eine weitere Veranstaltung erfolgreich abgehakt war. Ein weiterer beachtlicher Scheck war eingereicht, das Geld für die nächste Runde Gehälter und Rechnungen sicher auf dem Konto.

Eigentlich hatte sie erwartet, sich ohne Gavin einsam zu fühlen, doch zu ihrer Überraschung hatte sie festgestellt, dass sie das Alleinsein sogar genoss. Tatsächlich hatte sie sich, so paradox es auch war, teilweise einsamer gefühlt, als er noch hier gewesen war. Mit ihrem schrumpfenden Selbstbewusstsein hatte sie sich dabei ertappt, wie sie sich ihm in immer mehr Geschäftsbelangen unterordnete – immerhin war er derjenige mit der Erfahrung im Eventmanagement. Außerdem war er der Hauptanteilseigner, weil er die Erbschaft von seinem Vater hatte einbringen können. Doch jetzt war sie plötzlich nicht mehr nur die Hälfte eines verlobten Paars, sondern wieder eine völlig eigenständige Persönlichkeit. Es war, als hätte sie seit der Verlobung die Luft angehalten und könnte nun wieder frei durchatmen.

Und so stand sie da, genoss den Ausblick und sog die warme Luft mit ihrem leisen Duft von Staub und Lavendel ein. Über ihrem Kopf tanzte ein Schmetterlingspaar, hellblau und trunken vor überschäumendem Sommerglück, berauscht von dem Garten, den Sara auf diesem magischen Hügel erschaffen hatte.

Während sie so in die Weite blickte, kroch ein weißer Lieferwagen die Straße im Tal unter dem Château entlang und bog am Tor ab. Holpernd kam er die Zufahrt herauf. Der Wagen der Wäscherei konnte es nicht sein, der kam immer erst dienstags, um die Wäsche vom Wochenende zu holen und frische Laken und Handtücher zum Wechseln zu liefern. Auch Claude, der Gärtner, war das vermutlich nicht. Vielleicht jemand vom Catering-Service, der etwas vergessen hatte. Nur widerstrebend löste Sara sich aus dem Zauber dieses kurzen perfekten Augenblicks und ließ sich Zeit damit, in den Hof hinunterzugehen. Unten erwartete sie Thomas Cortini.

»Thomas! Das war wirklich fantastische Arbeit, die Sie da am Samstagabend geleistet haben. Die Gäste fanden die Party großartig, viele haben mich sogar darauf angesprochen, wie klasse die Musik war. Sie sind ein Naturtalent!«

»*Ah bon*, freut mich, dass Sie zufrieden sind, Boss. Sie haben hier aber auch einen tollen Ort dafür geschaffen. Mir war gar nicht klar, wie viel Arbeit Sie und Gavin in dieses alte Château gesteckt haben. Es ist schön, es wieder in seinem ursprünglichen Glanz erstrahlen zu sehen.«

»Danke. Von jemandem, der hier sein ganzes Leben verbracht hat, ist das ein besonders schönes Kompliment.«

»Na ja, Karen hat mir jedenfalls erzählt, dass Montag Ihr freier Tag ist. Ich hab meinen Vater zum Flughafen gebracht und dachte mir, wenn ich ohnehin bei Ihnen in der Gegend vorbeikomme, könnte ich doch mal nachhorchen, ob Sie nicht mit mir zu Mittag essen wollen. Ich habe ein Picknick mitgebracht.«

»Oh, das ist wirklich nett, Thomas, aber ich sollte dringend ein paar Anrufe wegen der nächsten Hochzeit machen, da muss noch einiges arrangiert werden.« Ihre Antwort kam beinahe automatisch, ein reiner Schutzmechanismus. (Und erst ein paar Sekunden später begann Sara sich zu fragen, warum Karen und er darüber gesprochen hatten, wann ihr freier Tag war ... In ihr keimte der Verdacht auf, dass da eine gewisse australische Kupplerin die Finger im Spiel hatte.)

Thomas wollte ein Nein anscheinend nicht gelten lassen und tippte auf seine Uhr. »Aber Sara, *c'est midi*. Im Augenblick ist überall geschlossen – wenn die Geschäfte an einem Montag im August überhaupt jemals geöffnet hatten! Und wenn ich Sie daran erinnern darf«, fuhr er in gespielt lehrerhaftem Ton fort: »Gemäß der Vorschriften zur Fünfunddreißig-Stunden-Woche hier in Frankreich sind Angestellte verpflichtet, mittags für zwei Stunden den Stift fallen zu lassen und sich ans Flussufer zu setzen, um Brot mit Pâté zu essen. Außerdem ist ein kühles Glas Wein Pflicht, zur Unterstützung des örtlichen *vigneron*. Ihre Anrufe können warten, bis die Leute in bester Laune wieder am Schreibtisch sitzen, dank der langen und erholsamen Mittagspause.«

Lachend schüttelte sie den Kopf. »Na ja, wenn Sie es so ausdrücken ...«

»Und wenn Sie sich nicht fügen, könnte ich mich gezwungen sehen, Sie wegen gravierender Regelverstöße der Gewerkschaft zu melden«, machte Thomas den Sack endgültig zu.

»Was war noch mal Ihr normaler Job? Irgendwas mit Marketing und Vertrieb? Sie haben echt Talent! Geben Sie mir zwei Sekunden, um meine Sonnenbrille zu holen.«

Im Cottage kämmte Sara sich das feine dunkle Haar und trug ein wenig transparenten Lipgloss auf. Natürlich nur, damit die Lippen in der Hitze nicht austrockneten – ganz sicher nicht mit irgendwelchen Hintergedanken.

»Wohin fahren wir?«, fragte sie, als sie in den Lieferwagen stieg.

»Gar nicht weit«, antwortete Thomas.

Und wie versprochen hielt er weniger als einen Kilometer vom Château entfernt vor dem Tor zu einer alten Mühle, die am Flussufer stand. »Das ist das Haus der Eltern meiner Schwägerin«, erklärte er. »Ich habe ein Auge darauf, solange die beiden für ein paar Wochen mit dem Rest der Familie im *Bassin d'Arcachon* sind.«

Er hievte einen Picknickkorb aus dem hinteren Teil des Lieferwagens. »Das können Sie nehmen«, beschied er ihr und drückte Sara ein frisch gebackenes Baguette in die Hand, noch ofenwarm und in ein Stück braunes Papier gewickelt. »Und ich nehme noch den hier mit.« Er griff sich einen Weinkühler. *»Allez, viens!«*

Er geleitete sie an der Vorderseite der altehrwürdigen steinernen Mühle vorbei auf einen schmalen Pfad, der hinunter zum Ufer führte. Quer über den kleinen Zufluss zur Dordogne war ein Wehr errichtet worden, und am diesseitigen Ende hatte man das Wasser durch einen schmalen Kanal umgeleitet. Tosend und schäumend schoss es dort unter dem alten Mühlrad hindurch, das nach jahrhundertelangem Dienst nun ruhte. Die Schleusentore daneben standen weit offen, sodass das Wasser ungehindert hindurchströmen konnte. Sie machten es sich im Schatten einer ausladenden Weide bequem, deren Blätter träge im langsam fließenden Wasser unter dem Wehr trieben.

Sara seufzte zufrieden. »Unglaublich. Das sind praktisch meine Nachbarn, und ich hatte nicht den leisesten Schimmer, dass es diesen Ort überhaupt gibt. Was für ein wundervolles Fleckchen Erde.«

Thomas stellte Teller bereit und machte sich daran, kleine Wachspapier-Päckchen mit Pâté und Käse auszuwickeln. Er entkorkte eine beschlagene Flasche weißen Bordeaux' von Château de la Chapelle und goss ein wenig davon in zwei Gläser.

Anerkennend hielt Sara ihres in die Höhe. »Sogar richtige Gläser, ich bin beeindruckt!«

»Aber selbstverständlich. Nur Kulturbanausen würden einen solchen Wein aus Plastik trinken. Santé!«

Er brach ein großzügiges Stück von dem Baguette ab und legte es auf einen Teller, den er Sara reichte. *»Sers-toi«*, drängte er.

Plötzlich heißhungrig strich Sara einen dicken Batzen Pâté auf das Brot und biss hinein. Seit Gavins Abflug hatte sie keinen sonderlich großen Appetit gehabt, und für sie allein schien das Kochen ohnehin kaum der Mühe wert. Es war schon komisch, wie gute Gesellschaft jedem Mahl die richtige Würze verlieh.

»Sie haben also Ihren Vater zum Flughafen gebracht?«, fragte sie.

»Ja, er fliegt für ein paar Tage nach England. Mit fast achtzig hat er sich da tatsächlich noch eine Freundin angelacht.

C'est génial! So guter Laune hab ich ihn nicht mehr gesehen, seit meine Mutter ihn vor fünfzehn Jahren verlassen hat. Im Augenblick lernt er Bridge spielen und Tee trinken. Die ganze Beziehung gibt ihm einen völlig neuen Schwung.«

»Und Ihre Mutter? Sehen Sie sie oft?«

»Oui, de temps en temps«, antwortete er achselzuckend. »Aber sie hat genug mit ihrer Stieffamilie zu tun. Sie hat wieder geheiratet, wissen Sie. Ihr Mann ist Zahnarzt in Bordeaux, jetzt natürlich im Ruhestand.« Sara nickte mitfühlend: Was Stieffamilien anging, wusste sie, wovon er sprach, schließlich hatte sie selbst zwei. »Sie kommt nicht gern aufs Gut. Das schlechte Gewissen, nehme ich an. Das Leben als *vigneronne* war nie wirklich etwas für sie, im Herzen ist sie ein Stadtmädchen. Hier auf dem Land war sie immer rastlos.«

Etwas an seiner Art, das zu sagen, ließ Sara zu ihm hinübersehen. Sie versuchte, seine Miene zu deuten. »Und, was denken Sie, ähneln Sie eher Ihrem Vater oder Ihrer Mutter?«, fragte sie und nippte an ihrem Wein.

Er seufzte. »Ganz ehrlich? Im Grunde meines Herzens habe ich den Verdacht, dass eine Menge von ihr in mir steckt. Mein Bruder Robert ist genau wie unser Vater. Er ist durch und durch Winzer. Papa sagt immer, den Cortinis liegt der Wein im Blut. Sein eigener Vater ist aus Italien hergekommen, um in den Weinbergen zu arbeiten, und hat sich in die Tochter des Eigentümers von Château de la Chapelle verliebt. Unsere Familie ist also schon seit Generationen mit dem Weinbau verbunden. Aber ich glaube nicht, dass ich dieser Arbeit die gleiche Hingabe entgegenbringe wie Robert.«

»Aber mögen Sie Ihren Job denn nicht? Immerhin sind Sie sehr gut darin.«

»Es ist nicht so, als würde mir meine Arbeit nicht gefallen. Aber …« Er hielt inne und warf ein paar Brotkrumen ins Wasser, die einen Schwarm winziger silberner Fische an die Oberfläche lockten.

Still saß Sara da und blickte auf das Wasser hinab. Sie ließ Thomas die Zeit, die er brauchte.

»Nun, es ist nur, dass ich das Gefühl habe, da draußen wartet die ganze weite Welt darauf, dass ich sie entdecke.« Mit glänzenden Augen wandte er sich ihr zu, und sein Gesicht strahlte. »Ich habe – wie sagt man noch auf Englisch? – die Füße, die jucken. Aber bisher war ich immer an das Weingut gebunden. Ich musste dort sein, um meinen Bruder zu unterstützen, der seinen Weinberg und die Kellerei liebt, es aber verabscheut, wenn er den Wein verkaufen muss.«

Er bot Sara ein cremiges Eckchen Brie an und schenkte ihr Wein nach.

»Jetzt sind die Dinge aber dabei, sich zu ändern«, fuhr er fort, und in seinen Augen schimmerte immer noch jener neue Ausdruck der Hoffnung. »Gina Thibault, die Frau eines Freundes von mir, hilft uns beim Verkauf, und sie hat gute Verbindungen in den englischen Markt. Die Zahlen sind bombastisch, das macht meine Arbeit um einiges leichter. Jetzt, wo mehr Geld reinkommt, kann ich vielleicht anfangen, ein bisschen ins Ausland zu fahren. Neue Märkte zu erschließen. Und wenn es weiter so gut läuft, kann ich mir eine Auszeit nehmen und auf Reisen gehen. Bis zum nächsten Frühjahr bin ich hier weg, denke ich. Wer weiß, vielleicht finde ich ja sogar ein Plätzchen, das mir ans Herz wächst, und lasse mich eine Zeitlang im Ausland nieder. Meinen Horizont würde ich damit auf jeden Fall erweitern.«

»Klingt toll!« Sara grinste ihn an. »Schon lustig … Ihr

Traum ist es, hier wegzukommen und die Welt zu bereisen. Und mein Traum war es, hierherzuziehen, um ein bisschen mehr von der Welt zu sehen. Abenteuer hängen wohl immer davon ab, wo man startet.«

»Und wie ist es mit Ihnen?« Thomas reichte Sara einen perfekt gereiften Pfirsich, aus dem der Saft nur so auf den Teller troff, als sie ihn aufschnitt. »Führen Sie Ihre Firma hier in Frankreich alleine weiter?«

Sara zuckte die Schultern. »Ich bin mir nicht sicher. Im Augenblick kann ich nur daran denken, wie ich die nächsten Wochen bis zum Ende der Saison über die Bühne bringe. Wenn die Hochzeiten für dieses Jahr vorbei sind, sollte ich etwas mehr Zeit haben, um eine Bestandsaufnahme zu machen. Außerdem hängt es auch davon ab, was Gavin als Nächstes tut. Wenn er seinen Anteil ausgezahlt haben will, dann werde ich keine andere Wahl haben, als das Château zu verkaufen.« Sie hielt den Tonfall bewusst leicht, doch zu ihrer Überraschung dämmerte ihr langsam, dass sie gar nicht verkaufen wollte.

»Und wie würde es Ihnen damit gehen?«

Wie machte dieser Mann das nur? Irgendwie schien er ihre Gedanken lesen zu können. Ihre wahren Gedanken, das, was die echte Sara tief im Inneren ausmachte – nicht bloß das, was sie an der Oberfläche preiszugeben bereit war.

Zögernd blickte sie einem Blatt hinterher, das auf der Wasseroberfläche langsam vorbeitrieb, und dachte daran, ihm mit einer weiteren dahingesagten Antwort auszuweichen. Doch irgendwie brachte die Ehrlichkeit, mit der Thomas vorhin geantwortet hatte, sie dazu, die Deckung fallen zu lassen.

»Um ehrlich zu sein, wäre das ein herber Schlag für mich.

Zu Anfang dachte ich noch, ich will das alles einfach nur loswerden – zu viele Erinnerungen an Gavin und die Art, wie er mit mir umgesprungen ist. Aber es ist schon komisch: Jetzt, wo ich die erste Hochzeit ohne ihn geschafft habe, wird mir bewusst, wie sehr ich diesen Ort liebe. Zu sehr, um ihn kampflos aufzugeben. All die harte Arbeit ... Und ich habe immer noch Pläne für den Garten, die ich gern umsetzen würde. Irgendwie habe ich das Gefühl, Château Bellevue verdient es, dass man ihm eine elegante Kulisse verleiht, die seiner Geschichte würdig ist. Nicht, dass ich darüber viel wüsste, aber je länger ich dort lebe, desto mehr fühle ich, dass dort schon viele Leben vor uns geführt wurden und hoffentlich auch noch viele nach uns kommen werden. Ich schätze, es macht mir bewusst, wie flüchtig unser Dasein ist, während Fels und Stein alles überdauern. Ich würde diesem Ort gern meinen Stempel aufdrücken. Etwas hinterlassen, wenn ich fort bin.« Sie wandte sich zu ihm um und lächelte ihn an. »Tut mir leid, ich rede Unsinn. Das kommt davon, wenn Sie mich zum Mittagessen mit Wein abfüllen!«

Er schüttelte den Kopf. »Nein. Das ergibt Sinn. Und Sie haben recht, es heißt, dass über die Jahrhunderte alle möglichen Dinge passiert sind an diesem Ort. Die Vorbesitzer haben behauptet, so ungefähr jeder König und jede Königin seit Henri dem Zweiten und Eleanor von Aquitanien hätten hier zum ein oder anderen Zeitpunkt genächtigt. Es geht sogar das Gerücht, es gäbe einen Geheimtunnel voller Geister, der genau von dieser Mühle hier bis in die Keller des Châteaus führt!« In gespielter Furcht riss er die Augen auf.

»Wie aufregend. Danach muss ich wohl mal Ausschau halten«, entgegnete Sara lachend.

»Da könnte tatsächlich was Wahres dran sein. Der Kalkstein hier in der Gegend ist durchsetzt mit unzähligen Höhlen. In Saint Emilion gibt es sogar eine komplette unterirdische Kirche. Und von Lascaux drüben hinter Bergerac haben Sie bestimmt schon gehört, mit lauter Höhlen voller fantastischer prähistorischer Malereien. Sehen Sie«, er deutete auf eine kleine Stalltür, die in die Felswand hinter ihnen eingelassen war. »Sogar hier gibt es eine kleine Höhle. Da drin sind allerdings keine Höhlenmalereien, nur der Rasenmäher!«

Sara erzählte ihm von der Nazijacke, die sie in der Wand des Cottages entdeckt hatte (wobei sie allerdings tunlichst vermied zu erwähnen, wie sie mit der Rohrzange nach Gavin geworfen hatte), und er nickte bedächtig. »Ich hab mal davon gehört, das Schloss sei im Krieg von den Deutschen besetzt gewesen. Es gibt so viele solcher Geschichten hier in der Gegend, auch wenn sie selten erzählt werden. Das ist wirklich eine Zeit, die die Leute am liebsten vergessen würden. So viel Schreckliches ist geschehen. Es war kompliziert als besetztes Land, und manche Gemeinden hat es regelrecht zerrissen. Ihr Engländer habt den Luxus, das nie durchgemacht zu haben. Für euch ist das wahrscheinlich schwer nachzuvollziehen.« Mit einem Schulterzucken und einem Lächeln zeigte Thomas einen Themenwechsel an und beendete diese spezielle Unterhaltung – so, wie es die meisten Leute hier zu tun pflegten.

Er richtete sich auf, wischte sich ein paar Krümel von der Hose und hielt ihr eine Hand entgegen. »Kommen Sie! Wird Zeit, dass Sie mal versuchen, übers Wasser zu gehen.«

»Wie meinen Sie das?« Sara blickte hinüber zum oberen Rand des Wehrs. Entlang dieser Linie verwandelte sich das tiefe braune Flusswasser abrupt in eine rauschende Folge flacher weißer Stromschnellen, die sich hügelabwärts in das friedlichere Sammelbecken vor ihnen ergossen. »Sie glauben doch wohl nicht, dass ich da drüberlaufe?«

Grinsend zog er sie hoch. »Kommen Sie schon, da kann absolut nichts passieren.«

Er führte sie über eine schmale Brücke aus grasbewachsenen Steinen auf eine kleine Insel zwischen dem Schleusenkanal und dem Fluss. Unter einer dicken Eiche streiften sie die Schuhe ab und ließen sie liegen, bevor Thomas auf das Wehr hinabstieg. Dicht unter der Wasseroberfläche trieben grüngoldene Pflanzen in langen Strähnen, wie das Haar einer Wassernixe. Sara zauderte, dann ergriff sie die Hand, die Thomas ihr entgegenstreckte, und trat vorsichtig ins Wasser. Sie hatte damit gerechnet, die Steine würden schlüpfrig sein, doch die Pflanzen unter ihren Füßen bildeten einen groben Teppich, auf dem sie hervorragend Halt fand. Das strömende Wasser war flach – es reichte ihr kaum bis zu den Knöcheln – und erfrischend kühl. Sie genoss, wie ihr die Sonne heiß auf die Arme schien und das Wasser kalt und klar über die Füße floss.

Langsam gingen sie zur Mitte des Flusses hinaus, umspielt von metallisch blauen Libellen. Eine landete auf ihrer nackten Schulter, federleicht, und ruhte sich dort für einen Moment aus, bevor sie sich wieder in die von Regenbogen erfüllte Luft über dem Wehr stürzte.

In der Mitte hielten sie an, unter ihren Füßen der solide Stein, auf der einen Seite ein tiefes braunes Becken und auf der anderen die rauschenden Stromschnellen, wo das Nixenhaar unter einem schäumenden Brautschleier verschwand. Mitten im Wasser, das um sie herum und zu ihren Füßen tanzte, wandte Sara sich erfüllt von purer Glückseligkeit zu Thomas um. »Oh, das ist wunderschön! Danke, dass Sie mir das gezeigt haben.«

Er sah ihr in die Augen. »Ein Hoch auf das Abenteuer, wo immer es uns auch begegnet.« Und dann, für einen kurzen Augenblick, berührten seine Lippen ihre, zart wie der Flügelschlag einer Libelle.

Bevor Sara reagieren konnte (oder auch nur darüber nachdenken, wie die korrekte Reaktion hätte aussehen sollen), drehte er sich um und sprang mit einem Jubelschrei in das tiefe braune Becken oberhalb des Wehrs. Im nächsten Augenblick war er unter der Wasseroberfläche verschwunden.

»Thomas!«, rief sie und suchte panisch den Fluss mit Blicken ab. »Thomas!«

Fünf lange Sekunden später tauchte er flussaufwärts wieder auf, das Haar wie bei einem Otter glänzend am Kopf anliegend, und grinste breit.

»Komm rein, Sara!«, rief er. »Spring in meine Richtung vom Wehr und schwimm kräftig gegen den Strom, dann bist du ganz schnell aus der stärksten Strömung raus.« Sie zögerte, und wassertretend winkte er sie zu sich. »*Allez, viens!* Es ist herrlich!«

Ach, verdammt, was soll's, dachte sie und sprang. Ungehindert tauchte sie in die unbekannten Tiefen ein und schwamm gegen die machtvolle Umarmung des Flusses an. Keuchend kam sie wieder an die Oberfläche, gleichermaßen überwältigt von der Kälte der tieferen Wasserschichten und dem Adrenalinstoß, der wie Quecksilber durch ihre Adern schoss.

Seite an Seite schwammen sie ans gegenüberliegende Ufer und zogen sich hinauf auf das Gras, wo sie sich atemlos lachend fallen ließen. Augenblicklich begann die Sonne, ihre Gänsehaut zu wärmen und ihre nassen Kleider zu trocknen.

Sara setzte sich auf. »Thomas Cortini! Ist das nicht gefährlich, so dicht bei einem Wehr schwimmen zu gehen?«

»Natürlich. Man muss wissen, was man tut. Aber dieser Fluss ist klein und langsam genug dafür, solange man sich auf dieser Seite hält und der Schleuse fernbleibt.« Auch er richtete sich auf, legte die Arme um seine Knie und grinste Sara von der Seite an. »Außerdem bist du doch auch gesprungen. Offensichtlich hast du mir vertraut!«

»Nein, nein, das hast du falsch verstanden, ich dachte nur, ich müsste dich vielleicht retten«, gab sie gespielt hochnäsig zurück. Sie fuhr sich mit den Fingern durch das nasse Haar. »Ein Glück, dass meine Uhr wasserdicht ist.« Sie warf einen Blick aufs Zifferblatt. Schon nach halb drei. Doch plötzlich war ihr die Zeit ausnahmsweise einmal egal, und sie ließ sich ins Gras sinken, die Augen gegen die strahlende Sonne geschlossen. Auf dieser Seite des Flusses war das Tosen der Schleuse nur gedämpft zu hören. Weiches, melodisches Vogelgezwitscher schwebte durch das Blätterdach über ihnen. So blieben sie eine Weile liegen, Seite an Seite, in einträchtigem Schweigen, und ließen sich bis unter die Haut wärmen von den durchbrochenen Sonnenstrahlen, die durchs Laub drangen.

Schließlich stand Thomas auf und bot ihr seine Hand an. »Bereit für den Rückweg nach drüben?«

Als sie die Picknickutensilien zusammenräumten, verscheuchte Sara ein paar Wespen von den klebrigen Tellern. Abwehrend zuckte Thomas zusammen, als eine in seine Richtung flog. Sara musste lachen. »Furchtlos springt er in einen reißenden Fluss, aber eine winzige Wespe macht ihm Angst?«

Wieder grinste er sie an. »Ah, du hast meine Achillesferse entdeckt, in dieser Hinsicht bin ich tatsächlich ein Feigling.

Aber aus gutem Grund: Ich bin allergisch gegen Wespenstiche.«

»Dann halt lieber Abstand und lass mich das machen.«

Er seufzte. »Bist du immer so unabhängig und tüchtig?«

»Wenn es nötig ist, ja.«

»Unter diesen Umständen habe ich keinerlei Zweifel mehr daran, dass du auf Château Bellevue bleiben und deine Firma zu einem Riesenerfolg machen wirst«, erklärte Thomas, unvermittelt ernst.

»Na, dann erwarte ich aber von dir, dass du mir von überall auf der Welt Postkarten schickst«, antwortete Sara. »Und Thomas? Danke für diesen Tag. Dass du mir diesen wunderschönen Ort gezeigt hast. Das war genau das, was ich gebraucht habe.«

5. Kapitel:

Matthew & Hamish

WIR TRAUEN UNS!

MATTHEW UND HAMISH

AM SAMSTAG, 11. AUGUST
UM 16:30
AUF CHÂTEAU BELLEVUE DE COULLIAC, FRANKREICH.

UM ANTWORT WIRD GEBETEN:
55 NORTHUMBERLAND PLACE
EDINBURGH EH3 5LR

Thomas wirkte etwas ratlos. Das Team saß für die Dienstagmorgenbesprechung um den Küchentisch versammelt, und gerade hatte Sara ihm die Liste mit den Musikwünschen für die Veranstaltung am Samstag übergeben.

»Was ist *›The Gay Gordons‹*? Und *›Strip the Willow‹*? Und dann ist hier noch ein ›Vierer‹. Und dann, *mon Dieu*, ein ›Achter‹! Mit so was hab ich bei meinem Job als DJ aber nicht gerechnet! *Oh là-là*, es gibt ja Gerüchte über die Sachen, die ihr Engländer bei den Feten hier auf Château Bellevue veranstaltet, aber ich hätte nie gedacht, dass das stimmt!«

Auch Antoine und die Héls Belles sahen leicht alarmiert aus.

Karen schnaubte belustigt. »Du warst wohl noch nie auf einer Schwulenhochzeit, was, Tommy-Boy?«

»Keine Sorge, Thomas.« Beruhigend tätschelte Sara ihm die Hand. »Das sind schottische Tänze. Hamish und Matthew wollen die Party mit ein paar *Reels* in Schwung bringen. Diese Tänze sind fantastisch, du wirst es lieben. Einer ihrer Freunde wird den *Caller* geben, der die Tanzschritte ansagt und erklärt. Alles, was wir zu tun haben, ist, ein bisschen schottische Tanzmusik herunterzuladen. Ich helfe dir zusammenzusuchen, was wir brauchen.«

Sara überflog ihre Notizen. »Hamish und Matthew lassen sich in Edinburgh als eingetragene Partnerschaft registrieren. Da das allerdings nicht gerade romantisch ist, halten sie hier im Garten eine kurze inoffizielle Zeremonie ab und besiegeln ihren Bund noch einmal vor ihren Freunden. Näher kann man einer richtigen Eheschließung nicht kommen, ohne dass es wirklich eine ist. Dann geht es wie immer weiter mit Sektempfang, Abendessen und Tanz.«

»Antoine, würdest du heute Vormittag den Champagner abholen?«, fuhr sie fort. »Die beiden haben nur das Beste vom Besten bestellt, Louis Roederer Crystal 2004. Und zwar Unmengen. Matthew Humphreys ist ein aufsteigender Stern am Modehimmel, und als Designer hat er offensichtlich ein Faible für Perfektion. Alles an dieser Feier wird umwerfend sein. Okay, sind alle zufrieden mit ihren Schichten fürs Wochenende? Ja? Dann machen wir uns an die Arbeit.«

Karen und Sara waren dabei, die Betten abzuziehen und

die Laken in große leinene Wäschesäcke zu stopfen, als Karen ganz beiläufig fragte: »Und, Sara, was hast du an deinem freien Tag gestern so gemacht?«

Sara lächelte bei der Erinnerung. Bewusst schlug sie einen lockeren Tonfall an. »Ach, nicht viel. Du weißt schon. Das Übliche.«

Ein Nicken von Karen. »Das Übliche. Hmm. Das ist ja sehr interessant. Mein Mann hat nämlich während der Mittagspause gesehen, wie du mit Thomas Cortini bei der alten Mühle abgebogen bist. Also wenn das ›das Übliche‹ ist, hast du mir was zu beichten, glaube ich.« Sie schüttelte den Kopf. »Wer hätte das gedacht ... Tja, das alte Sprichwort stimmt eben doch: Stille Wasser sind tief.«

»O mein Gott! Kann man denn hier gar nichts unbeobachtet machen?«

»Nope. Ein Niesen, und im nächsten Augenblick stehen sie schon mit ihren Hausmittelchen und einem Topf Hühnersuppe vor der Tür. Vor allem als *Anglaise*, die gerade erst in ihrem Château auf dem Hügel sitzen gelassen wurde, einer der wichtigsten Sehenswürdigkeiten hier in der Gegend. Im Augenblick sorgst du für reichlich Unterhaltung und Spekulationen hier in Coulliac. Dein Glück ist natürlich, dass ich die Diskretion selbst bin und dazu noch absolut loyal. Von mir erfahren diese Klatschmäuler kein Wort über das, was hier oben wirklich vor sich geht.«

»Mhm, dann ist es ja umso bedauerlicher, dass hier oben nur sehr *wenig* vor sich geht.« Sara zog einen Kissenbezug ab und schüttelte das Innenleben energisch auf, bevor sie es auf den Stuhl vor dem Fenster legte, um es auszulüften.

Karen hob eine Augenbraue, presste aber fest die Lippen zusammen.

»Was ist das nun wieder für ein Blick?«, wollte Sara wissen.

»Von mir hörst du kein Wort. Wie gesagt, ich bin die Diskretion selbst ...«

Argwöhnisch musterte Sara sie und überlegte. »Also, ich bin's nicht. Und der einzige andere hier oben ist Antoine.«

Karen presste die Lippen noch fester zusammen und unterdrückte offensichtlich ein Lächeln.

»Du willst doch wohl nicht ... ? Aber wer ...?«

»Ich sag nur so viel: Du bist nicht die Einzige hier, die romantische Verabredungen mit Angehörigen des anderen Geschlechts hat.«

In diesem Moment steckte Héloise den Kopf zur Zimmertür herein. »Sara, wäre es in Ordnung, wenn ich Antoine zum Weinhändler begleite und ihm beim Kistenschleppen helfe? In den drei hinteren Zimmern hab ich schon alles abgezogen, und die frische Wäsche wird erst in einer Stunde geliefert.«

»Ja, natürlich, Héloise, ist in Ordnung.« Sara beherrschte sich, bis Héloises Schritte auf der Treppe verklungen waren – dann brach sie zeitgleich mit Karen in schallendes Gelächter aus.

»Ach du liebe Güte«, stieß sie atemlos hervor, »daran sind bestimmt die vielen Hochzeiten schuld. Hier liegt aber so was von Liebe in der Luft.«

»Das nehme ich mal als Geständnis«, kommentierte Karen grinsend.

»Ich hab von Antoine und Héloise gesprochen ... Oh! Du bist unmöglich!« Sara warf mit dem zweiten Kissen nach Karen.

»Mich dünkt, die Dame protestiert zu viel. Mehr sag ich dazu nicht.«

Ausgerechnet jetzt schaute auch Thomas zur Tür herein. »Sara, kannst du runterkommen und mir helfen, die Schottenmusik auszusuchen?« Er grinste. »Ich hab da was gefunden, das sich *Highland Fling* nennt!«

Als er sich zum Gehen wandte, holte Karen einen Staubwedel aus ihrem Eimer hervor, mit dem sie triumphierend auf Sara zeigte wie mit einem Zauberstab. »Schön weiter Frösche küssen, Sara! Früher oder später verwandelt sich schon einer in einen Prinzen, denk an meine Worte.«

»Hallo? Ist jemand hier?«

Sara zuckte zusammen. Sie hatte frühestens in einer Stunde mit den ersten Gästen gerechnet.

»Oh, tut mir leid. Hab ich Sie erschreckt? Ich bin Nicola Carter, die Trauzeugin von Hamish und Matthew.« In der Küchentür stand eine schlanke, hochgewachsene Frau, gekleidet in fließendes weißes Leinen.

Sara ging zu ihr und gab ihr die Hand. »Kommen Sie doch herein. Sie sind herzlich willkommen.«

»Ich habe für den Sommer ein Anwesen nicht weit von hier gemietet, da dachte ich mir, ich komme vorbei, bevor die Schottenhorde einfällt. Wenn es geht, würde ich gern schon mal einen Blick auf den Ort werfen, wo am Samstag die Zeremonie stattfinden soll. Ich werde das Ganze nämlich leiten – was eine riesige Ehre ist, aber eben auch ein kleines bisschen beängstigend.«

»Aber natürlich. Kommen Sie, ich zeige Ihnen, welches Plätzchen ich dafür im Auge habe.«

Sara führte Nicola zum Aussichtspunkt, wo eine mit Glyzinen bewachsene Pergola den Blick auf das silberne Band des Flusses unten im Tal einrahmte. Üppige Blütentrauben hingen zwischen den dichten grünen Blättern.

»Hier können wir Stühle aufstellen, und das wäre der Hintergrund. Der Zeitpunkt ist perfekt, die Glyzinen sind gerade zum zweiten Mal aufgeblüht.«

»Oh, das ist ja bezaubernd!«, rief Nicola aus. »Was für ein traumhafter Ort. Wobei ich von Matthew und Hamish natürlich auch nichts anderes erwartet habe. Die beiden haben unbestreitbar ihre Hausaufgaben gemacht. Sind Sie schon lange hier?« Und schon fragte sie Sara interessiert über das Château und die Restaurationsarbeiten aus. Gemeinsam spazierten sie über das Gelände, und Sara zeigte ihr die wichtigsten Gebäude – Scheune, Kapelle und Château – sowie den Pool.

»Es ist wundervoll. Tolle Arbeit. Um einen solchen Standard zu erreichen, müssen Sie eine ganze Menge Energie hier hineingesteckt haben. Es war eine gute Idee von Matthew, die Feier hier draußen zu veranstalten. So fällt es nicht ganz so auf, wer anwesend ist und wer nicht. Hamishs Familie wäre selbst dann nicht gekommen, wenn die Feier in Edinburgh stattgefunden hätte – sie kommen einfach mit der ganzen Schwulensache nicht zurecht. Aber Matthews Eltern sind dabei. Die bemühen sich wenigstens, auch wenn es ihnen schwerfällt, sich damit abzufinden.«

Sara spürte eine plötzliche Woge des Mitleids für das Paar: Sie wusste genau, wie es sich anfühlte, in der eigenen Familie ein Außenseiter zu sein. »Nun, ich freue mich, dass ich behilflich sein kann. Sie sind hier *alle* herzlich willkommen. So, wie wäre es mit einem kühlen Getränk?« Sara warf einen Blick auf ihre Uhr. »Die anderen dürften jeden Augenblick eintreffen, ich würde mich wirklich freuen, wenn Sie bleiben – das wäre doch eine wundervolle Begrüßungsüberraschung für die beiden. Was darf ich Ihnen anbieten? Wein, Bier oder vielleicht etwas Nichtalkoholisches?«

»Ein Glas Eiswasser wäre schön.«

Sara und Nicola richteten sich an einem Tisch auf der Terrasse ein. »Und Sie sind also den Sommer über hier in der Gegend?«

»Ja. Ich habe einen *gîte* in der Nähe der Buddhisten gemietet. Ich möchte meinen Sommerurlaub mit ein wenig spiritueller Weiterentwicklung verbinden. Ab und zu muss ich dann doch für die Arbeit rüber nach London, aber von Bergerac aus ist das ja ein Kinderspiel. Auf die Idee hat mich die Hochzeit gebracht, dafür wäre ich ohnehin hierhergekommen.«

Sara wusste von den Buddhisten ein paar Kilometer südlich, in deren Meditationszentrum Menschen aus aller Welt strömten, um sich eine Auszeit zu nehmen oder den Zen-Meister sprechen zu hören. Mittlerweile war sie daran gewöhnt, sich an der Kasse im Supermarkt ab und an hinter einigen kahlgeschorenen Mönchen in ihren braunen Gewändern wiederzufinden. So selten kam das gar nicht vor.

Die ersten Autos trafen auf dem Parkplatz ein. »Da kommen sie«, sagte Sara. »Gehen wir sie begrüßen.«

Während noch die Autotüren zuschlugen, ertönten schon Freudenschreie, als die Hochzeitsgesellschaft Nicola entdeckte. »Süße! Du hast es ja noch vor uns hergeschafft. Fabelhaft siehst du aus! Scheint dir äußerst gutzutun, den ganzen Tag meditierend auf einem Kissen herumzusitzen!«

Die Neuankömmlinge waren fast ausnahmslos ebenso lässig-elegant wie Nicola – schöne Menschen in schönen Kleidern: mit pastellfarbenen Pullovern, die über die Schultern drapiert waren (bei den Männern), und viel modisch gecrushtem Leinen (bei den Frauen). Mr und Mrs Humphreys waren unter ihnen leicht auszumachen. In ihren praktischen Kaufhaus-Polyestersachen wirkten die beiden ein wenig verloren, und Mrs Humphreys' Gesicht verschwand unter einer Maske aus dick aufgetragenem Puder und grellpinkem Lippenstift. Während Sara sich vorstellte, holte einer der gut aussehenden jungen Männer aus einem Instrumentenkoffer einen Dudelsack hervor und begann zu spielen.

»Musikalische Untermalung von Anfang an, sehr beeindruckend«, bemerkte Nicola lachend.

»Ich kann dir gar nicht sagen, was für ein Albtraum es war, die Dinger bei Ryanair mit an Bord zu kriegen! Die knöpfen einem für alles extra Geld ab, sogar für Musikinstrumente«, empörte sich Hamish.

Angezogen vom Quäken des Dudelsacks erschienen Antoine und Héloise aus der Richtung des ehemaligen Schweinestalls (Héloise mit schief geknöpfter Bluse, wie Sara nicht umhin konnte zu bemerken), um mit dem Gepäck zu helfen und den Gästen ihre Zimmer zu zeigen. Schnatternd folgte die farbenfrohe Prozession dem Dudelsackspieler hinauf zum Château.

Die frühe Morgenluft war noch kühl und frisch, die Sonne begann gerade erst, den klaren blauen Himmel mit dem Versprechen kommender Hitze aufzuladen. Sara war friedlich mit ihrer Arbeit in der Küche beschäftigt und stellte gerade das Frühstücksgeschirr bereit, als von der Tür her ein zaghaftes Klopfen ertönte.

»Mrs Humphreys, guten Morgen. Da haben Sie aber einen

wundervollen Tag für die Feier erwischt. Kann ich Ihnen eine Tasse Tee anbieten?«

»O ja, das wäre reizend.« Seufzend ließ sie sich am Tisch nieder.

»Ist alles in Ordnung mit Ihnen?«

»Alles bestens. Vielen Dank, sehr nett, nur einen ganz kleinen Spritzer Milch. Ich konnte nicht schlafen. Die Aufregung, nehme ich an.« Sie seufzte erneut. Ohne ihr Make-up sah sie älter aus, und auf ihren Zügen schien eine Schwermut zu lasten, die Sara kaum übersehen konnte. Mrs Humphreys ließ die Schultern sinken und presste sich die Finger an die Schläfen, dann vor die Augen.

»Haben Sie Kopfschmerzen?«, fragte Sara besorgt. »Ich könnte Ihnen eine Tablette besorgen, wenn Sie möchten?«

Mrs Humphreys rührte sich nicht, ihr Kopf ruhte noch immer in ihren Händen, als sei er zu schwer für sie, um ihn aus eigener Kraft hochzuhalten. Und dann, sehr leise, sagte sie: »Wir haben ihn verloren.«

Sara ging hinüber und setzte sich zu ihr. Sanft legte sie der älteren Frau eine Hand auf den Arm.

»Entschuldigen Sie.« Mrs Humphreys riss sich sichtbar zusammen und holte ein Taschentuch hervor. »Es ist nur ... Er ist alles, was wir haben.« Sie zauderte einen Moment. »Matthew ist unser einziges Kind. Wir haben immer von Enkeln geträumt, davon, Teil einer größeren Familie zu werden. Aber Hamishs Eltern wollen nichts mit uns zu tun haben – ich glaube, sie geben uns die Schuld daran, dass Matthew und Hamish zusammen sind. Und wir fühlen uns fremd in dieser Welt, in der die beiden leben.« Mit weit ausholender Geste umfasste sie das Château, die Gäste, die pastellfarbenen Kaschmirpullover und das gecrushte Leinen.

»Aber Sie sind doch sicher unheimlich stolz auf Matthew.« Sara tätschelte ihr den Arm. »Er ist berühmt! Bald wird er einer der herausragendsten Designer der Modewelt sein. Und die beiden wirken so glücklich miteinander. Wir sehen hier ja viele Paare, und ich kann Ihnen sagen, nicht alle machen so einen gefestigten Eindruck wie Hamish und Ihr Sohn.«

Mrs Humphreys putzte sich lautstark die Nase und nickte langsam.

Ermutigt fuhr Sara fort: »Ich weiß, dass diese Welt für Sie sehr anders wirken muss. Aber das Wichtigste ist doch sicher, dass Sie Matthew darin unterstützen, er selbst zu sein. Es gibt kaum etwas Einsameres und Isolierenderes, als vorgeben zu müssen, etwas zu sein, das man nicht ist.«

Bei diesen Worten überkam Sara eine plötzliche Klarheit. Ihr war es genauso ergangen. Im Zusammensein mit Gavins Familie – und vor allem mit seiner Mutter – hatte es immer wieder Momente gegeben, in denen sie sich unzulänglich gefühlt hatte. Sie hatte versucht, sich Mrs Farrells Vorstellung von einer perfekten Frau anzupassen: ein Vorzeigestück für ihren kostbaren Sohn. Jetzt, wo sie darüber nachdachte, ging Sara auf, dass das ungefähr der Zeitpunkt gewesen sein musste, an dem ihre Stimme zu schwinden begonnen hatte. Sie hatte aufgehört, ihre Meinung zu äußern, weil sie wusste, dass sie ohnehin ignoriert werden würde. Es war einfacher gewesen, sich Gavin unterzuordnen, genau wie es seine Mutter tat.

Und in ihrer eigenen zerrissenen Familie hatte sie natürlich auch schnell gelernt, ihre Bedürfnisse hintenanzustellen, weit hinter die ihrer Stiefgeschwister. Kein Wunder, dass ihr beinahe jedes Gefühl für sich selbst verlorengegangen war, bis

Gavin sie schließlich verlassen hatte. Tja, diese Lektion hatte sie gelernt: Von jetzt an würde sie sich treu bleiben. Und dann erwischte sie sich dabei, wie sie darüber nachdachte, dass manche Menschen – so wie, ach, Thomas zum Beispiel – sie genau so zu mögen schienen, wie sie war …

Aber genug davon. Entschieden richtete sie ihre Aufmerksamkeit wieder auf Mrs Humphreys. »Wenn Hamishs Eltern sehen, dass Sie beide sich gut mit den Jungs verstehen, lenken sie vielleicht auch noch ein. Wichtig ist jetzt vor allem, dass Sie nicht den Kontakt zu Ihrem Sohn verlieren. Davon abgesehen«, bemerkte Sara resolut, »wollen Sie doch bei seinen Modenschauen in der ersten Reihe sitzen! Welche Frau würde das nicht wollen? Bald kann ich in der *Vogue* und in *Harper's Bazaar* nach Ihnen Ausschau halten.«

Mrs Humphreys schaffte ein zaghaftes Nicken. »Nicht zu vergessen die *High Society*«, ergänzte sie mit einem tränenfeuchten Lächeln.

»Wirklich?«, fragte Sara beeindruckt.

»Aber sicher, Liebes, wussten Sie das nicht? Nicola ist dort Chefredakteurin. Sie hat schon öfter über Matthews Arbeit berichtet. Mittlerweile ist sie mit beiden Jungs eng befreundet. Aber ihre Hochzeit – oder Partnerschaft, oder wie wir das nennen sollen – wollten sie dann doch nicht im Magazin sehen. Das wäre für Hamishs Familie zu viel gewesen.«

»Wow. Nun, ich fühle mich jedenfalls sehr geehrt, dass sie für ihre Feier Château Bellevue de Coulliac ausgewählt haben. Derart hochkarätige Gäste haben wir hier nicht jeden Tag. So, und jetzt trinken Sie erst mal Ihren Tee – danach sieht immer alles gleich ein wenig einfacher aus, finde ich. Und verraten Sie mal: Was ziehen Sie zur Feier an?«

In diesem Augenblick tauchte Matthew auf. »Aha, ich

wusste doch, dass da das ermutigende Klirren von Teegeschirr in der Luft hing.« Er nahm seine Mutter in die Arme und drückte sie.

»Guten Morgen, mein Schatz.« Für einen Moment legte Mrs Humphreys den Kopf an seine Schulter und schloss die Augen. »Ich hab mir ein blaues Kleid gekauft«, antwortete sie auf Saras Frage. »Und einen Hut habe ich auch mitgebracht. Genauer gesagt so einen Fascinator. Aber ich weiß noch nicht, ob ich den wirklich tragen soll. Das ist schon ein wenig gewagt für mich.«

»Oh, Mum, das ist wundervoll!« In Matthews leuchtenden Augen war ein verdächtiges Glänzen zu sehen, als müsste er ein oder zwei Tränchen verdrücken. »Dass du dir so viel Mühe gemacht hast – ich kann dir gar nicht sagen, was Hamish und mir das bedeutet. Natürlich trägst du den Fascinator, etwas anderes kommt gar nicht infrage! Damit wirst du die Ballkönigin sein. Wenn du magst, komme ich zu dir und mache ihn dir fest, wenn du so weit bist. Genau wie bei den Modenschauen.«

Mrs Humphreys nickte. »Danke, mein Schatz. Das wäre wirklich schön.« Noch einmal nickte sie, und diesmal hatte Sara das Gefühl, das Lächeln gelte ausdrücklich ihr. »Vielen, vielen Dank.«

Matthew wandte sich um, seine Mutter noch immer im Arm. »Sara, uns fehlen ein paar Frauen heute Abend. Wenn es an die *Reels* geht, würden Sie sich da zu uns gesellen? Das wäre uns eine riesige Hilfe. Ich weiß, das geht weit über Ihren Job hinaus, aber wir würden uns wahnsinnig freuen – wenn es irgendwie möglich ist …?«

»Oh, danke! Ich hab schon ewig nicht mehr getanzt. Es wäre mir eine Freude.«

Sara schaute in die beschlagenen Tiefen des Spiegels im winzigen Bad ihres Cottages. Sie war dabei, sich hastig für die Zeremonie fertig zu machen. Normalerweise hätte sie nur schnell geduscht und sich dann ihre Hochzeits-»Uniform« übergeworfen, ein schickes, aber unaufdringliches dunkelblaues Hemdkleid, doch heute hatte sie sich in flammend rotorangene Seide gehüllt. Das eng anliegende Oberteil schmeichelte ihrer schlanken Figur, und der Rock war kurz über dem Knie kokett ausgestellt.

Sie versuchte, sich einzureden, sie würde sich nur so viel Mühe geben, weil die Modewelt anwesend war, konnte aber nicht das Bild des Mannes aus ihrem Kopf vertreiben, der heute Abend beim Tanz für die Musik zuständig war. Sie trug etwas Gloss auf und strich dann sachte mit dem Finger über ihre Lippen, in Gedanken an Thomas' zarten Kuss in jenem einen Moment am Wehr. Hatte dahinter irgendetwas gesteckt, das über eine Laune des Augenblicks angesichts der romantischen Kulisse hinausging? Bei der Erinnerung stieg ihr die Röte in die Wangen, ein Glühen, das durch die Farbe ihres Kleides noch betont wurde.

Verträumt bürstete sie sich das lange dunkle Haar und dachte zurück ... Doch dann blickte sie in den Spiegel, straffte die Schultern und nahm sich zusammen. Jetzt musste sie sich um ihre Arbeit kümmern.

Ein heißer Augustnachmittag neigte sich dem Ende zu. Angelockt vom Klang des Dudelsacks sammelten sich am Aussichtspunkt langsam die Gäste, hochelegant in ihrem Hochzeitsputz. Mit Blick auf die Zeit ermunterte Sara sie behutsam, ihre Plätze einzunehmen. Ein willkommener Lufthauch kühlte ihre heißen Wangen und ließ den Saum ihres Kleides flattern und fließen.

Als alle saßen und Nicola ihren Platz unter der Pergola eingenommen hatte, machte Sara sich auf zur Terrasse, wo Hamish und Matthew mit Mr und Mrs Humphreys warteten. Matthew war noch dabei, dem Kopfschmuck seiner Mutter den letzten Schliff zu geben, einer Fontäne von blauen und cremefarbenen Federn, die fröhlich auf ihrem Haar saß. Er drückte sie fest an sich. »Fertig. Du siehst wundervoll aus. Ich bin so stolz, dass ich eine so schicke Mutter habe.«

Sie hielt ihn auf Armeslänge von sich, musterte den eleganten Schnitt seines Anzugs und rückte die tiefrote Rose in seinem Knopfloch um eine Winzigkeit zurecht. »Und wir könnten nicht stolzer auf dich sein. Auf euch beide.« Damit wandte sie sich Hamish zu, der in ganzer Pracht in seinem Kilt dastand, und umarmte auch ihn. »Wir freuen uns so sehr, dass ihr einander dieses Versprechen gebt, und wir wünschen euch alles Glück der Welt.«

Mr Humphreys räusperte sich und wirkte nicht ganz so entspannt wie die anderen drei. Doch nach kurzem Zögern umarmte auch er nacheinander beide Jungs und klopfte ihnen nach Männerart auf den Rücken – eine für ihn geradezu außergewöhnliche Zuneigungsbekundung, wie Sara vermutete.

Matthew wandte sich ihr zu. »Und schauen Sie sich nur an, Sara! Steht Ihnen gut, wenn Sie sich so rausputzen. Diese Wangenknochen – wie Audrey Hepburn.«

Errötend erwiderte sie sein Lächeln. »Danke. Sind wir so weit?«

Die anderen nickten, und so brachte sie Mr und Mrs Humphreys zu ihren Plätzen. Das war das Signal für den Mann am Dudelsack, *»Highland Cathedral«* anzustimmen. Unter begeistertem Applaus schritten Hamish und Matthew

Hand in Hand den Mittelgang zwischen den Stuhlreihen entlang, dorthin, wo Nicola sie bereits lächelnd erwartete.

Nach der kurzen, aber bewegenden Zeremonie, bei der das Paar selbst verfasste Treueschwüre getauscht hatte, führte der Dudelsackspieler die Hochzeitsgesellschaft zurück auf den Hof, wo die Leute vom Catering bereits mit Champagnerflöten und Tabletts voller Canapés warteten. Matthew und Hamish hatten sich dafür entschieden, auf einen professionellen Fotografen zu verzichten, und so musste Sara diesmal wenigstens nicht Henri Dupont im Auge behalten (obwohl diese spezielle Runde für ihn ohnehin kein ergiebiger Jagdgrund gewesen wäre). Stattdessen schossen die Freunde des glücklichen Paares mit ihren Digitalkameras und Smartphones unzählige Fotos, gespickt mit Ausrufen über die malerische Kulisse, die das altehrwürdige Mauerwerk und die weichen Blütendolden bildeten.

Nach den Aperitifs bugsierten Sara und Hélène die Gäste langsam, aber sicher ins Festzelt. An diesem warmen Abend hatten sie die Seiten hochgerollt, um den lauen Wind hindurchwehen zu lassen. Vor dem Hintergrund des Gartens kam die Zeltdekoration aus tiefroten Rosenarrangements und wolkigem Federspargel noch besser zur Geltung.

Nachdem Hélène sich verabschiedet hatte, überließ Sara für den weiteren Verlauf des Abendessens dem Catering-Service das Feld. Sie schlüpfte in die Küche im Château, um sich eine wohlverdiente Ruhepause zu gönnen. Dort waren drei Extrateller mit Essen bereitgestellt worden, und Sara zog sich einen Stuhl an den Tisch, wo Antoine und Thomas es sich bereits schmecken ließen.

Thomas stieß einen leisen Pfiff aus, als er sie erblickte. »Wow, Boss. Das nenne ich einen atemberaubenden Anblick.«

»Vielen Dank, Herr DJ. Ich freu mich schon auf deine *Reels*. Antoine, ich glaube, wir sollten ein paar zusätzliche Flaschen Whiskey aus dem Keller holen. Diese Schotten werden im Lauf des Abends wahrscheinlich so einiges vernichten.« Sie rief sich in Erinnerung, dass sie immer noch im Dienst war, auch wenn sie ausnahmsweise mal das Vergnügen mit der Arbeit mischte.

Als nach der letzten Ansprache Applaus an ihre Ohren drang, machten sie sich zu dritt auf den Weg über den Hof, und jeder brachte zwei Flaschen Single Malt mit in die Scheune. Nachdem er den Alkohol ordnungsgemäß an der Bar abgestellt hatte, nahm Thomas seinen Platz hinter dem Mischpult ein und legte den Schalter für die Beleuchtung um. Über ihren Köpfen begann die Discokugel, sich zu drehen und ihre Körper mit weißen Diamanten zu verzieren.

Dann erklangen die Anfangstöne des ersten Tanzes. Hamish und Matthew stiegen mit *»The Gay Gordons«* ein – zum größten Vergnügen ihrer Freunde, deren lässige Eleganz langsam ausgelasseneren Jubelrufen und Pfiffen wich.

Der *Caller* rief auf zu *»Strip the Willow«*: »Achtersets, bitte, die Jungs auf der einen, die Mädels auf der anderen Seite. Und wer sich nicht sicher ist, wo er hingehört, der sucht sich einfach aus, worauf er gerade Lust hat!«

Mr Humphreys hatte die Bar besetzt und war tief im Gespräch mit Antoine, was die gebotene Whiskeyauswahl und die Vorzüge eines achtzehn Jahre alten Bunnahabhain im Gegensatz zu denen eines zwölf Jahre alten Cardhu anging. Matthew nahm seine Mutter bei der Hand, während Hamish sich Nicola schnappte und sie auf die Tanzfläche zog. Neben Sara tauchte unerwartet der Dudelsackspieler auf. »Willst du tanzen?«, fragte er.

»Wenn du willst«, entgegnete sie.

Der *Caller* machte seine Arbeit hervorragend. Zuerst ging er die einzelnen Schritte mit ihnen durch, bevor er Thomas mit einem Nicken zu verstehen gab, die Musik laufen zu lassen. Matthew wirbelte seine Mutter die Reihe hinab und dann wieder hinauf. Bis die beiden zum zweiten Mal an Sara vorbeidrehten, saß Mrs Humphreys' Fascinator schon beinahe verwegen, und sie lachte ausgelassen und mit geröteten Wangen.

Als sie an der Reihe war, schienen Saras Füße zu fliegen, und ihr rotes Kleid wirbelte ihr nur so um die Beine, während ihr Partner sie gekonnt drehte. Wieder an ihrem Platz am unteren Ende der Reihe angekommen, spähte sie hinüber zu Thomas. Breit lächelnd sah er den Tänzern zu und klatschte und stampfte im Takt mit ihnen. In der schwindelerregenden Discobeleuchtung trafen sich ihre Blicke, und Sara grinste zurück, als er genauso wild johlte wie die Schotten. Lachend warf sie den Kopf in den Nacken, berauscht von der freudigen Erregung des Tanzes.

Irgendwann nach Mitternacht, als die Feier ruhiger und die Musik langsamer geworden war, hatte Sara sich davongeschlichen. Normalerweise blieb sie nicht so lange, aber diesmal hatte sie sich so amüsiert, dass sie beinahe die Zeit vergessen hätte. Noch immer schwirrte ihr der Kopf, und sie spürte nicht die geringste Müdigkeit. Also ließ sie sich auf einem Gartenstuhl vor der Tür des Cottages nieder, streifte sich die Schuhe ab und legte die Füße auf die niedrige Mauer. Der Himmel sah heute Nacht fantastisch aus, samtschwarz und mit Millionen funkelnder Sterne übersät. Wie ein zarter

Schleier zog sich die Milchstraße über ihr durchs Firmament. Der Anblick erinnerte Sara an den Wasserschleier am Wehr, an jenen magischen Augenblick mit Thomas. In Erinnerungen versunken lehnte sie den Kopf an das Rückenteil des Gartenstuhls und blickte nach oben.

In der Scheune verstummte die Musik. Sie lauschte den Gästen, wie sie sich auf dem Weg in ihre Zimmer und zu den Autos »Gute Nacht« zuriefen.

Unverhofft wurde Sara aus ihrer Himmelsbetrachtung gerissen. Sie hatte das Gefühl, nicht mehr allein zu sein. Hastig senkte sie den Kopf, und da stand er: der Mann, an den sie gerade noch gedacht hatte. Er hielt eine Flasche Champagner und zwei Gläser in die Höhe. »Ich wollte sehen, ob du vielleicht noch wach bist. Es wäre doch wirklich eine Schande, diese halbvolle Flasche von Louis Roederers feinstem Tropfen verkommen zu lassen. Nein, als Weinmacher weiß ich sogar mit Sicherheit, wie enttäuscht er wäre, wenn diese Flasche in dieser perfekten Nacht nicht geleert würde.«

Sie lächelte zu ihm auf. »Na, in dem Fall wollen wir deinen guten Freund Louis natürlich nicht verärgern.«

Thomas goss den Champagner ein und reichte ihr ein Glas, bevor er sich auf dem Stuhl neben ihrem niederließ. Sie nippte daran, und das feinperlige Kribbeln war so berauschend wie destillierter Sternenschein. Ihr entwich ein leiser Seufzer des Glücks.

Thomas betrachtete sie in der Dunkelheit, und auf seinem Gesicht zeigte sich das vertraute träge Lächeln.

»Was?«

»Ich musste gerade an etwas denken, das mir mein Englischlehrer beigebracht hat«, sinnierte er.

»Und das wäre?«

»Anscheinend gibt es im Englischen doppelt so viele Wörter wie im Französischen. Aber trotz dieser Tatsache haben wir Franzosen weit mehr Formulierungen, um unsere Freude zum Ausdruck zu bringen. Vielleicht sagt das auch etwas über unsere verschiedenen Kulturen aus.«

Darüber dachte sie einen Moment nach. »Was hat dich auf den Gedanken gebracht?«

Er zuckte die Achseln. »Dieser Abend. Die *fête*. Zu sehen, wie diese Leute miteinander getanzt haben. Dich tanzen zu sehen. Dass ich jetzt hier mit dir sitze. Du bist die Verkörperung eines Ausdrucks, den wir Franzosen verwenden: *joie de vivre*. Schon mal gehört?«

Sara nickte. »Ja. Wir kaltherzigen Engländer borgen uns diesen Begriff manchmal. Es ist schade, dass wir keinen eigenen Ausdruck für ›Freude am Leben‹ haben. ›Überschwang‹ käme dem wohl noch am nächsten.«

»Ich glaube, es ist mehr als das. Es ist die pure Essenz des Lebens. Ohne Freude ist das Leben leer.« Thomas sah sich um, betrachtete die dunkle Silhouette des Châteaus, die nachtschwarze Wiese, die sich vor ihren Füßen ausbreitete wie ein tiefer See, am hinteren Ende umrandet von sanft schimmernden Rosen. Seidig strahlten ihre Blütenblätter im Mondlicht. »Du hast hier einen Ort der Freude geschaffen, Sara. Es ist ein Ort so voller Schönheit und Liebe, dass er den Menschen ermöglicht, ihre wahre *joie de vivre* zu finden.«

Sie hob ihm ihr Glas entgegen und erwiderte sein Lächeln. Still freute sie sich darüber, dass er dasselbe empfand wie sie und diesen Ort so gut verstand. Dann hob sie das Gesicht wieder gen Nachthimmel.

In geselligem Schweigen saß Thomas neben ihr und blickte ebenfalls in die Höhe.

Sara schnappte nach Luft. »Oh, sieh nur! Eine Sternschnuppe! Und noch eine!«

Vor ihren Augen geriet der Himmel plötzlich in lebhafte Bewegung, die schon bald genauso unvermittelt endete, wie sie begonnen hatte.

»*Les larmes de saint Laurent*. Die Tränen des Laurentius. Das ist ein Meteorschauer«, erklärte Thomas. »Man sieht ihn jedes Jahr um diese Zeit. Er besteht aus Staub aus dem Schweif eines Kometen, der auf uns herunterregnet und in der Erdatmosphäre verbrennt.«

»Da ist noch eine!« Sie zeigte darauf.

Sie hörte, wie er sich vorbeugte, während sie eifrig den Himmel nach weiteren Sternschnuppen absuchte.

»Du musst dir was wünschen«, sagte er.

Noch immer völlig hingerissen von dem nächtlichen Schauspiel drehte sie sich zu ihm und begegnete seinem Blick. »Was würdest du dir denn wünschen, Thomas?«

»Hm, wollen wir mal sehen. Ich glaube, mein Wunsch wäre, unter einem sternenübersäten Himmel zu sitzen und Champagner zu trinken, mit einer wunderschönen Frau in einem roten Kleid, deren Lächeln strahlt wie die Sterne selbst.«

Er blinzelte langsam. »Wow! Diese Sternschnuppen-Wünsche werden also wirklich wahr«, bemerkte er lächelnd. »Und was würdest du dir wünschen, Sara?«

Für einen langen Moment hielt sie seinen Blick fest. Schließlich streckte sie die Hand aus und strich ihm mit den Fingerspitzen über die Wange. Dann erhob sie sich, stellte ihr Glas ab und hielt ihm eine Hand hin. Ohne ein Wort gingen sie gemeinsam ins Cottage. Und während der Nachthimmel erneut unter einem Schauer von Sternenstaub aufleuchtete, schlossen sie leise die Tür hinter sich.

Leise summte Sara einen schottischen *Reel* vor sich hin, während Karen und sie nach dem Sonntagsbrunch die Gläser trockneten. Es war ein warmer Nachmittag, und die Gäste hatten es sich mit ihrem Kaffee auf der Terrasse bequem gemacht. Sara war aufgefallen, wie entspannt und zufrieden Mr und Mrs Humphreys wirkten, während sie sich mit Nicola Carter unterhielten, die sie mit den neuesten Klatschfetzen aus der Welt der Hochglanzmagazine fütterte. Sie lächelte in sich hinein.

»Da hat aber jemand auffallend gute Laune heute.« Karen gab ihr einen leichten Stoß in die Rippen.

»Ich freu mich doch nur, dass diese Hochzeit ein Paradebeispiel dafür ist, was solche Anlässe ausmachen sollte: Ein Erlebnis, bei dem alle Anwesenden zusammenwachsen, und eine Geste der Unterstützung und Solidarität für das Paar, das sich bindet. Eigentlich sollte das auf der Hand liegen, aber es ist schon komisch, wie viele Hochzeiten wir hier schon hatten, die sich eher nach einem Tauziehen zwischen den beiden Familien angefühlt haben. Oder wie ein Wettbewerb, wer es besser schafft, die Gegenseite runterzumachen.«

Nur für einen Moment stellte Sara sich vor, wie Gavins und ihre Hochzeit wohl geworden wäre. Ihre Eltern, lange geschieden und noch immer kaum zu einer zivilisierten Unterhaltung fähig, wären beide mit ihren neuen Partnern und den versammelten Stiefkindern aufgelaufen, mit denen sie kaum etwas gemeinsam hatte. Dazu noch Mrs Farrell, die bei jeder Gelegenheit mit einer abfälligen Bemerkung oder einem überheblichen Blick Unfrieden verbreitet hätte.

Matthew und Hamish mochten nicht den leichtesten Weg hinter sich haben. Doch mit einer so treuen und liebevollen

Freundesschar sah ihre Zukunft äußerst vielversprechend aus – Sara hatte die größten Hoffnungen für die beiden. Mit der Hochzeit, hier auf neutralem Gebiet und vor der wohltuenden Kulisse des Châteaus und seiner Ländereien, hatten sie es geschafft, Matthews Eltern für sich zu gewinnen. Hoffentlich würden auch die von Hamish bald auftauen.

»Hmm«, erwiderte Karen. »Und wo wir hier von Zusammenwachsen sprechen – klingt, als wärst du selbst auch nicht gerade untätig gewesen in dieser Hinsicht. Gibt es vielleicht etwas, das du mir erzählen willst?«

Sara stockte, das feuchte Geschirrtuch noch immer in der Hand, und stemmte die Hände in die Hüften. »Was um alles in der Welt hast du gehört? Ehrlich, die Gerüchteküche hier ist zum Aus-der-Haut-Fahren!«

Ungerührt fuhr Karen damit fort, Weingläser in die wabenförmigen Fächer der Kisten zu sortieren, in denen sie aufbewahrt wurden.

»Na ja, es ist schon komisch – da schaue ich heute früh beim Bäcker vorbei, und Madame Fournier erzählt mir, ich hätte gerade Thomas Cortini verpasst, der offenbar anstelle von Madame Sara die sonntägliche Croissantlieferung für Château Bellevue abgeholt hat. Sie konnte nicht umhin, zu bemerken, dass er noch immer seine Abendkleidung anhatte, Hemd und Hose, wie sie zum Beispiel ein DJ auf einer Hochzeit trägt. Und wie es scheint, war er ausgezeichneter Laune – hat sogar ein schottisches Liedchen gepfiffen, ganz ähnlich wie jenes, das du an diesem schönen Morgen schon die ganze Zeit vor dich hin summst, Schneewittchen.«

»Also hat sie zwei und zwei zusammengezählt und fünf rausbekommen?«, entgegnete Sara.

»Nein, sie hat eins und eins zusammengezählt und zwei

rausbekommen. Aber mach dir keine Sorgen, ich Fuchs hab sie auf die falsche Fährte gelockt, indem ich angemerkt habe, dass er wohl die Nacht mit jemandem aus der Gästeschar verbracht hat. Und da den anständigen Leuten von Coulliac keineswegs entgangen ist, dass diese spezielle Veranstaltung ein besonders exotischer Hauch umweht, hat Madame Fournier jetzt eine *Menge* Stoff zum Nachdenken!«

Sara barg das Gesicht in dem Geschirrtuch. »O Karen, nicht im Ernst?«

»Natürlich *könnte* ich diese Gerüchte im Keim ersticken, wenn ich noch mal hinfahren und ihr erzählen würde, dass ich da was falsch verstanden habe. Dass mir fest versichert wurde, Thomas sei stattdessen bei einer ganz bestimmten Dame hier oben gewesen ...«

Sara zögerte, und errötend kam sie hinter dem Geschirrtuch hervor. »Also gut. Ich gestehe.«

»Erwischt! Ich wusste es«, krähte Karen. »Oh, und nur der Vollständigkeit halber, Madame Fournier wusste es auch schon längst. Die Geschichte hätte mir nur ein blutiger Anfänger abgekauft, und sie ist Weltklasse als Klatschbase.«

Sara schnappte nach Luft. »Du hinterhältiges Biest! Mich so reinzulegen.« Sie verpasste der heimtückischen Verhörexpertin eins mit dem Geschirrtuch auf den Hintern. Zufrieden grinsend räumte Karen weiter Gläser ein.

Erleichtert wandte Sara sich wieder ihrer Aufgabe zu und polierte jedes Weinglas mit äußerster Konzentration. Sie wusste, dass sie die vergangene Nacht eigentlich bereuen sollte. Schließlich hatte sie den Männern ein für alle Mal abgeschworen (so viel zum Thema Willensstärke), und wahrscheinlich war es ein Riesenfehler, sich mit jemandem einzulassen, mit dem sie arbeitete. Aber welche normale Frau hätte sich schon diesem Sternenhimmel verwehren können, dem Champagner, dieser perfekten Kulisse ... diesem Mann.

Sie schrieb das Ganze seiner unwiderstehlichen *joie de vivre* zu, der Lebenslust, die er in die zwei Hochzeiten eingebracht hatte, an denen er bisher mitgewirkt hatte ... Der Art, wie die Sonne aufging, wann immer er einen Raum betrat. *Pass bloß auf*, rief sie sich zur Ordnung. *Verlieb dich ja nicht in ihn, du weißt genau, dass er dich nur verlassen und dir das Herz brechen wird.* Sie würde es als Ausrutscher verbuchen, ein kurzes Tête-à-Tête als Ergebnis von zu viel Champagner und monatelanger Einsamkeit und Frustration. Es hatte gutgetan, wieder in den Armen eines Mannes zu liegen, sich begehrt zu fühlen. Vielleicht sogar – obgleich sie es kaum zu denken wagte – sich geliebt zu fühlen.

In diesem Augenblick tauchte Nicola Carter in der Küche auf. »Sara, ich mache mich jetzt wieder auf den Weg zu meinem *gîte*. Ich wollte Ihnen nur noch einmal allen danken, dass Sie den Jungs eine so perfekte Feier bereitet haben. Es war für uns alle ein wundervolles Wochenende.«

»Oh, haben Sie noch einen Moment? Ich dachte, vielleicht hätten Sie Lust, ein paar von den Blumen aus dem Festzelt mitzunehmen, um ein bisschen Farbe in Ihr Feriendomizil zu bringen. Matthew wollte sie nicht – im Flugzeug können die beiden sie ja auch schlecht mitnehmen.« Sara wickelte einen Armvoll Rosen in feuchtes Zeitungspapier und hüllte das Ganze in eine Plastiktüte.

»Wundervoll, sehr gern. Die werden dem Haus definitiv guttun – danke.« Nicola wühlte in ihrer Handtasche und reichte Sara eine Visitenkarte. »Hier haben Sie meine Handynummer und meine E-Mail-Adresse. Melden Sie sich doch mal. Und lassen Sie es mich wissen, falls ich Ihnen irgendwie unter die Arme greifen kann. Vielleicht nehmen wir Château Bellevue de Coulliac ja demnächst sogar mal in eine *High-Society*-Reportage mit auf …«

Nach Nicolas Abschied konnte Karen sich einen letzten Seitenhieb nicht verkneifen. »Oh, wenn die wüsste, was die Eigentümerin des Châteaus letzte Nacht getrieben hat … Da hätte sie wirklich mal was zu berichten in ihrer Klatschspalte!« Breit grinsend betrachtete sie Sara, die fühlte, wie ihre Wangen heiß wurden und vermutlich dieselbe Farbe annahmen wie die einzelne rote Rose, die vor ihnen auf der Arbeitsfläche lag.

6. *Kapitel:*

Patti & Thorne

> *Patti & Thorne*
>
> *schließen den Bund fürs Leben*
>
> am Samstag, 18. August
> auf Château Bellevue de Coulliac
> ab 16 Uhr
>
> Um Antwort wird gebeten:
> admin@sharpe-productions.com

Es war nicht ungewöhnlich, das leuchtend gelbe Postauto auf Château Bellevue de Coulliac vorfahren zu sehen. Wann immer es möglich war, kaufte Sara im Umland ein, um die lokale Wirtschaft zu unterstützen, doch für einige der exotischeren Wünsche – zum Beispiel Heliumballons in Herzform, biologisch abbaubares Rittersspornblüten-Konfetti, personalisierte Glückskekse und Glitter-Schmetterlinge für die Tischdekoration – bestellte sie online beim Fachhandel. Daher kam regelmäßig der *Facteur* zu Besuch und lieferte eine faszinierende Vielfalt von Paketen ab. Nichts mochte der Postbote lieber, als ein paar Minuten zu bleiben und zu plaudern, um alle möglichen faszinierenden Details über die jüngsten Verrücktheiten zu erfahren, die *les Anglo-Saxons* sich einfallen ließen, um ihre Hochzeitsfeierlichkeiten zu begehen.

Heute gab es allerdings keine Pakete auszuliefern, nur ein einzelnes Einschreiben. Sorgsam achtete Sara darauf, nichts preiszugeben, während sie den Empfang mit ihrer Unterschrift bestätigte. Lächelnd unterhielt sie sich mit dem Postboten, während der Umschlag, auf dem ihr Name und die Adresse in Gavins Handschrift vermerkt waren, in ihrer Hand glühte wie Atommüll.

»Es geht das Gerücht, nächstes Wochenende würde es ein Rockkonzert auf Château Bellevue geben. Kommen tatsächlich die Steel Thornes hierher?«

The Steel Thornes hatten seit ungefähr zehn Jahren keinen Hit mehr gelandet, doch sie gingen immer noch auf Tour und spielten ihr ohrenbetäubendes Heavy-Metal-Programm in kleineren Orten überall in Europa. Auf dem Kontinent hatten sie eine enthusiastische Fangemeinde, auch wenn das Publikum bei ihren Auftritten heutzutage meist eher ein Meer von kahl werdenden Köpfen und Bierplauzen war.

Sara bestätigte das Gerücht. Bisher war es ihr recht gut gelungen, geheim zu halten, dass die alternde Rocklegende Thorne Sharpe und seine langjährige Freundin Patti Monahan das Château für das kommende Wochenende gebucht hatten. Doch da sie mit *Monsieur le Maire* hatte sprechen müssen, um die Sicherheitsvorkehrungen zu klären (die beiden eher verschlafenen *gendarmes* waren entsprechend informiert worden) und die Erlaubnis für die Licht-und-Ton-Show auf der After-Party einzuholen, war es unvermeidlich gewesen, dass die Nachricht irgendwann durchsickerte.

»Ich hoffe, die Leute in Coulliac machen sich deshalb keine Sorgen. Unsere nächsten Nachbarn sind weit genug entfernt, dass es nicht allzu laut werden sollte, und die Band hat mir versprochen, dass mit der Live-Musik um elf Schluss ist.«

»Ach nein, überhaupt nicht«, versicherte ihr der Postbote. »Das Café de la Paix stellt sogar zusätzliche Stühle vor die Tür. Das ganze Dorf kommt auf dem Marktplatz zusammen, um von dort aus zuzusehen – ich hoffe bloß, es wird laut *genug*. Schließlich kommt nicht alle Tage eine echte Rockband nach Coulliac! Die Leute kommen von überall her – der Bürgermeister würde Tickets dafür verkaufen, wenn er könnte.«

Nachdem sie dem Postboten schließlich *bonne journée* gewünscht hatte, zwang Sara sich, hineinzugehen und sich an den Tisch zu setzen, bevor sie den Umschlag aufriss. Beim Lesen begann die Hand, in der sie das Blatt hielt, zu zittern.

Der Tonfall des Briefs war kühl, und einige Formulierungen troffen nur so vor Juristenlatein, was in Sara den Verdacht weckte, dass Gavin sich bereits professionelle Unterstützung geholt hatte. Entweder das, oder er versuchte, sie so einzuschüchtern, dass sie klein beigab. Was es auch war, es schockte sie, dass er sich solcher Schikanen bediente. Der Inhalt des Schreibens lief darauf hinaus, dass er ausgezahlt werden wollte. In Übereinstimmung mit seinen Geschäftsanteilen forderte er sechzig Prozent der Saisoneinnahmen. Zudem verlangte er, das Château sofort zum Verkauf anzubieten – in der Hoffnung, es bis Jahresende loszuwerden, sodass er seine Investition zurückbekäme.

Sein Anteil am Umsatz stand ihm natürlich zu; Sara wäre nie in den Sinn gekommen, Gavin irgendetwas vorzuenthalten, das rechtmäßig ihm gehörte. Aber er wusste auch genau, dass noch weitere Investitionen nötig waren, wenn das Unternehmen sich irgendwann einmal rentieren sollte. Sie waren die Zahlen von Anfang an gemeinsam durchgegangen und hatten übereinstimmend beschlossen, die Einnahmen dieses Jahres gleich wieder in das Unternehmen zu stecken. Es standen immer noch mehrere Großprojekte aus – ihre Pläne für den Garten, ein dringend benötigtes neues Dach für den Stalltrakt, neue Leitungen für die Scheune –, ganz zu schweigen davon, dass die Wand im Cottage neu verputzt werden musste und diese alten Gebäude insgesamt ständige Instandhaltung verlangten.

Wieder und wieder las Sara die Worte auf dem Blatt, als würde ihre Bedeutung sich dadurch irgendwann ändern. War da nicht wenigstens ein Funke Empathie von dem Mann, mit dem sie drei Jahre ihres Lebens verbracht hatte? Doch nein, da war nichts. Sie presste die Finger an ihre pochenden Schläfen und versuchte, einen klaren Kopf zu bekommen. Auf jeden Fall würde sie sich ebenfalls Unterstützung holen müssen. Sie hatte keine Ahnung, wie hier in Frankreich die Rechtslage war, und sie würde mit der Bank und dem Steuerberater sprechen müssen – und höchstwahrscheinlich auch mit einem Makler.

Es wäre ein äußerst unglücklicher Zeitpunkt für den Verkauf. Ihr war wohl bewusst, dass die Immobilienpreise noch weiter gesunken waren, seit sie das Château gekauft hatten. Die Wirtschaftskrise mahlte unerbittlich weiter, und die Eurozone war gefährlich in den Grundfesten erschüttert. Selbst wenn es ihr gelang zu verkaufen, würden sie in jedem Fall Verlust machen. Sie hatten so viel in die Renovierung investiert, dass es keine Rolle spielte, was für ein Schnäppchen das Château ursprünglich gewesen war. Ihr kleinerer Anteil würde darunter beträchtlich leiden – so sehr, dass sie gezwungen sein würde, geschlagen nach England zurückzukriechen, ohne ausreichende Mittel, um ihre Gärtnerfirma in London neu aufzubauen, geschweige denn sich dort eine Wohnung leisten zu können. Im Gegensatz zu Gavin hatte sie kein Elternhaus, in das sie zurückkehren konnte. Es war ein Desaster.

Sie hob den Kopf und blickte aus dem Fenster in den Garten, wo weiße Prachtkerzen sich in Wolken anmutig unter den silbrigen Blättern eines Olivenbaums wiegten. Und unvermittelt stieg ein Beschützerinstinkt in ihr auf, so machtvoll, dass er ihren Körper förmlich erschütterte.

Sie gehörte hierher. Es war mehr als eine Vorstellung, es war eine Gewissheit. Dies war der Moment, an dem sie genau hier sein musste. Zum ersten Mal in ihrem Leben hatte sie begonnen, Wurzeln zu schlagen. Sie war ebenso fest in diesem Kalkstein verankert wie das Château selbst. Sie hatte eine Vision von dem Garten, den sie hier erschaffen wollte – so lebensecht, dass sie sich schon jetzt real anfühlte. Niemals würde sie zulassen, dass Gavin sie mit seiner grausam beiläufigen Selbstsucht vernichtete. Sie musste einen Weg finden hierzubleiben.

An der Tür erschien Thomas, fröhlich pfeifend. Am Vormittag war er auf das Weingut gefahren, um sich zu vergewissern, dass alles in Ordnung war, um die Post zu öffnen und um nachzusehen, ob neue Bestellungen eingetroffen waren, doch jetzt war er zurück. »Für die Weinreben mag es kein besonders gutes Jahr sein, aber wenigstens wachsen und gedeihen die Tomaten«, erklärte er und stellte einen Korb sonnenwarmen Gemüses aus dem *potager* von Château de la Chapelle auf dem Tisch ab.

Sara faltete den Brief zusammen und steckte ihn in ihre Schürzentasche. Sie hob Thomas das Gesicht entgegen, als er sich herunterbeugte, um sie zu küssen. Auch wenn sie ihn nicht in ihre Schwierigkeiten mit hineinziehen würde, war sie dankbar für sein beruhigendes Lächeln, das nichts als pure Freude darüber zeigte, sie wiederzusehen.

»*Oh, mon Dieu!* Ich kann nicht glauben, dass du mir das nicht schon vorher erzählt hast!« Soeben hatte Thomas das Programm für das kommende Wochenende gelesen. »Soll das etwa heißen, dass ich auf der Hochzeit von Thorne Sharpe den DJ gebe? Der gehört ja quasi zur Königsklasse!«

»Du schenkst eindeutig der Gerüchteküche nicht genug Aufmerksamkeit, Tommy-Boy«, warf Karen ein, die auch gerade hereinkam. »In Coulliac weiß das jedes Kind.«

»Na ja, wenigstens hab ich *versucht*, diskret zu sein«, bemerkte Sara lächelnd. »Thornes Produktionsfirma hat uns gebeten, das Ganze unter Verschluss zu halten. Wenn ich raten müsste, würde ich sagen, die haben die Rechte an irgendein Klatschmagazin verkauft und wollen deshalb nicht, dass irgendwelche anderen Medienleute auf dem Château herumschnüffeln. Aber zurück zum Thema: Für dich wird es wahrscheinlich ohnehin nicht viel zu tun geben. Die Band spielt höchstens bis elf, und die Disco danach soll auch nur eine Stunde dauern. Am Freitag trifft schon ein ganzer Lastwagen voller Roadies mit der Lichtanlage und dem Soundsystem für die Band ein. Die Gäste kommen erst Samstagmorgen, und die meisten fahren Sonntag schon wieder. Diesmal wird es also kurz und knackig.«

Aufgeregt flitzte Thomas los in die Scheune, um zu Ehren der Steel Thornes ein paar neue Playlists zusammenzustellen. »Sie haben um eine schön tanzbare Mischung gebeten«, rief Sara ihm hinterher. »Denk dran, das soll eine Disco sein! Wenn die Band gespielt hat, haben sie wahrscheinlich fürs Erste genug Heavy Metal gehört.«

Nach dem Schock durch das Einschreiben stürzte Sara sich in die körperliche Anstrengung des Bettenwechsels, dankbar für die Beschäftigung und die Anwesenheit des restlichen Teams. Alle freuten sich auf das nahende Promi-Wochenende und die Rolle, die sie dabei spielen würden – das half ihr, nicht zu viel über Gavins Brief nachzudenken, der ihr ein Loch in die Schürzentasche brannte. Sie konnte es sich nicht leisten, sich dadurch ablenken zu lassen. Diese Hochzeit würde im Fokus der Öffentlichkeit stehen, ganz egal, wie sehr sie versuchten, eine diskrete Angelegenheit daraus zu machen. Und solange alles perfekt nach Plan lief, würde das dem Geschäft einen ungeheuren Schub verleihen. Diesmal standen sie *wirklich* unter Druck.

Der angstbedingte Energieschub hielt auch am nächsten Tag an. »Himmel, da hat aber heute Morgen jemand sein Vegemite gegessen«, bemerkte Karen, als sie Sara in der Hochzeitssuite vorfand, wo sie mit Feuereifer das Bad schrubbte. Irgendwie musste sie die nervöse Spannung doch abbauen.

Es lag nicht nur an dieser Hochzeit. Sosehr sie auch versuchte, sich auf ihre Aufgaben zu konzentrieren: Die Unsicherheit über die Zukunft hier war eine ständige, nagende Ablenkung. Ihr Anruf bei der Bank gestern war fruchtlos geblieben. Unbeantwortet hatte das Schrillen des Telefons in ihren Ohren geklungen, bis ihr aufgegangen war, dass die Bank montags natürlich geschlossen war. Heute würde keine Zeit für einen Anruf sein, außerdem wollte sie das sowieso nicht machen, solange die anderen in der Nähe waren. Sie beschloss, dass es vermutlich besser sein würde, wenn sie morgen persönlich hinfuhr. Dafür sollte die Zeit reichen, wenn sie heute so viel wie möglich schafften.

Bis zum Freitagmorgen hatte sich eine knisternde Spannung aufgebaut, die schwer in der Luft hing, als der Lastwagen die Auffahrt heraufgerumpelt kam und mehrere gewagte Rangiermanöver durchführte, bis er schließlich so dicht wie möglich an der Scheune stand. Aus dem Fahrerhaus sprangen zwei kräftige Roadies und begannen sogleich, metallbeschlagene Kisten voller Equipment auszuladen.

Amüsiert stellte Sara fest, dass – obwohl heute niemand offiziell Dienst hatte – wie zufällig das gesamte Team aufgetaucht war, hergelockt von Château Bellevues erstem Rockkonzert-Schrägstrich-Hochzeit. Auch morgen würden sie alle da sein. Die Gelegenheit, als Zaungäste einer Promi-Feier beizuwohnen – und den Respekt, den ihnen das unter der örtlichen Bevölkerung einbringen würde –, wollte sich niemand entgehen lassen. Karens Ehemann Didier, ein lebenslanger Fan der Steel Thornes, würde ebenfalls kommen. Wie Karen berichtete, hatte er sogar eine alte Jeansjacke mit dem Logo der Band ausgegraben, die ihm problemlos passte –

jedenfalls solange er nicht versuchte, sie über seinem mit dem Alter üppiger werdenden Bauch zuzuknöpfen.

Thomas war völlig aus dem Häuschen über seine Rolle und stand heute bereit, um beim Aufbau zu helfen. In der Mittagspause aßen sie Brot und Käse und spülten beides mit mehreren Flaschen Bier hinunter, während die Roadies sie mit Geschichten vom Leben auf Tour mit der Band unterhielten.

»Wo hatten wir noch mal dieses Konzert in dem alten MiG-Hangar?«, wandte Stan sich an Andy und zog ausgiebig an seiner Zigarette.

»Als überall die alten Russen-Maschinen noch rumstanden? In Kasachstan, oder? Warte – nein, Polen, glaub ich. War das nach Berlin oder davor?«

»Keine Ahnung.« Er grinste seine gebannte Zuhörerschaft an. »Das wird alles ein Brei, wenn man auf Tour ist. Jeden Abend ein anderer Veranstaltungsort, und geschlafen wird meistens im Tourbus auf dem Weg zum nächsten Konzert. Normalerweise wären das natürlich nicht wir, die den Laster fahren, geschweige denn die Anlage aufbauen. Aber wir sind jetzt seit zehn Jahren bei der Band, für die würden wir alles tun. Im Grunde sind sie für uns wie eine Familie. Und diesmal sind es so wenige Leute, dass wir zugesagt haben. Thorne hat drauf bestanden, wollte keinen Riesengig draus machen, wie seine Plattenfirma das gern gehabt hätte. Es soll schließlich auch seine und Pattis Hochzeit sein. Und wenn die Gerüchte stimmen und sie tatsächlich, ihr wisst schon ...«, Stan zeigte mit einem Arm einen noch üppigeren Bauch vor seiner ohnehin schon kräftigen Statur an, »... dann überrascht mich das nicht.«

Während rund um den Tisch alle diesen saftigen Happen

Klatsch verdauten, hoffte Sara wider jede Vernunft, dass es sich nicht binnen Stunden in Coulliac verbreiten würde.

»Und mit wie vielen Wagen seid ihr normalerweise auf Tour?« Wie hypnotisiert hing Thomas an den Lippen der Roadies.

»Meistens so ein Dutzend. Bei Festivals vielleicht ein paar weniger. Für morgen haben wir wirklich nur das Allernötigste mitgebracht: Lautsprecher, Verstärker, kleine Traversen für die Lichtanlage, Mischpult, Lichtpult. Ein paar Bühnenelemente. Das Schlagzeug. Einen Laser.«

»Einen Laser! Wo kommt der hin?«

»Ist ein Skybeamer. Den lassen wir in den Himmel über dem Château strahlen. Die Produktionsassistentin hat mit der Luftfahrtbehörde abgeklärt, dass wir keine Flugzeuge stören. Außerdem hat sie gesagt, sie besorgt uns beim örtlichen Verleih einen Gennie – ist der schon geliefert worden? Und der Pyro-Typ kommt heute Nachmittag, ja?«, wandte Andy sich an Sara.

»Wenn ein ›Gennie‹ ein Generator ist, dann ja, der ist schon da. Und wenn ›Pyro‹ Feuerwerk heißt, dann ebenfalls ja: Wir haben einen Spezialisten aus der Region engagiert – um zwei sollte er hier sein.«

»Okay, mit dem werden wir uns absprechen müssen. Kann der Mann Englisch?«

»Ich kann gern übersetzen«, bot Thomas eifrig an.

Sara musste lächeln. Er hatte die ungehemmte Begeisterungsfähigkeit eines Kindes, was in Verbindung mit seiner natürlichen Selbstsicherheit und dem sonnigen Auftreten äußerst attraktiv war. Doch sie erinnerte sich noch gut an ihr Gespräch vor zwei Wochen am Fluss, als für einen Moment ein Schatten über Thomas' Gesicht gehuscht war, während er davon geredet hatte, wie seine Mutter zu sein. Sie hatte den Verdacht, dass er darüber mit niemandem sonst sprach – alle um ihn herum kannten ihn nur als den unbeschwerten jüngeren Sohn auf Château de la Chapelle, wo er hingehörte.

Nach dem Mittagessen räumte sie alles wieder ein und beobachtete Thomas dabei durch das Küchenfenster. Hilfsbereit verlegte er ellenlange Kabel von der Scheune zu dem Generator, der den Strom für die Show liefern würde.

Zum Thema einmaliges Tête-à-Tête: Seit jener Nacht im Sternenschein letztes Wochenende hatten sie jede der folgenden Nächte miteinander verbracht, und es fühlte sich unglaublich natürlich an, mit ihm zusammen zu sein. Sie hatte sich nicht die geringsten Gedanken darüber gemacht, wohin ihre Beziehung führen sollte. Es war eine völlig neue Erfahrung, in dem winzigen Cottage neben ihrer Festung auf dem Hügel schlicht die entspannte Intimität mit ihm zu genießen, abgeschieden vom Rest der Welt. Wie in einer Zeitblase. Wann immer sie sich in seinem Geruch und Geschmack verlor, ihren Körper instinktiv auf seine Berührungen reagieren ließ, sperrte sie jeden Gedanken an ihre ungewisse Zukunft aus: Würde sie in ein paar Monaten noch hier sein? Und wäre Thomas dann schon längst auf Reisen?

Als sie ihn heute beim Mittagessen beobachtet hatte, wie gefesselt er von den Tourberichten gewesen war, hatte sie beinahe sehen können, wie er sich ausmalte, dabei zu sein. Sorglos und ungebunden, auf der Jagd nach neuen Horizonten.

Sie musste sich damit abfinden, dass es eben nur ein etwas längeres Techtelmechtel sein würde als ursprünglich angenommen. Außerdem, rief sie sich in Erinnerung, war das ohnehin alles, was sie im Augenblick wollte. Nach

Gavins erniedrigendem Treuebruch und Verschwinden war sie sich nicht sicher, ob sie je wieder jemandem würde vertrauen können. Das hatte tiefe Wunden hinterlassen, die noch lange nicht verheilt waren, auch wenn die Zeit, die sie mit Thomas verbrachte, wie Balsam für ihre geschundene Seele war.

Erst jetzt kam ihr in den Sinn, dass vielleicht gerade das Fehlen einer Zukunft der Grund war, warum ihr diese Angelegenheit so guttat. Vielleicht waren kurzlebige Affären ohne Verpflichtungen das Einzige, wozu sie von jetzt an in der Lage sein würde. Das nächste Jahr – und damit zweifellos die Rückkehr zum Zölibat – würde bald genug kommen, also sollte sie diesen wunderbaren, fröhlichen, warmherzigen Mann lieber genießen, solange es ging. Es war nicht nötig, ihr Herz zu beschützen. Sie musste einfach nur im Augenblick leben und es genießen, solange es anhielt …

Karen und die Mädchen halfen ihr gerade beim Abwasch, als Thomas durch die Küche kam, um sich einen Schraubenzieher zu besorgen. Unterwegs zog er sie in seine Arme und küsste sie mitten auf den Mund, ohne die geringste Diskretion vor den anderen. Karen lachte, während die Héls Belles ein anerkennendes Nicken tauschten.

Und dann kam Thomas zurück, den Schraubenzieher in der Hand, und tat es noch einmal. Extra für die anderen legte er sogar noch eine Schippe drauf und holte Sara beinahe von den Füßen, als er sie hintenüberbeugte, als würden sie Tango tanzen. Grinsend richtete er sie wieder auf und verkündete: »Na los, Mädels, Andy und Stan bauen das Schlagzeug auf – wer will mal eine Runde trommeln?«

»Ich komm gleich nach«, scheuchte Sara die anderen rasch aus der Küche. Plötzlich brauchte sie einen Moment für sich, um mit dem Wechselbad der Gefühle fertig zu werden, das sie gerade durchlebte.

Während die anderen sich begeistert in die Partyvorbereitungen stürzten, kämpfte sie gegen die Last der Zukunftsängste auf ihren Schultern an. Es war wie ein körperliches Gewicht, dem standzuhalten erschöpfend war. Sie ließ sich auf einen Stuhl sinken und ruhte sich für einen Augenblick aus, den Kopf auf die blitzblank gescheuerte Fläche des Küchentischs gelegt. Langsam bekam sie den Eindruck, das Schicksal – in Gestalt des französischen Bankensystems – habe sich gegen sie verschworen. Am Mittwoch war sie bei der Bank vorgefahren, nur um festzustellen, dass – natürlich! – Feiertag war. Und bei ihrem Anruf am folgenden Tag hatte man ihr mitgeteilt, *non*, der Filialleiter sei im Urlaub und würde erst in zehn Tagen zurückkommen. Und *non*, mit jemand anderem könne sie auch keinen Termin machen. Und *non*, man könne es nicht in seinen Kalender eintragen, das würde bis zu seiner Rückkehr warten müssen. Eine E-Mail-Adresse? *Non*. Wenn das Verhalten seiner Kollegen irgendwelche Rückschlüsse zuließ, dann hatte sie das unangenehme Gefühl, bereits zu wissen, was der Filialleiter antworten würde, wenn sie um einen Kredit bat, mit dem sie ihren Ex auszahlen konnte.

Nun gesellte sich also zu Gavins Verrat auch noch die mauernde französische Bürokratie, und langsam verlor Sara den Kampfeswillen. Der Instinkt, das Château um jeden Preis zu behalten, der vor ein paar Tagen noch so heiß in ihren Adern gebrannt hatte, drohte sich im kalten Licht der finanziellen Realität in Rauch aufzulösen. Nagende Zweifel begannen sich breitzumachen, vor allem, wenn sie allein im Cottage Gavins hochtrabenden Brief wieder hervorholte.

Vielleicht wäre es letzten Endes wirklich das Klügste, zu verkaufen, die Investition abzuschreiben und zu verschwinden. Hier in der Gegend würde sie nicht bleiben wollen, nicht wenn Thomas fort wäre und ihr geliebtes Château vorwurfsvoll von seinem Hügel auf sie herabstarren würde. Doch noch war sie nicht so weit, den Makler anzurufen, der ihr und Gavin das Château verkauft hatte ...

Von der Scheune wehte Gelächter herüber, gefolgt von rhythmischem Trommeln. Sie nahm sich zusammen, straffte die Schultern, holte tief Luft und machte sich auf den Weg zu den anderen.

Sara half der gestresst wirkenden jungen Frau von der Plattenfirma, die Zimmer zu verteilen. »Thorne und Patti sind natürlich in der Hochzeitssuite. Dann dachte ich, Mr Black könnte das Gartenzimmer gefallen, das ist das nächstgrößte.« Richie Black war der Manager der Steel Thornes, und Sara war sich wohl bewusst, dass er als Eigentümer von The Black Label erwarten würde, den anderen Bandmitgliedern gegenüber bevorzugt behandelt zu werden. Die junge Frau machte ein paar Häkchen auf der Liste auf ihrem Klemmbrett und notierte sich etwas. Sie war schon vor den anderen am Vormittag mit einem Linienflug eingetroffen. Der Großteil der Gästeschar würde per Privatjet anreisen, und es war eine kleine Flotte von Mercedes-Vans gemietet worden, um sie zum Château zu bringen. »Okay. Danke, Sara, das sieht alles sehr gut aus.«

Einige der Gäste – der Bassist und der Drummer, ein aufstrebender Rapper, der ebenfalls bei The Black Label unter Vertrag stand, sowie zwei alternde Supermodels – würden nicht einmal über Nacht bleiben. Sie würden nur für die Party hereinschauen und sich dann wieder zum Flughafen kutschieren lassen, von wo aus ihre jeweiligen Privatjets sie zum nächsten exotischen Ziel entführen würden, ob zur Arbeit oder zum Ausspannen. »So lebt also die andere Seite«, hatte Karen angemerkt, als Sara bei der Vorbesprechung der Hochzeit die Arrangements durchgegangen war.

»Kaum zu glauben, wie bodenständig die sind!« Hélène half Sara, ein Teetablett vorzubereiten, das sie zu Patti und Thorne bringen würden, die nun erfolgreich in der Hochzeitssuite einquartiert waren.

»Ich weiß.« Sara lächelte. »Nicht gerade Rock 'n' Roll, was? Ein Kännchen Earl Grey und ein Teller Shortbread.«

Patti hatte bei ihrer Ankunft grau vor Erschöpfung ausgesehen, und schützend hatte Thorne ihr einen Arm um die Schultern gelegt. Als Richie Black ihn eingeladen hatte, sich mit den anderen am Pool ein paar Karaffen Margaritas zu gönnen, hatte er abgelehnt: »Ach was, ich denke, wir ruhen uns erst mal eine Weile aus.«

Antoine war in seinem Element und mixte gekonnt Cocktails. Ihm zur Seite stand die bewundernde Héloise, presste Zitronen aus und lief ab und an in den Keller, wenn noch ein paar Flaschen Tequila benötigt wurden.

Oben klopfte Sara leise an die Tür der Hochzeitssuite. »Herein!«, rief Thorne.

Als sie das Tablett abstellte, kam Patti aus dem Bad und lächelte beim Anblick des selbst gemachten Gebäcks dankbar. »Oh, super.« Sie nahm sich ein Stück. »Vielleicht bringt das meinen Magen zur Ruhe.« Sanft streichelte sie über ihren leicht vorgewölbten Bauch, eine zarte Rundung an ihrer hochgewachsenen, schmalen Silhouette. »Vierter Monat, und die Morgenübelkeit ist immer noch genauso schlimm wie am Anfang.« Bedauernd schüttelte sie den Kopf.

»Komm, leg dich ein bisschen hin«, schlug Thorne fürsorglich vor. »Du musst dir doch deine Kräfte für die Hochzeit aufsparen, Süße.«

Sichtlich dankbar ließ Patti sich aufs Bett sinken.

»Kann ich euch sonst noch was Gutes tun?«, wollte Sara wissen.

»Eine Schachtel Rennie habt ihr nicht zufällig da, oder?«, fragte Patti und seufzte. »Nicht gerade das Rockstar-Image, das Richie gern der Welt zeigen würde, ich weiß, aber seit dem Flug hab ich furchtbares Sodbrennen.«

Sara lachte. »Na klar. Kommt sofort!«

»Danke, du bist ein Schatz. Und danke, dass wir auf eurem wundervollen Château feiern dürfen. Das ist ein herrliches Fleckchen, das ihr hier habt. Wir wollten unbedingt einen Ort finden, der *unseren* Vorstellungen entspricht. Hätten wir das Richie überlassen, hätten wir wahrscheinlich auf einer Superjacht in Saint-Tropez heiraten müssen oder in irgendeinem hochgejubelten Resort in der Karibik.«

»Ja, oder Vegas, Baby! Das war sein Alternativvorschlag – es direkt auf der Bühne zu machen, gleich nach der Show.« Thorne schüttelte den Kopf. In dem schulterlangen dunklen Haar, das sein Markenzeichen war, schimmerten schon einige Silberfäden. *Steht ihm gar nicht schlecht*, dachte Sara. Eigentlich sah er sogar besser aus als je zuvor. Und Patti war immer noch umwerfend, auch wenn ihre straffen Supermodel-Züge mit dem Älterwerden und der Schwangerschaft etwas weicher geworden waren. Irgendetwas hatten sie definitiv an sich, diese Berühmtheiten. Eine Aura, die sie von allem Gewöhnlichen abhob.

»Ausnahmsweise hat Thorne aber mal nicht mit sich verhandeln lassen.« Patti lächelte zu ihm auf und strich ihm sachte über den kantigen Kiefer, als er sich zu ihr beugte, um ihr eine Tasse Tee zu reichen. »Das Comeback der Steel Thornes ist eine Sache, aber unsere Hochzeit als PR-Gelegenheit auszuschlachten, geht zu weit.«

»Ja, das wird schön, ausnahmsweise mal *keinen* Medienrummel zu haben. Heute geht's nur um dich und mich, Patti-Pan, nicht um die Band.« Vorsichtig legte er ihr eine Hand auf den Bauch. »Und um den Krümel natürlich.«

Sara schlüpfte hinaus, gerührt, dass sie diese intime Szene hatte miterleben dürfen. Es freute sie, dass die beiden sich bei der großen Auswahl an Möglichkeiten, die Menschen wie sie besaßen, für das Schloss entschieden hatten. Hinter den Kulissen des Rock-and-Roll-Showgeschäfts wirkte diese Beziehung wirklich gefestigt. Sie fragte sich, ob ihr je vergönnt sein würde, was Patti und Thorne besaßen – nicht der materielle Reichtum und sicher nicht der Promi-Status, sondern die ruhige, gelassene Wärme der Intimität und des Verstehens, die ein so festes Band zwischen den beiden schmiedete. Vielleicht sogar mit einem Mann, der ebenfalls von einer eigenen Familie träumte ...

Mühsam schluckte sie gegen den Kloß in ihrem Hals an. »Bin gleich wieder da und bringe die Rennies vorbei«, erklärte sie und griff nach der Klinke, um die Tür zuzuziehen und den beiden etwas Privatsphäre zu gönnen. »Lasst mich wissen, wenn ich sonst noch was für euch tun kann.«

Henri Dupont wusste kaum, wohin er seine Kamera richten sollte, als der Schwarm der Schickeria sich vor der Kapelle tummelte. Die Anweisungen von Thorne und Patti waren klar gewesen, übermittelt an Sara durch die Produktionsassistentin von The Black Label: Direkt vor und nach dem Gottesdienst sollten Fotos gemacht werden – aber kein Video, und beim Essen und auf der Party sollten keine Fotografen anwesend sein. Deshalb hatte Thomas die Aufgabe übernommen, Henri genau im Auge zu behalten und dafür zu sorgen, dass er ging, sobald die offiziellen Hochzeitsbilder im Kasten waren. Denn bei so vielen wohlgestalteten Berühmtheiten auf dem Château würde Henri sich nur äußerst ungern losreißen.

Die Abendluft war schwül, und der Champagner floss in Strömen, auch wenn Sara auffiel, dass Patti und Thorne ihre vollen Gläser kaum anrührten, während sie vor dem Essen unter ihren Gästen die Runde machten. Am Eingang zum Pavillon hatte der Leadgitarrist der Thornes einen Verstärker aufgestellt und begleitete den Einzug des Brautpaars mit einer Darbietung von *»Perfection«* – einem der Hits der Band.

Sobald alle sicher auf ihren Plätzen untergebracht waren, huschte Sara hinüber in die Scheune, um sich zu vergewissern, dass dort alles bereitstand. Thomas half den beiden Roadies mit irgendetwas an dem Arsenal von Hightech-Schaltpulten, die neben dem DJ-Pult aufgebaut waren. Stan kratzte sich den Kopf. »Diese verfluchte französische Verkabelung. Ich hoffe bloß, der Generator kriegt das gewuppt. Wenn wir die Phasen nicht perfekt ausbalancieren, fliegt uns das Ganze um die Ohren. Da! Genau so. Ja! Problem gelöst!« Begeistert schlug er Thomas auf die Schulter, als der Beamer die gegenüberliegende Wand erleuchtete. »Der Kerl ist ein Naturtalent«, verkündete er Sara grinsend. »Wenn du mal auf Tour mitarbeiten willst, sag einfach Bescheid, Thomas.«

Thomas strahlte. »Gut möglich, dass ich darauf noch zurückkomme.«

Sara bemühte sich, einen Anflug von Traurigkeit herunterzuschlucken, doch ihr wurde die Kehle ganz eng bei dem unausgesprochenen Gefühl des Verlusts, mit dem sie die Vorstellung von Thomas' Abwesenheit erfüllte. Ihre Wege würden sie schon noch früh genug in verschiedene Richtungen führen, und eigentlich sollte sie sich für Thomas freuen, wenn ihm der Absprung gelang. Doch plötzlich wurde ihr klar, dass es vermutlich härter werden würde als gedacht, wenn der Moment erst einmal gekommen war. Rasch übertünchte sie das Gefühl mit einem strahlenden Lächeln und ging weiter. Hier war alles unter Kontrolle; er brauchte sie nicht.

In einer Ecke hinter der Scheune summte der Generator, und Andy legte einen Schalter um. Unvermittelt glitt der weiße Strahl des Lasers über den Himmel, und aus dem Tal unter ihnen, wo die Lichter des Dorfs fröhlich funkelten, ertönte Jubel. Aus den Lautsprechern kam ein leises Brummen, dann schmetterte die Band los mit *»Heart of Steel«*, dem Hit, der zwei Jahrzehnte zuvor der Durchbruch der Steel Thornes in der Musikszene gewesen war. Während die Klänge Château Bellevue bis in die Grundfesten erbeben ließen, erhellte ein spektakuläres Feuerwerk den Nachthimmel.

Als Sara im Schatten kurz vor dem offenen Scheunentor stand, materialisierte sich neben ihr Thomas. Er legte den Arm um sie und zog sie an sich. In seinen Augen leuchtete die

Aufregung des Konzerts. Er brachte den Mund an ihr Ohr, damit sie ihn verstehen konnte. »Unglaublich! Sieh dir an, was du erreicht hast – so ein Event in unsere kleine Ecke der Welt zu holen. Es ist verrückt!«

Sie lächelte zu ihm auf. »*With a little help from my friends* – genauer gesagt mit einer ganzen Menge Hilfe von meinen Freunden.«

Am Himmel über ihnen explodierte eine weitere Rakete, und der Knall ging ihnen durch Mark und Bein, ein Kontrapunkt zum Dröhnen des Schlagzeugs und des E-Basses.

Über dem Hof hing eine zarte Rauchwolke, durch die der Laser schnitt. Der Geruch von Schwarzpulver mischte sich mit den leisen Untertönen von Zigaretten und teurem Parfum, die durch die Luft wehten.

Thomas warf einen Blick zum Himmel und stieß Sara an. »Es ist bewölkt. Ich hoffe, der Regen kommt erst, wenn die Show vorbei ist.« Sie nickte.

Gemeinsam standen sie da und schauten weiter der Band zu. Schließlich trat Thorne Sharpe an den Bühnenrand, das Mikro in der Hand. Er hob die Hände, um die Jubelrufe der versammelten Hochzeitsgäste zum Schweigen zu bringen. »Vor unserer letzten Nummer habe ich eine Ankündigung zu machen. Falls ihr es noch nicht wusstet, meine Frau und ich ...« Er machte eine Pause, um das erneute Gejubel verklingen zu lassen. »... erwarten im Februar ein Baby, am Valentinstag, um genau zu sein. Diese Tour wird also meine letzte sein, jedenfalls für eine Weile. Die Jungs und ich«, er streckte einen Arm aus, um die Band einzuschließen, »wollen zurück ins Studio und ein paar neue Sachen aufnehmen. Aber in diesen unsicheren Zeiten sind die Entscheider da oben nicht unbedingt überzeugt, dass es noch einen Markt gibt für die Musik der Steel Thornes. Man darf also gespannt sein ... Wer weiß, wohin es uns bis Jahresende alle verschlagen hat.«

Und nicht nur euch, dachte Sara im Halbdunkel.

Es blitzte, und für eine Sekunde war die Szenerie in flackerndes Licht getaucht, dicht gefolgt von einem tiefen Donnergrollen, das wie ein dunkler Trommelwirbel klang.

»Aber heute Abend geht es nur um eins«, fuhr Thorne fort. »Patti: Das ist für dich.«

Und damit schmetterte die Band die Eingangsakkorde zu *»Perfection«*. Weiter kamen sie allerdings nicht, denn gerade als Thorne ans Mikro trat und singen wollte, ertönte ein markerschütterndes Krachen, begleitet von einem Moment blendender Helligkeit, gefolgt von verblüffter Stille, als die Scheune plötzlich im Dunkeln lag. Drüben aus dem Tal drang wieder leiser Beifall herüber, als die Einwohner von Coulliac angesichts dieses großen Finales applaudierten – als hätten die Steel Thornes den Donnerschlag persönlich heraufbeschworen.

In der Scheune kicherten ein oder zwei Leute unsicher, doch dann breitete sich allmählich leise Panik aus unter einigen der nervöseren – oder vielleicht auch einfach nur chemisch beeinflussten – Gäste.

Sara reagierte blitzschnell und trat ins Scheunentor. »Tut mir leid, Leute – wir dachten, wir hätten alles unter Dach und Fach, aber ab und zu müssen auch wir uns einer höheren Gewalt geschlagen geben. Bitte bleibt für den Augenblick, wo ihr seid. Wer ein Handy dabeihat: Etwas Licht wäre sehr hilfreich, nur damit sich niemand verletzt. Gebt uns fünf Minuten, und die Party ist wieder im Gange.«

An seinem Platz hinter der Bar lehnte Antoine sein Handy an einen Eiskübel, und Stan und Andy erschienen mit

Taschenlampen. »Der Blitzeinschlag hat den Gennie komplett plattgemacht. Wir haben versucht, die Hauptbeleuchtung einzuschalten, aber der Sicherungskasten muss auch was abgekriegt haben.«

Sara winkte sie zu sich. »Ich zeige euch, wo er ist. Thomas, nimmst du Karen, Didier und Hélène mit zum Festzelt? Holt so viele Kerzen, wie ihr nur in die Finger kriegt.«

Der Sicherungskasten für die Scheune – die zum Glück eine separate Stromversorgung hatte, die von den Schaltkreisen des Hauptgebäudes getrennt war – bot ein trauriges Bild: Jede einzelne Sicherung war durchgebrannt. Kopfschüttelnd schnalzte Stan mit der Zunge.

»Das ist noch einer von den alten französischen«, erklärte Sara. »Das lassen wir alles nächstes Jahr neu verkabeln, das Budget ist schon aufgestellt – jetzt wisst ihr, wieso! Diese Sicherungen müssen alle von Hand ausgetauscht werden. Ein paar habe ich da, aber nicht genug für alle Leitungen. Da werden wir Prioritäten setzen müssen. Aber solange wir wieder Ton und Licht für die Disco haben, sollte alles in Ordnung sein.«

Neben ihr tauchte Thomas auf. »Lass mich hier übernehmen, Sara. Mach dir keine Sorgen, wir kriegen das schon hin. Geh ruhig und kümmere dich um deine Gäste.« Dankbar lächelte sie ihn im Licht der Taschenlampe an und eilte zurück in die Scheune.

Mittlerweile hatte die Atmosphäre sich etwas beruhigt. Ein Großteil der Gäste war an der Bar zusammengekommen, wo Antoine und Héloise bei Kerzenschein alle Hände voll zu tun hatten. Hélène, Karen und Didier (der begeistert war, jetzt offiziell Teil des Geschehens zu sein) waren dabei, rundherum an den Wänden der Scheune Dutzende Teelichter aufzustellen, und nach und nach erglühte der raue Stein in einem sanften Goldton.

Sara ging zu Thorne und Patti hinüber, die bei der Bühne standen. »Das tut mir wirklich sehr leid. Aber bald ist alles startklar für die Disco. Die Jungs brauchen nur ein paar Minuten, um die Sicherungen auszutauschen.«

»Mach dir keinen Kopf, Sara. Eigentlich gefällt es uns sogar ganz gut so«, entgegnete Patti lächelnd. »Ist viel romantischer auf diese Weise – eine schöne Abwechslung zu dem gewohnten Hightech-Getöse.«

»Genau, alles cool.« Thorne küsste Patti sanft auf die Stirn. »Irgendwie inspiriert mich das sogar gerade. Bleibt, wo ihr seid!«

Er schnappte sich eine Gitarre, die an einem der jetzt nutzlosen Verstärker lehnte, und zog den Stecker. Dann holte er sich einen Stuhl nach vorn und klatschte in die Hände, um die Aufmerksamkeit der restlichen Gäste auf sich zu lenken.

»Wenn wir schon beim Licht auf die altmodische Variante zurückgreifen, dann können wir es doch eigentlich mit dem Ton genauso machen. Also, wo war ich vor dieser unhöflichen Unterbrechung? Ach ja. Wie gesagt, Patti: Das ist für dich.«

Im flackernden Schein Hunderter Kerzen verstummte die gesamte Scheune, als er zu spielen begann.

»Thought perfection was impossible,
Until I saw you ...«

Ohne das Mikro war seine Stimme wie rauer Samt. Er spielte das Stück langsamer als sonst, und mit der klaren Akustikbegleitung gewann der Text eine ganz neue Eindringlichkeit. Gebannt hing die Festgesellschaft an Thornes Lippen. Aber es war, als wäre außer ihm und Patti niemand da, und er sang seine Liebesworte nur für sie und ihr ungeborenes Kind.

Als die letzten Töne verklangen, hielten alle Anwesenden den Atem an, völlig gefangen, und niemand wollte den Zauber brechen.

Und dann brach in der Scheune tosender Applaus aus.

Thomas, der sich etwa auf der Hälfte des Songs hereingeschlichen hatte, zeigte Sara das Siegeszeichen und eilte dann zu seinem Platz hinter dem Mischpult. Als er das Equipment einschaltete, drückte Sara beide Daumen, aber zum Glück hielten die neuen Sicherungen, und zu der anschwellenden Musik begannen sich auch die Scheinwerfer zu drehen.

Sara entspannte sich und drehte sich grinsend zu Karen und Didier um. »Langweilig wird es auf Château Bellevue nie! Danke, Leute, ihr habt mich gerettet.«

»Incroyable.« Didier schüttelte den Kopf. »Diese Akustikversion war umwerfend. Ich hätte nie geglaubt, dass die Steel Thornes imstande sind, mich zu Tränen zu rühren.« Liebevoll zog er Karen an sich.

»Ab mit dir, du schnulzige alte Nervensäge!«, schimpfte sie lachend, aber nicht bevor Sara bemerkte, wie zärtlich sie seine Umarmung erwiderte.

Es liegt wirklich Liebe in der Luft an diesem magischen Ort, dachte sie. Doch dann musste sie sich abwenden, als die Einsamkeit ihr wie ein Stich in die Brust fuhr. Sie fühlte sich wie ein Kind, das sich die Nase am Schaufenster des Süßigkeitenladens platt drückte und sehnsüchtig von außen auf etwas blickte, das sie nicht haben konnte. Anderen schien es so leicht zu fallen, den richtigen Menschen zu finden und mit ihm zusammen zu sein. Ihr Herz schmerzte von einer plötzlichen Sehnsucht, Thomas' Arme um sich zu spüren; doch sie wusste, dass er sie irgendwann verlassen und seinen eigenen Träumen nachjagen würde. Sie würde nicht diejenige sein, die seinem Wunsch im Wege stand, diesen Ort zu verlassen und die Welt zu bereisen. Und deshalb musste sie schon jetzt ihr Herz gegen den Schmerz wappnen, der ihm bevorstand.

»Auf Wiedersehen. Pass auf dich und das Baby auf.« Sara umarmte Patti. »Und alles, alles Gute – was auch immer der nächste Lebensabschnitt bringen mag«, fügte sie hinzu, als sie sich zu Thorne wandte.

Der grinste. »Tja, also ich hab gerade mit Richie Black gesprochen. Er war so begeistert von dem Akustikset gestern Abend, dass er uns direkt ins Studio schicken will, sobald die Tour vorbei ist. Große Pläne. Er will uns als The Thornes Unplugged neu rausbringen. Da wartet eine Menge Arbeit auf uns ab Januar.«

»Das sind ja großartige Neuigkeiten! Aber ich hoffe, du planst ein bisschen Vaterschaftsurlaub für den Februar ein.«

»Na klar. Ich gehöre zur neuen Generation Mann. Windelwechseln ist kein Problem für mich.«

Patti verdrehte die Augen. »Ja, klar, das glaube ich erst, wenn ich es sehe. Aber ich schätze, dieses Selbstbewusstsein bringt der Beruf so mit sich. Lass dich nie auf einen Rockstar ein, Sara.«

»Ich hoffe, für die Flitterwochen habt ihr euch etwas schön Exotisches ausgesucht?«

Grinsend verriet Patti: »Nicht weitersagen. Alle denken, wir fliegen nach Mustique, aber in Wahrheit schleichen wir uns heimlich nach Hause und genießen in Sussex ein paar ruhige Tage zu zweit. Ich lege die Füße hoch, und Thorne versorgt mich mit Tee und Rennies … Ein Traum!«

Fürsorglich half er ihr in den Mercedes mit den abgetönten Scheiben, der sie zum Flughafen in Richtung Heimat bringen würde, bevor es für Thorne Zeit wurde, sich ein weiteres Mal in den Tourzirkus zu stürzen.

7. Kapitel:

Etwas Blaues

Sara war noch immer ganz aufgedreht nach den spannenden Ereignissen des Wochenendes, als sie sich am folgenden Montag an den Bettenwechsel machten. Ein wenig von dem Sternenstaub, den die Thornes und ihre Entourage auf dem Château verstreut hatten, schien noch in der Luft zu liegen. Karen summte eine langsame Version von »Perfection«, während sie den Spiegel in der Hochzeitssuite polierte, und die Héls Belles tratschten beim Bettenmachen kichernd über die Promis, die darin geschlafen hatten.

Schrill tönte das Klingeln des Telefons durch den Korridor, und lächelnd ging Sara ins Büro, um abzunehmen. Die Welt war in Ordnung, und auf Château Bellevue herrschten wieder einmal Ruhe und Frieden. Nur noch drei Hochzeiten. Und von jetzt an alle ziemlich unkompliziert ...

»Sara Cox am Apparat. Oh, hallo Mr Cranleigh, wir bereiten gerade alles für Sie vor ...« Sie verstummte, als die Männerstimme am anderen Ende ihr ins Wort fiel. Je länger sie zuhörte, desto schneller ging ihre fröhliche Stimmung in Rauch auf.

»Das tut mir *furchtbar* leid. Das arme Mädchen. Nein, bitte entschuldigen Sie sich nicht. Was uns betrifft, ist das gar kein Problem; bitte machen Sie sich darüber keine Gedanken ... Ja, ja, natürlich. Ich habe vollstes Verständnis. Ich werde sehen, was sich machen lässt, was die Rechnung angeht ... Ich schicke Ihnen eine E-Mail. Es tut mir so leid. Ja, ich weiß, besser, sie findet es jetzt heraus als hinterher. Ja ... in Ordnung. Auf Wiederhören.«

»Das klang nicht gut.« Karen stellte ihren Putzeimer in der Ecke ab. »Was ist los?«

Sara schüttelte den Kopf. »Die Hochzeit für dieses Wochenende ist abgesagt.« Es fühlte sich an, als wäre ihr das Herz in den Magen gerutscht. »Die Braut hat gerade rausgefunden, dass ihr Zukünftiger sie betrogen hat. Sie haben alles abgeblasen.«

Sie versuchte, nicht in Panik zu geraten angesichts der Vorstellung, wie sich das auf ihr Jahreseinkommen auswirken würde. Jeder Penny wurde gebraucht, und diese Absage war ein Desaster.

»Ach, na ja, so habt ihr wenigstens alle ein paar Tage frei«, versuchte sie, es auf die leichte Schulter zu nehmen. Aber der Anruf hatte sie erschüttert, und in ihrem Kopf herrschte ein Chaos zusammenhangloser Gedanken. Sie spürte eine Woge des Mitgefühls für die Braut und konnte nur zu gut nachempfinden, wie gedemütigt das Mädchen sich mit seinem gebrochenen Herzen fühlen musste. Und wie schrecklich, so kurz vor der Hochzeit – so viele Gäste, denen abgesagt werden musste, die alle sicher bereits ihre Reise geplant hatten ... All das Geld ... Angesichts der Umstände hatte der Vater der Braut noch bemerkenswert ruhig geklungen.

»O Gott. Tut mir leid, Sara. Aber besser, sie findet es jetzt raus als später. Solche Dinge passieren. Erinnert mich an eine Freundin in Australien, die am Tag vor der Hochzeit ihren Verlobten dabei erwischt hat, wie er ihr Kleid und ihre Schuhe anprobiert hat. Strümpfe, Strumpfhalter, Unterwäsche – das volle Programm! Die ist auch gerade noch davongekommen, aber ganz knapp.« Karens Grinsen verblasste. »Wie ärgerlich für dich. Was ist mit der Bezahlung? Geht das auf deine Kosten?«

»Na ja, ich muss sofort herumtelefonieren und sehen, ob es noch früh genug ist, die Sachen von hier für sie zu stornieren. Die Caterer und der Florist haben die Bestellungen fürs Wochenende vielleicht noch nicht aufgegeben. Wenigstens fragen kann ich. Henri Dupont wird sein Honorar einbehalten, aber das ist auch nur fair, einen anderen Auftrag wird er so kurzfristig wohl kaum kriegen«, dachte sie laut, während sie Rechnungen aus dem Folder mit der Aufschrift »Cranleigh-Gordon« zog.

»Der Wein ist schon gekauft, aber den können wir für die nächste Veranstaltung übernehmen … Dann rechne ich mal aus, was ich den Cranleighs zurückerstatten kann, wenn die Gehälter bezahlt sind. Viel wird es wahrscheinlich nicht sein, aber sie erwarten auch nichts – ›ein Totalverlust‹ war der Ausdruck, den Mr Cranleigh benutzt hat. Für den armen Mann wird jeder Penny ein Bonus sein.«

»Sind die denn nicht versichert? Ich dachte, das rätst du allen Leuten, die bei dir buchen?«

»Ja, aber es gibt eine Ausschlussklausel für Last-Minute-Absagen, die entstehen, weil der Bräutigam ein verlogener, untreuer Bastard ist«, entgegnete Sara, und in ihren Tonfall schlich sich eine unbeabsichtigte Spur von Verbitterung.

Karen hob die Augenbrauen.

»Na ja, okay, vielleicht ist es nicht in genau diesen Worten formuliert«, gab Sara zu und schluckte ihre Wut hinunter. »Aber nein, unter diesen Umständen wird die Versicherung nicht zahlen.«

»Aber deine Einnahmen …?«

Sara schüttelte den Kopf und griff nach dem Telefon. »Ich mache mich besser an die Arbeit. Würdest du Antoine und die Mädels suchen und es ihnen sagen? Wenn wir heute noch bis mittags arbeiten, könnt ihr den Rest der Woche freinehmen. Nach letztem Wochenende habt ihr euch sowieso alle eine Pause verdient.«

Thomas war hellauf begeistert. Ihm überbrachte Sara die schlechte Nachricht, als er zum Mittagessen ankam, nachdem er den Vormittag über die Fortschritte im Weinberg begutachtet hatte.

»Aber das sind doch wundervolle Neuigkeiten! Natürlich nicht für die arme Braut, es tut mir sehr leid, was sie durchmachen muss.« Er strich Sara das Haar aus dem Gesicht. »Aber du brauchst mal eine Pause davon, ständig Dinge für andere zu tun, und außerdem bedeutet es, dass ich dich ausnahmsweise mal für mich habe. Meine bezaubernde Sara, immer so hart bei der Arbeit. Du siehst ein wenig müde aus. Das kommt definitiv gerade zum rechten Zeitpunkt.« Zärtlich küsste er sie. »So, schon besser. Endlich lächelst du mal. Ich möchte dir meine Familie vorstellen. Diese Woche kommen Robert und Christine zurück, um sich auf *la rentrée* vorzubereiten – die Kinder müssen bald wieder in die Schule. Und mein Vater kehrt auch nächstes Wochenende zurück, um mit den Vorbereitungen für die Ernte zu beginnen. Sie wollen dich alle kennenlernen. Und ich will dir das Weingut zeigen. Du bist nicht mehr da gewesen, seit du mit Gavin zu dieser allerersten Weinprobe bei uns warst«, fuhr er fort. »Daran erinnere ich mich noch gut, diese wunderschöne, aber unerreichbare *princesse* von Château Bellevue. Ich gebe zu, in der Nacht habe ich von dir geträumt. Und ich hab mich so gefreut, als du angerufen und die erste Bestellung aufgegeben hast, denn das hat bedeutet, dass ich dich wiedersehen würde ... So, jetzt ist es raus: Vom ersten Moment an, in dem du mir unter die Augen gekommen bist, hab ich dich aus der Ferne angehimmelt!«

Sara lachte. »Und jetzt kennst du die Realität und weißt, dass die ›*princesse*‹ in Wahrheit ihre Tage damit verbringt, im Château ihrer Träume Toiletten zu schrubben und Betten zu machen. Ganz zu schweigen von Kochen und Gartenarbeit.« Sie spreizte die von der Arbeit rauen Hände und hielt sie ihm unter die Nase. Thomas nahm sie in seine und drückte einen Kuss auf jede der schwieligen Handflächen.

»Das macht sie umso schöner«, entgegnete er ritterlich. »Was hat die *princesse* heute Nachmittag vor?«

»Jetzt nicht mehr viel. Ich werde Mr Cranleigh eine E-Mail schreiben müssen, aber davon abgesehen habe ich tatsächlich mal komplett frei.«

»In diesem Fall schlage ich vor, dich nach dem Lunch mit einem weiteren unserer bezaubernd zivilisierten Bräuche bekannt zu machen: *la sieste*. Andererseits«, fuhr er fort und streifte mit den Lippen die empfindsame Haut auf der Innenseite ihres Handgelenks, »sollten wir vielleicht zuerst Liebe machen, dann essen und danach noch mal unsere Siesta halten ...« Und schon führte er sie an der Hand zum Cottage, um genau das zu tun.

Satt und erfüllt von Liebe und Schlaf streckte Sara träge den Arm nach dem klingelnden Telefon aus. »Nimm nicht ab«, murmelte Thomas in ihr Haar, als auch er aus den Tiefen ihrer Nachmittagssiesta auftauchte.

Sie warf einen Blick auf das Display. »Es ist mein Dad, da gehe ich besser dran.«

»Sara, hallo, wir haben uns ja schon eine Weile nicht gehört, da dachte ich, ich ruf mal an und frage nach, wie es dir so geht. Fleißig wie immer?«

Es war ungewöhnlich, dass ihr Vater anrief. Normalerweise meldete Sara sich etwa alle zwei Wochen bei ihm und ließ sich auf den neuesten Stand bringen, was Lissy und Hannah anging. Umso mehr freute sie sich jetzt, dass auch er sich mal die Mühe machte, sie anzurufen. Sie plauderte eine Weile mit ihm über die Promihochzeit des vergangenen Wochenendes und die kurzfristige Absage. Dabei versuchte sie, sich die Sorge über den Einnahmenausfall nicht an der Stimme anmerken zu lassen. »Schon ziemlich ärgerlich, diese Absage, aber ich muss zugeben, ausnahmsweise mal ein freies Sommerwochenende zu haben, ist auch ganz nett ... Dad? Bist du noch dran?« Im Hintergrund hörte sie die Stimme ihrer Stiefmutter.

»Ja, ja, bin noch da. Lissy hat gerade gesagt, wie schade es ist, dass wir am langen Wochenende nichts unternehmen. Das Wetter hier ist fürchterlich, von Sommer kann bisher kaum die Rede sein. Also – und das ist jetzt nur mal so dahingesagt, das hängt natürlich davon ab, was Hannah so vorhat ...«

(*Klar, wie immer*, dachte Sara ungnädig. *Auch wenn man meinen sollte, dass sie in ihrem Alter langsam mal aus dem Haus wäre und ihr eigenes Leben führen würde ...*)

»... aber warum schauen wir nicht mal, ob wir einen Flug kriegen und dich besuchen kommen? So für das lange Wochenende. Wär doch eine Schande, diese Gelegenheit zu verschwenden, wenn du ein ganzes Château voller leerer Betten hast!«

Augenblicklich war Sara hellwach. Sie setzte sich auf und zog ihr T-Shirt über. Das war so ganz und gar nicht, was sie sich vorgestellt hatte. Doch unaufhaltsam segelte die Aussicht auf ein paar kostbare Tage Urlaub, vorzugsweise mit Thomas an ihrer Seite, gen Horizont. Verzweifelt suchte sie nach einer Ausrede, aber ihr wollte einfach kein glaubhafter Grund einfallen, aus dem ihre Familie nicht für ein paar Tage herkommen sollte.

»Das klingt toll, Dad«, behauptete sie, und der gezwungene Enthusiasmus klang in ihren Ohren hohl.

»Super. Ich freu mich schon, dich zu sehen – wir machen uns ein bisschen Sorgen, wie du so zurechtkommst ohne Gavin.« Darüber konnte sie nur matt lächeln. »Wir klären das mit Hannah und sehen direkt mal nach Flügen. Ich ruf dich wieder an ...«

Stöhnend ließ Sara sich wieder neben Thomas aufs Kissen fallen. Er öffnete ein Auge und grinste sie an. »Yay! Familie!«, frotzelte er und pikste sie in die Rippen.

Sie schloss die Augen. »Hmpf. Gerade als ich mich drauf gefreut hab, eine Woche mit meinem heißen französischen Liebhaber im Bett zu verbringen ... Ach, na ja, vielleicht sind ja alle Flüge ausgebucht.« Sie machte die Augen wieder auf und drehte sich zu ihm. »Du musst denken, ich bin eine schreckliche Tochter, dass ich sie nicht zu Besuch haben will.«

Sachte strich er ihr mit dem Zeigefinger über die Nase und tippte ihr dann kurz aufs Kinn. »Nein. Überhaupt nicht. Ich weiß, dass du kein schrecklicher Mensch bist, also muss es einen guten Grund geben, dass du sie nicht hierhaben willst. Keine Sorge, ich weiß, dass du eine komplizierte Familie hast. Denk dran, ich habe auch Stiefbrüder und -schwestern.«

Sie seufzte. »Es ist bloß … bei denen dreht sich irgendwie immer alles um Hannah. Und bei Mum ist es dasselbe. Sie war immer mit Rogers Kindern beschäftigt. Er war Witwer, als sie sich kennengelernt haben, und so hat sie die Mutterrolle für die Kleinen übernommen. Allerdings haben sie sie wohl wirklich gebraucht, so jung, wie sie waren, als sie ihre eigene Mutter verloren haben. Ich hab immer ein schlechtes Gewissen, dass ich so eifersüchtig bin und ihnen die Aufmerksamkeit meiner Mutter nicht gönne.« Sie schüttelte den Kopf. »Als Mum und Dad sich haben scheiden lassen, war es, als würde ich zu keinem von beiden mehr gehören. Ich war für niemanden etwas Besonderes. Außer für meinen Großvater.« Bei der Erinnerung an ihn wurde ihre Miene weich. Aufmerksam hörte Thomas ihr zu und beobachtete sie genau. »Meistens haben sie mich in den Schulferien zu meinen Großeltern abgeschoben, und irgendwie hab ich mich einfach an Großvater drangehängt. Er war ein begeisterter Gärtner, und ich war immer an seiner Seite, habe ihm beim Umgraben und Unkrautjäten geholfen. In Wahrheit war ich ihm wahrscheinlich nur im Weg, aber er war immer so geduldig und gutmütig. Von ihm hab ich das Gärtnern gelernt. Ich denke jedes Mal an ihn, wenn ich da draußen bin.« Sie nickte zum Fenster, das umrahmt war von Madame-Alfred-Carrière-Rosen, mattweiße Wolken vor dunkelgrünem Laub, und verstummte.

»Und wo ist er jetzt?«, hakte Thomas leise nach, immer noch die Arme um sie gelegt.

»Er ist vor ein paar Jahren gestorben. Ist für eine Routineoperation ins Krankenhaus gegangen und hat sich einen Keim eingefangen. Er ist nie wieder rausgekommen.« Einen Augenblick lang schwieg sie und dachte zurück. »Großvater hätte diesen Ort geliebt. Ich weiß, dass er gut gefunden hätte, was ich hier bisher geschaffen habe. Und er wäre so begeistert gewesen von meinen Plänen für den Garten.« *Die ich jetzt niemals werde umsetzen können*, schluckte sie gerade noch hinunter.

Neben ihr zirpte erneut das Telefon. »Hi Dad.«

»So, wir haben den Freitagsflug nach Bordeaux gebucht. Ein echter Glücksfall, wir haben die letzten vier Plätze bekommen – ach ja, ich hoffe, das ist in Ordnung, Hannah bringt eine Freundin mit. Eigentlich wollten sie den Tag am Meer verbringen, aber das wird ihnen sogar noch mehr Spaß machen. So kurzfristig waren die Tickets ganz schön teuer, aber wie Lissy schon sagt, es ist ja nicht so, als würden sonst noch groß Kosten anfallen … Kannst du uns abholen? Unser Flug kommt mittags an. Toll – kann's kaum erwarten, dich zu sehen. Was für ein Glück, dass du diesen Ausfall hattest!«

Sara verabschiedete sich und wandte sich wieder Thomas zu. »Yay! Familie!«, wiederholte sie schwach.

Er stützte sich auf einen Ellbogen und küsste sie auf die leicht gerunzelte Stirn. »Keine Sorge. Das wird schon alles. Du stellst mich deiner Familie vor und ich dich meiner. Eine große Woche! Ich hab eine Idee«, fuhr er fort. »In Saussignac ist am Samstagabend ein *marché nocturne* – gehen wir da doch alle gemeinsam hin. Das macht immer einen Riesenspaß, sämtliche regionalen *producteurs* bauen Stände mit verschiedensten Gerichten und Weinen auf. Und es wird getanzt. Nicht dass der DJ den äußerst hohen Standards des Château Bellevue gewachsen sein wird, versteht sich. Ich wage zu bezweifeln, dass der schon mal eine Party für eine weltberühmte Rockband beschallt hat!«

»Also wirklich, Thomas Cortini! Ich glaube fast, dein Ruhm steigt dir zu Kopf«, entgegnete sie lachend.

»Ganz und gar nicht, ich bin sehr bescheiden. Und jetzt wappne dich für das nächste Liebesspiel mit dem weltbesten Discjockey, Winzer und Sexgott!«

»Wie bezaubernd. Ich kann's kaum erwarten, die drei kennenzulernen …« Doch Saras Stichelei wurde im Ansatz erstickt, als Thomas die Lippen auf ihre drückte.

Sara hatte versucht, dem Besuch ihres Vaters und seiner Familie gelassen entgegenzusehen, aber schon in den ersten Minuten nach ihrer Ankunft spürte sie die vertraute Steifheit in ihrem Kiefer. Mit zusammengebissenen Zähnen setzte sie ein starres Lächeln auf und lauschte höflich dem unaufhörlichen Geplapper ihrer Stiefmutter. »Wir waren so enttäuscht, als wir gehört haben, dass deine Verlobung gelöst ist! Hannah hatte sich schon so drauf gefreut, Brautjungfer zu sein, oder, Hannah?«

Hannah und ihre Freundin waren beide in ihre Handys vertieft und lasen irgendwelche brandheißen Nachrichten, nachdem sie während des Flugs beinahe zwei Stunden lang von der Welt abgeschnitten gewesen waren. Vom Rücksitz ertönte daher nur ein unbestimmtes Murmeln.

»Na ja, ist ja egal. Nächsten Frühling heiratet ihre Cousine Amanda, das macht es wieder wett. Ooh, sind das Weintrauben? Ich hatte ja keine Ahnung, dass die so wachsen. Und wir freuen uns wirklich sehr darauf, dein Château zu bewundern. Hannah hat schon mal im Internet nachgeschaut, stimmt's, Hannah, bevor wir die Flüge gebucht haben. Sieht wirklich hochkarätig aus …«

Sara spürte, wie ihre Schultern sich immer höher schoben, während Lissy die gesamte Strecke nach Coulliac weiterplapperte.

Wenig später holte Sara tief Luft und verkündete: »... und Hannah und Amy, ihr schlaft hier.« Sie öffnete mit großer Geste die Tür zu einem der hübschesten Zimmer, einem Zweibettzimmer mit Blick auf die Scheune und den Pool.

»Wie, wir sollen uns ein Zimmer teilen? Und das Bett, krass. Ich hab schon seit Jahren nicht mehr in so einem schmalen Einzelbett geschlafen«, beschwerte sich Hannah.

»Na ja, ich dachte, ihr wollt wahrscheinlich zusammen sein.« Außerdem wäre es ein Zimmer weniger, das sie nächste Woche putzen musste. Da der Bettenwechsel bereits erledigt war, wollte Sara den Arbeitsaufwand mit den Vorbereitungen für die nächste Hochzeit so weit wie möglich minimieren.

»Das ist doch verrückt«, bemerkte Thomas am Abend. »Du schläfst im Cottage, während die in deinen besten Zimmern im Château residieren. Ich dachte immer, Aschenputtel wäre eine Märchengestalt, aber mir scheint, sie ist bis heute quicklebendig, und zwar auf Château Bellevue.«

»Ach, na ja, so ist es einfacher. Ich mach mir doch nicht den Aufwand, nur fürs Wochenende ins Château zu ziehen, wenn all meine Sachen hier sind. Mein Schloss nehme ich schon früh genug wieder in Besitz, wenn die Saison vorbei ist.« *Auch wenn nur der Himmel weiß, wie lange es noch mir gehört*, dachte sie. Noch immer wartete sie darauf, dass der Filialleiter der Bank aus dem Urlaub zurückkam. Sie hoffte verzweifelt, er würde sich darauf einlassen, ihr einen Kredit über die Summe zu geben, die sie brauchte, um Gavin auszuzahlen. Das war ihre letzte Chance, das Château zu behalten.

Mit Mühe richtete sie ihre Aufmerksamkeit wieder auf Thomas neben ihr im Bett. »Außerdem bin ich vielleicht Aschenputtel, aber mein Prinz hat zum Glück kein Problem damit, sich mit mir in die Niederungen dieser baufälligen Baracke zu begeben!«

Thomas wandte sich ihr zu. »Dann bin ich also dein Prinz, Sara?« Plötzlich wirkte er ernst, weshalb Sara sich hastig um einen leichten Tonfall bemühte, der die Situation entspannen sollte.

»Natürlich. Bis ich dich in die große weite Welt hinausschicke, damit du ein paar Drachen tötest. Ich will schließlich nicht, dass du mich für leichte Beute hältst.«

Und bei ihrer Aschenputtel-Rolle blieb es auch. Statt heute ein einziges Mal in der Saison an einem Samstagmorgen auszuschlafen, war sie früh aufgestanden und hinunter zur Bäckerei gefahren. Leise hatte sie die Tür zum Cottage hinter sich geschlossen und Thomas schlafend im Bett zurückgelassen, während sie fürs Frühstück Croissants und frisches Brot holte.

Sara lehnte sich an den Küchentresen, massierte sich den verspannten Nacken und die Schultern und wartete darauf, dass die Croissants im Ofen warm wurden. Heute Abend würde Thomas mit ihnen allen zum Nachtmarkt nach Saussignac fahren. Damit wäre ihre Familie bespaßt, und Sara würde nicht für sie kochen und für das Abendessen einkaufen müssen.

Wie erwartet kam ihr Besuch gegen halb zehn nach unten.

»Guten Morgen, Dad, Lissy. Ich hoffe, ihr habt gut geschlafen?«

»Ja, wunderbar, danke. Es ist wirklich ruhig hier, nicht wahr? Allerdings ist Hannah in der Nacht zu uns gekommen, Amy hat geschnarcht und sie wachgehalten. Ich hab ihr gesagt, sie soll einfach in eins der anderen Zimmer umziehen. Die sahen alle aus, als wären sie schon fertig, war also kein Problem. Und sie schläft wirklich lieber in einem Doppelbett.«

Ich werde mir keine Schuldgefühle einreden lassen. Ich ärgere mich nicht über meine Stiefmutter. Ich bin nicht eifersüchtig auf meine Stiefschwester … Mittlerweile waren Saras Schultern vor Anspannung praktisch mit ihren Ohren verschweißt, und sie konnte es sich nicht verkneifen, die Kaffeekanne etwas schwungvoller auf den Tisch zu knallen als unbedingt nötig.

Doch dann kam Thomas in die Küche und schloss sie in die Arme. »Aah!« Anerkennend schnupperte er. »Die Bediensteten haben bereits das Frühstück vorbereitet – wie wundervoll!«

»Oh, du hast sogar am Wochenende Personal hier?« Lissy biss in ein warmes Croissant, dick bestrichen mit Butter und Marmelade. »Also, manche Leute haben wirklich Glück, was!«

Sara zeigte Thomas ein gespieltes Zähnefletschen, das niemand sonst sehen konnte, aber bei seinem amüsierten Lächeln und dem verständnisvollen Funkeln in seinen Augen sanken ihre Schultern tatsächlich ein, zwei Zentimeter nach unten. Plötzlich fühlte sie sich deutlich besser, denn sie wusste jemanden an ihrer Seite, der verstand, was wirklich in ihr vorging.

Warm umfing sie die Abendluft, als sie durch die Gassen von Saussignac schlenderten, über denen das elegante Stadtschloss thronte. Von überallher waren die Leute gekommen, und sie hatten ein ganzes Stück entfernt von dem großen Platz parken müssen, der das Zentrum der Einkaufsstraße bildete.

Der Klang von Gelächter und der verlockende Duft von Knoblauch und Frittierfett zogen einen stetigen Strom von Besuchern zu den langen Tapeziertischen, die unter den Limettenbäumen aufgebaut waren. Thomas hielt Saras Hand, während sie neben ihrem Vater, ihrer Stiefmutter sowie Antoine und Héloise herliefen. Letztere hatten sich von Thomas im Van mitnehmen lassen, da ohnehin zwei Autos notwendig gewesen waren und es noch freie Plätze gegeben hatte. Hannah und Amy, immer noch schwer mit ihren Handys beschäftigt, bildeten das Schlusslicht.

Saussignacs von Bäumen gesäumter Marktplatz schmiegte sich an den eleganten Turm der Dorfkirche, und an zwei Seiten der *place* waren Verkaufsstände unter dem Blätterdach aufgereiht. In fröhlichen Grüppchen standen die Leute davor Schlange, um sich Austern oder *moules-frites*, Steak oder *magret de canard* zu holen. Mehrere der örtlichen Winzer präsentierten ihre Waren, die reißenden Absatz fanden.

Saras Blick blieb an einer Gruppe an einem der langen Esstische hängen. Enthusiastisch winkten die Leute sie herüber, mehrere geöffnete Weinflaschen vor sich. Sie stieß Thomas an, der gerade dabei war, Lissy und den Mädchen das Angebot der einzelnen Stände zu erklären (begleitet von Protestäußerungen wie: »Austern? Uäh!«, »Iiih, Muscheln!« oder »Ente esse ich nie ...«).

»Ach! Sie sind schon da. Kommt mit und lernt meine Familie kennen. Und Gina und Cédric.«

Es dauerte eine Weile, bis alle vorgestellt waren und sich mit den üblichen zwei Wangenküssen pro Person begrüßt hatten. »Mein Bruder Robert und seine Frau Christine. Mein Vater Patrick. Und Cédric und Gina Thibault.«

Gina zog Sara in eine herzliche Umarmung. »Ich hab mich schon drauf gefreut, dich endlich kennenzulernen. Thomas hat so viel von dir erzählt!«

»Das hat er allerdings.« Auch Patrick Cortini, schneidig mit seinem weißen Haar und dem sorgfältig gepflegten Schnäuzer, umarmte Sara enthusiastisch. »Noch eine schöne *Anglaise*, die den einheimischen Männern die Herzen stiehlt … Auf diese Weise rächen die Engländer sich für die Eroberung durch die Normannen!«

»Ja, und du kannst Sara jetzt loslassen, Papa«, bemerkte Thomas und beanspruchte sie wieder für sich. »Du hast selbst schon eine englische Freundin, weißt du noch?«

»Und ich will ihr nicht erzählen müssen, du würdest hinter ihrem Rücken mit anderen Frauen schäkern!«, witzelte Gina.

»Die geheimnisvolle Engländerin, bei der Papa zu Besuch war, ist nämlich Ginas Mutter«, erklärte Thomas. »Bald kommt sie auf einen Gegenbesuch, um bei der Ernte zu helfen.«

Gina lächelte. »Aber ich hoffe, ihr erwartet nicht, dass sie Trester schaufelt oder Tanks schrubbt. Ich glaube, sie denkt da eher an so etwas wie Christine beim Kochen zu helfen und mit ihren Enkeln zu spielen.«

»Wie viele Kinder habt ihr?«, wandte sich Sara an Gina.

»Drei. Luc und Nathalie sind meine Stiefkinder, und dann haben wir noch den kleinen Pierre. Er ist eineinhalb, watschelt fröhlich durch die Gegend und läuft allen zwischen die

Füße. Wir können von Glück sagen, dass er zwei vernarrte Großmütter und zwei liebevolle Halbgeschwister hat, die mit auf ihn aufpassen – sonst wären wir längst durchgedreht. Heute Abend spielen sie Babysitter, damit wir auch mal einen Abend frei haben – es ist ein Traum!«

Noch eine komplexe Familie, dachte Sara bei sich. *Vielleicht ist es mittlerweile ja normal, ein Sammelsurium von Stief- und Halbgeschwistern zu haben.* Gina war ihr sofort sympathisch.

»Kommt, setzt euch. Wir haben gerade eine Auswahl der Weine probiert, die heute Abend im Angebot sind. Wir sind hier in der Bergerac-Appellation, und es gibt einige sehr interessante Bio-Winzer in der Gegend.«

»Ach, Gina, lässt du die Arbeit eigentlich nie ruhen?«, zog Thomas sie liebevoll auf.

»Du kennst mich doch, Thomas, absolut selbstlos immer auf der Suche nach köstlichen Weinen. Ein harter Job!«

Sie machten es sich bequem, gesellten sich zu der lärmenden Festgesellschaft, und Thomas goss allen ein Glas Wein ein. Der Geräuschpegel stieg in umgekehrter Proportion zum fallenden Weinpegel in den Flaschen. Langsam senkte sich die Dunkelheit, und in den Zweigen über ihnen begannen feine Lichterketten zu funkeln. Sara warf einen Blick über den Tisch, wo ihr Vater und Lissy ins Gespräch mit Patrick und Robert vertieft waren. Die Männer tauschten sich leidenschaftlich über die Weinherstellung und die anstehende Ernte aus. Am anderen Tischende übten Antoine und Héloise lachend neue englische und französische Ausdrücke mit Hannah und Amy, die – wie Sara beeindruckt bemerkte – sogar ihre Handys weggesteckt hatten, um die Köstlichkeiten auf ihren Tellern besser genießen zu können.

Sara konnte sich nicht entsinnen, wann sie bei einem Familienessen je so unbeschwert gewesen wäre. Zu Hause in England hatten solche Zusammenkünfte für sie immer eine gewisse Anspannung bedeutet. Ein ständiges Navigieren zwischen den Unterströmungen von Verletztheit, Feindseligkeit und Eifersucht, die auf beiden Seiten ihrer zerbrochenen Familie immer noch wie scharfkantige Felsen dicht unter der Oberfläche lauerten. In den meisten Fällen hatte sie ernste Schluckbeschwerden entwickelt, bis das Essen sich endlich dem Ende zuneigte.

Doch in der hier versammelten Gesellschaft herrschte ein fröhliches Kommen und Gehen, immer wieder stand jemand auf und holte sich eine weitere Portion von allem, was gerade verlockend aussah. Es wurde rege probiert und geteilt. Und sogar aus Hannahs Mund war doch wahrhaftig zu vernehmen: »O mein Gott! Ente ist *so was von* mein neues Lieblingsessen! Wer hätte gedacht, dass die so lecker ist? Das müssen wir unbedingt mal zu Hause machen, Mum.« Was, wenn Sara so darüber nachdachte, die längste und begeistertste Ansprache war, die sie je von Hannah gehört hatte.

Die anderen zogen Thomas mit seinen neu entdeckten Fähigkeiten als DJ auf, während er sie mit Einzelheiten von seiner kürzlich erfolgten Begegnung mit dem Rockolymp unterhielt.

Gina wandte sich an Sara. »Wie ich höre, hast du auf Château Bellevue fantastische Arbeit geleistet. Thomas hat erzählt, wie traumhaft es aussieht, vor allem der Garten.«

»Danke. Kommt doch mal vorbei und seht es euch selbst an. Fertig ist es allerdings noch nicht – ich habe noch große Pläne für die Landschaftsgestaltung, sollte ich nächstes Jahr noch hier sein. Ich hoffe, ich kann das zu Ende bringen. Irgendwie habe ich dieses Gefühl, dem Château gerecht werden zu müssen. Ich bin mir nicht sicher, warum. Nur dass es das aufgrund seiner Geschichte in gewisser Weise verdient, auch wenn ich darüber nicht viel weiß.«

Gina nickte. »Geschichte hat es wirklich, zumindest habe ich das gehört. Vielleicht kann meine Schwiegermutter Mireille dir da mehr erzählen. Ihre Familie hat früher in der alten Mühle am Fluss gelebt – wo heute Christines Eltern wohnen«, erklärte sie und nickte über den Tisch zu Roberts Frau hinüber. »Mireille ist dort aufgewachsen. Das muss so in den 1930ern gewesen sein, denn ich weiß, dass sie mit nicht ganz zwanzig zum Arbeiten nach Paris gezogen ist und während des Kriegs dort war. Aber ihre Eltern und ihre jüngere Schwester haben bis Ende des Zweiten Weltkriegs in der *moulin* gewohnt, da gibt es mit Sicherheit einige Geschichten zu erzählen. Nicht dass die Leute hier in der Gegend besonders gern über den Krieg reden würden. Ich nehme an, diese Zeit würden sie lieber komplett vergessen.«

»Ich würde Mireille wirklich gern mal kennenlernen. Und wenn sie mir noch irgendetwas Neues über das Château erzählen kann, das wäre fantastisch.«

Als aus den Lautsprechern neben der Kirche Musik zu dröhnen begann, beugte Gina sich vor, um Sara verstehen zu können, während um sie herum die Kakophonie von Stimmengewirr und Gelächter noch zunahm.

»Es kann nicht leicht gewesen sein, weitermachen zu müssen, nachdem dein Verlobter gegangen ist. Du musst ja mittlerweile völlig erschöpft sein.«

»Ein bisschen«, gab Sara zu. »Aber irgendwie komme ich gleichzeitig gerade zu der Erkenntnis, dass ich dieses Experiment wirklich genieße. Wobei mir Thomas natürlich das Leben gerettet hat – auf mehr als eine Weise!«

Gina lachte, doch dann wurde ihre Miene wieder ernst, und sie fragte: »Und, was denkst du, *bist* du nächstes Jahr noch hier?«

Sara zuckte mit den Schultern. »Es ist ein bisschen kompliziert. Im Augenblick weiß ich es wirklich nicht, aber mit den Gedanken darüber will ich mich erst in ein paar Wochen befassen, wenn die Saison vorbei ist. Es hängt von verschiedenen Dingen ab.«

»Ist eins dieser ›Dinge‹ Thomas?«, hakte Gina leise nach und sah Sara direkt in die Augen, beobachtete sie aufmerksam.

Sara senkte den Blick. Wie sollte sie einer Frau gegenüber, die sie erst heute Abend kennengelernt hatte, etwas eingestehen, das sie nicht einmal sich selbst einzugestehen bereit war? Über den Tisch hinweg warf sie einen Blick zu ihrem Dad und ihrer Stiefmutter; ihr Vater gab Hannah und Amy gerade noch etwas Geld, damit sie sich *crêpes-au-chocolat* zum Nachtisch holen konnten.

Aus Erfahrung wusste sie: Wenn man im Leben etwas haben will, führt es normalerweise zu bitterer Enttäuschung, wenn man es nicht haben kann. Deshalb hatte sie schon vor langer Zeit aufgehört, irgendetwas zu sehr zu wollen. Das Château, ihre Firma, die Pläne für den Garten. Thomas. Sie wusste, dass all das schon bald den Weg ihrer restlichen Sehnsüchte nehmen konnte: ihrer Sehnsucht nach einem Zuhause oder wenigstens einem Ort, an dem sie im Notfall willkommen wäre; ihrer Sehnsucht nach einer Familie; ihrer Sehnsucht nach einer Traumhochzeit, die sich mit Gavins Weggang in Luft aufgelöst hatte.

Als sie jetzt den Blick hob, um Ginas offenem Blick zu begegnen, wich sie dem Ernst der Frage mit einem Lächeln aus. »Ach, na ja, das wird sich zeigen. Bis dahin ist Thomas wahrscheinlich längst als Vorband für die Steel Thornes auf Tour.«

Grinsend wandten sie sich beide zur Seite, wo Cédric und Robert gerade Thomas mit seinem Musikgeschmack aufzogen und ihm prustend vor Lachen auf die Schulter klopften.

Thomas bemerkte, dass sie ihn ansahen. »Oh-oh.« Er stieß Cédric an. »Da haben uns zwei heiße englische Mädels im Visier. Meinst du, wir sollten die mal zum Tanzen auffordern?«

»Aber sicher doch.« Cédric erwiderte ihr Grinsen. »Ich nehme die Blonde, du die Dunkelhaarige ...«

Als sie am Ende des Abends zurück zu den Autos schlenderten, hatte Sara das Gefühl, das Abendessen gründlich abgearbeitet zu haben, nachdem sie von Thomas über die Tanzfläche gewirbelt und danach von seinem Vater etwas schicklicher durch einen Walzer geführt worden war. Sie kamen nur langsam voran, hielten immer wieder an, um Leuten Gute Nacht zu wünschen, die Thomas und seine Familie kannten. Die meisten davon schienen vor allem daran interessiert zu sein, einen Blick auf Sara zu erhaschen. Ihr wurde klar, dass im Ort bereits Gerüchte über ihre Beziehung die Runde machten.

Beim Abschied umarmte Gina sie noch einmal. »Wirklich schön, dass wir uns endlich mal kennengelernt haben. Wir müssen uns bald wieder treffen.«

Mit einem Lächeln auf den Lippen stieg Sara in ihren Wagen. Sie hatte das Gefühl, eine verwandte Seele getroffen zu haben, und freute sich schon sehr darauf, Gina besser kennenzulernen.

Laut hupend fuhr Thomas mit seinem Van ab. Darin saßen auch Hannah und Amy, die sich unter fröhlichem Gekicher dazu entschlossen hatten, sich für den Heimweg zu Antoine und Héloise auf die Rückbänke zu gesellen.

»Was für ein wundervoller Abend«, schwärmte ihr Vater und setzte sich neben sie auf den Beifahrersitz. »Deine neuen Freunde gefallen mir sehr. Und was für eine Persönlichkeit der alte Patrick Cortini ist!«

Plötzlich erfüllte ein Gefühl der Leichtigkeit Saras Herz, begleitet von einer Woge der Zuneigung für ihre Familie. So gestört die Verhältnisse auch gewesen sein mochten, vielleicht waren sie auch nicht gestörter als die jeder anderen Familie heutzutage. Die Mischung aus drei Generationen und zwei Kulturen in der schlichten Umgebung des Dorfmarktes hatte sich als das Rezept für einen perfekten Abend erwiesen. Dank dir, Thomas, dachte sie.

Nachdem sie am Flughafen ihre Familie verabschiedet hatte, fuhr Sara eilig zurück zum Château, um hinter ihnen her zu räumen und zu putzen, damit das Team mit den Vorbereitungen für die nächste Hochzeit nur ein Minimum an Arbeit haben würde. Thomas war hinüber nach Château de la Chapelle gefahren, um Robert und seinem Vater bei den Vorbereitungen für die Ernte zu helfen. Leise summend bezog sie die Betten neu, schüttelte die tadellos gebügelten Laken aus, die nach frischer Luft und Sonne rochen, und strich die hübschen Tagesdecken glatt.

Plötzlich hielt sie inne und lauschte. Einen Moment lang hatte sie geglaubt, draußen Stimmen zu hören. Sie öffnete das Fenster und lehnte sich hinaus. Und hätte beinahe das

Gleichgewicht verloren und wäre kopfüber in den Hof gestürzt, als sie vor Schock zusammenzuckte bei der Erkenntnis, dass dort unten Gavin stand. Neben ihm wartete der Makler, der sie vor zwei Jahren beim Kauf des Châteaus betreut hatte.

Bebend vor Wut hastete Sara nach unten und versuchte, sich zu sammeln. »Monsieur Bonneval«, begrüßte sie den Makler und reichte ihm die Hand. »Und Gavin, sieh an.« Bei ihm machte sie sich nicht die Mühe, die Hand auszustrecken. »Na, *das* ist ja eine Überraschung.«

»Hallo, Sara.« Einen halben Schritt trat er auf sie zu, wie um sie auf die Wange zu küssen, doch Sara verschränkte die Arme und lehnte sich beinahe unmerklich zurück. Nur die Anwesenheit des Maklers hielt sie davon ab, Gavin an den Kopf zu werfen, wonach ihr in Wahrheit der Sinn stand. Wie Lava strömte die Wut durch ihre Adern.

Ohne davon etwas zu ahnen, blickte Monsieur Bonneval sich um. »Was für eine Verwandlung! Ich freue mich schon, einen Blick auf den Innenbereich zu werfen, jetzt, wo Sie mit der Arbeit fertig sind«, schwärmte er. »Es ist mir eine Freude, diese Immobilie wieder betreuen zu dürfen, und eventuell habe ich da sogar bereits einen Klienten, der Interesse hätte. Was natürlich von Ihrer Preisvorstellung abhängt, versteht sich. Ich fürchte, im Augenblick ist es immer noch größtenteils ein Käufermarkt.«

»Ich weiß, aber das lässt sich nicht ändern«, übernahm Gavin gekonnt das Gespräch, ganz auf seine übliche selbstsichere Weise. »Ich will das Geld da raushaben. Kleine Planänderung«, behauptete er und mied Saras Blick, »also bin ich offen für Angebote – in angemessenem Rahmen natürlich.«

Je öfter er das Wort »ich« benutzte, desto mehr konnte Sara spüren, wie sich ihr die Nackenhaare aufstellten.

»Also dieser Klient ist nächste Woche hier. Er möchte mit seiner Frau zusammen ins Hotelgewerbe einsteigen und sucht dazu in Frankreich passende Immobilien. Ich stelle ein paar Einzelheiten zusammen und schicke sie ihm, aber ich kann mir vorstellen, dass er Château Bellevue sehr gern sehen will, wenn er hier ist. Das ist genau die Art Anwesen, die den beiden vorschwebt.«

Sara schnürte sich die Kehle zu, und ihr Herz hämmerte bei der Vorstellung, das Château zu verlieren. Unvermittelt brach dieses alte Gefühl über sie herein, in Gavins Gegenwart ihre Stimme zu verlieren. Unverfroren war er hier nach allem, was er sich geleistet hatte, einfach wieder aufgekreuzt und hatte aufs Neue das Ruder an sich gerissen.

Sie versuchte, etwas zu sagen, doch es kam nur ein heiseres Krächzen heraus. Der Makler begann, Fotos zu machen, während Gavin ihm die Landschaftsgestaltung erläuterte, die sie vorgenommen hatten. Die *Sara* vorgenommen hatte. Ihren Garten. Ihr Zuhause.

Sie räusperte sich. »Nein«, verkündete sie.

Die beiden Männer machten weiter, als hätte sie nichts gesagt. Resolut marschierte sie hinüber zu Monsieur Bonneval und fasste ihn beim Arm, als er die Kamera hob, um eine Aufnahme vom Ausblick durch den idyllischen Rahmen der Pergola zu machen. »Nein.« Wieder räusperte sie sich, und jetzt war ihre Stimme kräftiger. »Das Château steht nicht zum Verkauf.«

Dem Makler gefror das Lächeln auf dem Gesicht, und in seinen Augen flackerte Verwirrung auf. »Aber Gavin …?«, fragte er und blickte von einem zum anderen.

»Ich werde Gavin ausbezahlen. Château Bellevue steht nicht zum Verkauf, Monsieur Bonneval. Es tut mir sehr leid, dass Sie umsonst hergekommen sind. Besser wäre gewesen, wenn Monsieur Farrell vorher angerufen hätte, da er ja nicht mehr hier wohnt. Wie er sehr richtig angemerkt hat, gab es eine Planänderung.«

In diesem Moment fuhr Thomas mit seinem Wagen vor. Blinzelnd verarbeitete er das Bild, das sich ihm bot, und war sichtlich erstaunt über Gavins Anwesenheit. Er musste Saras wütende Anspannung spüren, denn er stieg aus, kam herüber und stellte sich neben sie. Und sie war dankbar für seine beruhigende Gegenwart. Kampflos würde sie das Château nicht aufgeben, und es tat gut zu wissen, dass jemand ihr Rückendeckung gab, während sie in die Schlacht zog. Noch nie war sie sich einer Sache so sicher gewesen.

»Thomas?«, fragte Gavin aus dem Konzept gebracht.

Kühl nickte Thomas ihm zu. »Gavin.«

Der Makler blickte von Gavin zu Sara und wieder zurück, dann zuckte er mit den Schultern. »Nun gut, das lasse ich Sie mal unter sich klären. Sollte ich Ihnen irgendwann behilflich sein können, Mademoiselle Cox, zögern Sie bitte nicht, mich anzurufen.«

Gavin verzog finster das Gesicht, merklich wütend, dass Monsieur Bonneval sich ihr gefügt hatte. »Ich will mein Geld, Sara.« Sein Tonfall war leise, doch es lag eine unmissverständliche Drohung darin.

»Und das beschaffe ich dir auch«, erwiderte sie mit fester, klarer Stimme. »Gib mir Zeit bis zum Ende der Saison. Das ist das Mindeste, was du tun kannst. Ich werde nicht verkaufen.«

Schweigend standen Thomas und Sara da und sahen zu, wie die Männer den Hügel hinabfuhren – um sicherzugehen, dass sie auch wirklich das Grundstück verließen. Dann legte

Thomas einen Arm um sie, und Sara lehnte die Stirn an seine breite, feste Brust. Plötzlich zitterten ihr die Knie. Beim Gedanken an das, was sie getan hatte, bekam sie ein flaues Gefühl in der Magengrube. Sie hatte noch immer nicht den Filialleiter der Bank erreicht, um herauszufinden, ob ein Kredit überhaupt im Bereich des Möglichen lag. Morgen wurde er zurückerwartet, und ihre erste Amtshandlung des Tages würde sein, ihn anzurufen und zu versuchen, einen Termin zu bekommen. Aber was, wenn …

Thomas küsste sie auf den Scheitel, und beklommen blickte sie zu ihm auf.

Er nahm sie bei der Hand. »Komm. Guck nicht so besorgt. Gehen wir den Ausblick genießen, und du erzählst mir, was da los ist.«

Hand in Hand setzten sie sich auf die Bank am Aussichtspunkt, vor sich das Tal ausgebreitet, und Sara erzählte Thomas von Gavins Brief. Von seiner Forderung, sie solle ihn ausbezahlen, und ihrer Entschlossenheit, sich nicht zum Verkauf zwingen zu lassen. Sie wusste, wie viel sie zu verlieren hatte.

Als sie alles losgeworden war, wandte sie sich ihm zu und lächelte traurig. »Danke fürs Zuhören, Thomas. Ich weiß, dass du mir auch nicht helfen kannst, meine Probleme zu lösen, aber es hat gutgetan, dir davon zu erzählen.«

Wieder nahm er sie in die Arme. »Ach, meine arme Sara. Wie viel da auf deinen gar nicht so breiten Schultern lastet.« Er dachte einen Moment nach. »Aber es gibt sogar sehr wohl etwas, das ich tun kann. Ich denke, zumindest kann ich dir helfen, einen Termin bei der Bank zu bekommen. Der Filialleiter Charles Dupuy war auf der Schule in derselben Klasse wie mein Bruder Robert, daher kenne ich ihn gut. Und wenn du möchtest, kann ich auch mit dir zu dem Termin kommen.« Rasch hob er die Hände, als sie protestieren wollte. »Ich weiß, ich weiß! Deine Unabhängigkeit geht dir über alles, und du bist vollkommen in der Lage, da allein hinzugehen, und dein Französisch ist gut genug, um zu verstehen, was gesagt wird. Aber in einer Situation wie dieser wäre es doch vielleicht schön, einen Freund an deiner Seite zu wissen? Zumindest als moralische Unterstützung.«

Sara nickte langsam, während sie sich widerstrebend eingestand, dass es wahrscheinlich tatsächlich hilfreich wäre, ihn dabeizuhaben. Sie bezweifelte, dass sie mit dem gesamten notwendigen Finanzvokabular vertraut war, und Thomas wäre ein hervorragender Verbündeter. Vor allem wenn es daran ging, sich mit der zermürbenden französischen Bürokratie auseinanderzusetzen, die zweifellos anstünde, sollte sie den Filialleiter tatsächlich überzeugen können, ihr den Kredit zu geben.

»Außerdem«, fuhr Thomas beruhigend fort, »ist deine Firma mit Sicherheit ein derartiger Erfolg, dass sie dir das Geld problemlos leihen.«

Wieder nickte sie langsam, während sie Zweifel beschlichen. »Ich werde denen ganz genau unsere Zahlen darlegen müssen. Diese Saison sieht ganz gut aus, glaube ich – vor allem wenn man bedenkt, dass es unsere erste war. Auch wenn die Absage von letzter Woche dem Ergebnis sicher nicht guttut. Aber für das nächste Jahr habe ich noch keine einzige feste Buchung, und das werden sie mir negativ anrechnen. Und wenn ich verkaufen muss, dann mache ich richtig Verlust. Der Makler hat gesagt, die Immobilienpreise seien noch gefallen, seit wir das Château gekauft haben.«

»Und würdest du denn wirklich verkaufen *wollen?*« Thomas' Stimme war ruhig, sein Tonfall betont leicht.

Über die Schulter blickte Sara zum Château, ihrer Festung, unverrückbar auf ihrer Hügelkuppe, und wieder einmal spürte sie tief in sich dieses Gefühl, hierher zu gehören. Es fühlte sich so richtig an, hier zu sein. Mit diesem Mann. Noch nie hatte sie etwas mit solcher Gewissheit empfunden. Ihr stiegen Tränen in die Augen, und unausgesprochene Emotionen machten ihr die Kehle eng und drohten sie zu überwältigen. Blinzelnd versuchte sie, ihre verschwommene Sicht zu klären, doch bevor sie es verhindern konnte, rollte ihr eine einzelne Träne über die Wange.

Thomas wischte sie mit den Fingerspitzen fort. »Verstehe«, sagte er mit einem zärtlichen Lächeln. Und für einen Moment war Sara, als sähe sie in seinen Augen ein neues Licht der Hoffnung aufflackern. »Also müssen wir die Bank davon überzeugen, was für ein hervorragendes Unterfangen Château Bellevue de Coulliac ist, und dir diesen Kredit sichern. Um unser aller willen. *Allons-y.* Trinken wir ein Glas Wein, während wir unseren Businessplan für morgen vorbereiten.«

Sie gewann ihre Fassung zurück und küsste ihn auf den Mund. »Thomas Cortini. Was würde ich nur ohne dich tun?«

Aufmerksam hörte Monsieur Dupuy zu, während Sara ihren Businessplan präsentierte. Ab und zu machte er sich Notizen auf dem Block, der vor ihm auf dem Schreibtisch lag. Wie versprochen hatte Thomas ihn gleich am Morgen angerufen und es geschafft, noch für denselben Nachmittag einen Termin zu vereinbaren.

Als sie fertig war, lehnte der Filialleiter sich auf seinem Stuhl zurück, streckte die Arme und verschränkte die Finger in einer unbewussten Geste, die Sara das deutliche Gefühl vermittelte, er wolle sich körperlich ihre Hoffnungen und Träume vom Leib halten. Sein Lächeln war herzlich, seine Miene freundlich – doch seine Körpersprache sagte etwas ganz anderes.

»Ich bin beeindruckt von Ihrem Plan, Mademoiselle Cox, und von all der harten Arbeit, die Sie auf Château Bellevue leisten, um Ihre Firma voranzubringen. Die Hochzeiten bringen der Region durchaus wirtschaftliche Vorteile. Läge es in meiner Hand, würde ich Ihnen mit Freuden den Kredit geben, um den Sie bitten. Aber einen Fall wie diesen werde ich in unserer Zentrale in Paris vorstellen müssen. Und ich möchte Sie nicht enttäuschen, aber wie Sie sicherlich wissen, sind die Banken im Augenblick nicht besonders großzügig, wenn es darum geht, Geld zu verleihen. Die Tatsache, dass Sie einen so großen Teil Ihres Unternehmens mit einer Hypothek belasten wollen – sechzig Prozent, richtig? –, hilft auch nicht unbedingt. Wenn es ein kleinerer Anteil wäre oder Sie ein paar mehr Jahresbilanzen vorweisen könnten, hätten Sie vielleicht bessere Chancen. Aber mit den Zahlen von nur einem Jahr und ohne feste Aufträge für die nächste Saison befürchte ich, dass die Chefetage diesem Antrag mit Skepsis begegnen wird. Zumal in solch unsicheren Zeiten.«

Achselzuckend wandte er sich an Thomas. »Ich verspreche, ich tue mein Bestes, aber ich möchte nicht, dass Mademoiselle Cox allzu enttäuscht ist, wenn der Kredit nicht gewährt wird.« Er erhob sich, schüttelte ihnen beiden die Hand und begleitete sie zur Tür. »Wie es auch ausgeht, bis Ende der Woche gebe ich Ihnen Bescheid.«

Auf dem Heimweg im Auto schwiegen Sara und Thomas, beide in ihre eigenen Gedanken versunken. Als sie auf die Zufahrt bogen, blickte Sara zu ihrem Château hinauf und spürte, wie in ihr eine Art Schalter umgelegt wurde. Schon jetzt verblasste das Gefühl, seine Besitzerin zu sein, während ihre Träume ihr durch die Finger zu gleiten schienen. Nach all den Enttäuschungen in ihrem Leben besaß sie mittlerweile eine Art eingebautes Sicherheitsventil, das sie schon jetzt dazu brachte, sich aus reinem Selbstschutz zu distanzieren.

Sie parkte vor dem Cottage und stellte den Motor ab, und wortlos saßen sie noch einen Moment da. Dann, als hätte er ihre Gedanken gelesen, nahm Thomas ihre Hände zwischen seine. »*Courage*, Sara. Gib noch nicht auf. Es besteht immer noch die Chance, dass der Kredit genehmigt wird.«

Sie nickte, *wollte* glauben, dass es so war. Doch tief in ihrem Inneren wusste sie bereits, wie die Antwort der Bank lauten würde.

An jenem Abend fuhr Thomas zum Abendessen mit ihr hinüber zum Château de la Chapelle. »Papa will wissen, warum ich dich vor der Familie verstecke, und besteht darauf, dass wir heute Abend an seinem Tisch zu Gast sind. Robert und Christine kommen auch. Um genau zu sein, kocht Christine sogar – und darüber können wir froh sein, die kulinarischen Bemühungen meines Vaters drehen sich nämlich meistens darum, irgendwas in Brand zu stecken, das er erschossen hat. Und da die Jagdsaison erst in ein paar Wochen wieder startet, hat er um diese Jahreszeit höchstens noch ein oder zwei Kaninchen und vielleicht eine Taube in der Gefriertruhe.«

»Was mit dem richtigen Rezept beides sehr köstlich sein kann«, bemerkte Sara lachend.

»Tja, schon, aber die Rezepte meines Vaters bestehen von Anfang bis Ende daraus, einen Brocken Fleisch ordentlich über dem offenen Feuer zu rösten. Von daher sollte man ihn nur in der Küche loslassen, wenn er ein paar Damwildsteaks oder vielleicht einen saftigen Wildschweinbraten hat. Die vertragen so eine Behandlung besser.«

Sara freute sich, dass die Familie sie dabeihabenwollte, und auch darauf, Robert und Christine wiederzusehen. Auf dem Markt in Saussignac hatte es nicht viel Gelegenheit gegeben, sich mit den beiden zu unterhalten, aber bei Sara war ein Eindruck lockerer Warmherzigkeit und eines gesunden Sinns für Humor zurückgeblieben, zusätzlich zu der Freundlichkeit, mit der sie ihren Vater mitsamt Anhang in die Unterhaltung einbezogen hatten.

Zum Weinkauf war sie bereits einige Male auf dem Hof der Cortinis gewesen, aber dies war das erste Mal, dass sie Gelegenheit hatte, mit Thomas herzukommen. Er zeigte auf das kleinere Haus neben dem Hauptgebäude, wo Robert und Christine mit ihren drei Kindern wohnten. »Im Augenblick ist Papa noch Herr aller Dinge und residiert im alten Hof. Als der unverheiratete Sohn habe ich da auch immer noch ein Zimmer – dieselben vier Wände, in denen ich schon als Junge gehaust habe. Da übernachte ich normalerweise. Jedenfalls wenn ich nicht in *deinem* Schlafzimmer bin.«

»Du hast dein Leben lang in diesem Haus gewohnt?«, hakte Sara nach. »Das ist ja unglaublich.«

Er zuckte mit den Schultern. »So ungewöhnlich ist das hier nicht. Vor allem auf Familienanwesen. Wieso, an wie vielen verschiedenen Orten hast du denn gelebt?«

Im Kopf zählte Sara kurz durch. »Fünfeinhalb – nein, sechseinhalb, bevor ich hierhergekommen bin.«

Er grinste. »Einhalb? Du hast in einem halben Zuhause gewohnt?«

»Nein, ich habe halb in einem Haus gewohnt. Als mein Vater Lissy geheiratet hat, war ich jedes zweite Wochenende und manchmal in den Ferien dort. Aber wie ein Zuhause hat es sich definitiv nie angefühlt. Zu dem Zeitpunkt war das im Haus meiner Mutter leider auch nicht anders, da hatte sie schon meinen Stiefvater geheiratet. Er war verwitwet, und sie ist zu ihm und seinen Kindern gezogen. Mir ist es damals vorgekommen, als hätten diese neuen Kinder meine Mum ganz und gar übernommen, so sehr hat sie sich angestrengt, ihnen die fehlende Mutter zu ersetzen. Da ist für mich einfach nie viel Zeit übrig geblieben. Und sie sind um einiges jünger als ich, also wurde von mir erwartet, dass ich mithelfe und mich auch um sie kümmere. Von da an war es für mich, als dürfte ich selbst nicht mehr Kind sein. Was auch immer in mir vorging angesichts der Scheidung und all der Veränderungen um mich herum, ist völlig untergegangen.«

»Wie alt warst du denn, als das alles passiert ist?« In Thomas' Blick lag Mitgefühl.

»Zehn. Ich hab immer öfter nach Gründen gesucht, länger in der Schule zu bleiben – hab mich bei Theaterkursen angemeldet, bei Sportangeboten, zur Aufsicht in der Bibliothek … Bei allem, wodurch ich irgendwie aus dem Haus gekommen bin.«

Thomas schüttelte den Kopf. »Das ist hart. Wir hatten wohl Glück, schätze ich, dass meine Mutter erst gegangen ist, als wir schon lange Teenager waren. Dadurch waren wir unabhängiger. Wir haben nie daran gezweifelt, dass das hier unser Zuhause ist.« Er lächelte sie an. »Hältst du mich jetzt für sehr undankbar, dass ich all das hinter mir lassen will –

während du dich so sehr nach deinem Zuhause sehnst und es gerade in größter Gefahr schwebt?«

Darüber dachte Sara einen Augenblick nach. »Vielleicht liegt es daran, *dass* du ein so sicheres Zuhause hast, dass du das Gefühl hast, du kannst gehen. Es ist wie beim Tauchen – man braucht eine feste Basis, von der man sich abstoßen kann, sonst kommt man nicht los. Ich bin nur so ziellos durch die Gegend getrieben, ohne ein wirkliches Gefühl für die Richtung, bis ich nach Château Bellevue gekommen bin. Aber jetzt fühlt es sich an, als hätte ich hier eine solide Basis. Das will ich noch nicht aufgeben. Dieses Gefühl, zum ersten Mal in meinem Leben Wurzeln zu schlagen, ist so machtvoll: Ich glaube, dadurch habe ich ein viel stärkeres Selbstempfinden, mehr Vertrauen in meine Fähigkeiten. Na ja, wenigstens habe ich jetzt mein Sprungbrett. Hauptsache, ich finde auch den Mut, wieder ins kalte Wasser zu springen, wenn die Zeit gekommen ist.«

Thomas nahm ihre Hand. »Vielleicht springen wir auch zusammen, wie an dem Tag am Wehr.«

Einen Moment lang stellte Sara sich vor, mit ihm zu reisen, ungebunden durch die ganze Welt, ohne festen Wohnsitz. Tief in ihrem Inneren wusste sie, dass es nicht das war, was sie wollte. Ihre entwurzelte Kindheit bedeutete, dass sie jetzt, wo sie die Entscheidung selbst treffen konnte, jederzeit sofort die Möglichkeit wählen würde, wieder ein Zuhause zu finden.

Bevor sie eine passende Antwort formulieren konnte, kam Patrick Cortini aus dem Château, die Arme in einer Willkommensgeste weit ausgebreitet, und sie stiegen aus dem Wagen, um ihn zu begrüßen.

»Bezaubernde Sara«, galant küsste er ihr die Hand, »willkommen in meinem bescheidenen Heim! Wie du siehst, ist es nicht annähernd so imposant wie dein eigenes Château, aber wir kommen zurecht.«

»Was für ein schönes Fleckchen das hier ist.« Sie blickte sich um. »Es ist, als würde der Hang den Hof umarmen. Wie hübsch der Kirchturm so gegen den Horizont aussieht. Und euer Weinberg wirkt wie aus dem Bilderbuch.«

»Tja, das haben wir Robert zu verdanken. Die Reben sind seine Passion. Nur ganz selten erlaubt er Thomas oder mir mal, auf den Traktor zu steigen.«

»Ja, oder bei den richtig fiesen Jobs zu helfen, zum Beispiel beim Rebschnitt«, warf Thomas ein. »Obwohl er mir selbst dabei immer wieder über die Schulter guckt, um zu kontrollieren, ob ich es auch richtig mache. Der Apfel fällt nicht weit vom Stamm.« Gutmütig stieß er seinen Vater mit der Schulter an.

Zum Glück wurde die darauffolgende leidenschaftliche und ziemlich technische Erklärung verschiedener Varianten des Rebschnitts unterbrochen, als Robert und Christine an der Tür erschienen.

»*Bonsoir*, Sara«, begrüßte Christine sie lächelnd. »Komm, trinken wir ein Glas Wein, bevor diese drei versuchen, dir noch vor dem Essen eine Führung über das gesamte Weingut zu geben.«

Im Garten auf der anderen Seite des Hauses stellte sie Sara ihre Söhne vor. Munter warfen die Jungen sich einen Ball zu, etwas behindert durch einen fröhlichen Collie, der unaufhörlich schwanzwedelnd und mit heraushängender Zunge zwischen ihnen hin und her rannte.

Sie ließen sich an einem Tisch unter dem ausladenden Blätterdach eines steinalten Walnussbaums nieder, aus dessen

Krone bei ihrem Näherkommen hastig eine Wolke von Vögeln – und sogar ein Eichhörnchen – davonstob, die sich an den grün ummantelten Nüssen gütlich getan hatten. Thomas entkorkte eine perfekt gekühlte Flasche und goss allen vom châteaueigenen Weißwein ein, während Christine runde Scheiben luftgetrockneter Wurst und eine Schale mit dicken Oliven herumreichte.

»*À table!*«, rief sie den Jungen zu. Sofort kamen die drei herbeigerannt und schnappten sich Stühle. »Aber zuerst werden die Hände gewaschen! Und ihr könnt mir tragen helfen.«

Auch Sara stand auf, um sich nützlich zu machen, doch Christine tätschelte ihr den Arm und scheuchte sie zurück zum Tisch. »Du arbeitest den ganzen Tag nur für andere. Gönn dir mal einen freien Abend.«

»Na komm, Sara, setz dich zu mir«, bat Patrick mit einer einladenden Geste. »Ich will alles wissen über das, was du auf Château Bellevue vollbracht hast. Thomas hat erzählt, deine Leidenschaft ist der Garten?«

Der alte Mann wirkte ehrlich interessiert, und mit wachem Blick beobachtete er sie aufmerksam unter den buschigen weißen Augenbrauen, als Sara die Renovierung beschrieb und erklärte, wie sie das Unternehmen führte. Auch Robert und Christine hörten zu und stellten ab und an Fragen. Manchmal meldete sich auch Thomas zu Wort, wenn er der Meinung war, Sara sei zu bescheiden angesichts ihrer Leistungen oder hätte etwas ausgelassen.

Sara ertappte sich dabei, wie sie sich weiter öffnete, als sie vorgehabt hatte, und auch von der finanziellen Sackgasse berichtete, vor der sie nun stand. Sicher war ihre Zunge gelockert durch die anregende Kombination von Wein, Essen und Gesellschaft, während sie mit Genuss die Portion *carbonnade* aß, die Christine ihr vorgesetzt hatte: ein köstlicher Eintopf mit Schweinefleisch, aromatischem Thymian und der erdigen Schwere wilder Pilze.

Der alte Patrick lachte in sich hinein, als sie von den einzelnen Hochzeiten erzählte, die sie auf Château Bellevue diese Saison schon ausgerichtet hatten. »Wer hätte gedacht, dass unser kleines Fleckchen Erde so unterschiedliche Leute anlocken würde! Das alte Château hat mit Sicherheit so einiges an Geschichte miterlebt, Zeiten des Friedens und finsterere Zeiten voll Krieg und Trauer. Wie wundervoll, dass es jetzt die Bühne für so viel Glück bietet. Mir gefällt deine Geschäftsidee, Mademoiselle Sara: die Träume der Menschen zum Leben erwecken. Was könnte befriedigender sein? Hoffen wir, dass der junge Schreibtischhengst von der Bank es schafft, seine gewieften Pariser Kollegen zu überzeugen, in dich zu investieren. Es sind harte Zeiten, aber wenn irgendjemand eine Chance verdient, dann du. Du holst die Welt auf unsere Türschwelle, kaufst unsere Weine, schaffst Arbeitsplätze. Und das Beste von allem: Den ganzen Sommer über hast du meinen Sohn glücklich gemacht und beschäftigt.« Er wuschelte Thomas durchs Haar. »*Une femme merveilleuse!*«

Auf der Heimfahrt herrschte Stille. Sara war angenehm schläfrig und satt. Ihr wurde bewusst, dass heute Abend etwas anders war. Statt der gewohnten Empfindung, von außen hineinzuschauen und sich die Nase am Fenster des Süßigkeitenladens plattzudrücken, fühlte es sich an, als hätten die Cortinis die Türen weit geöffnet und sie eingeladen hereinzukommen. Einen glücklichen Abend über war sie aufgenommen worden, voller Großzügigkeit, natürlicher Herzlichkeit und ehrlichem Interesse daran, wer sie wirklich war.

Sie zog die Knie an und drehte sich auf dem Beifahrersitz, um Thomas zu betrachten, seinen kantigen Kiefer und das scharf geschnittene Profil nur vom matten Schein der Armaturenbeleuchtung des Vans erhellt. Auch er wirkte gedankenversunken. Als er bemerkte, dass sie ihn beobachtete, blickte er zu ihr herüber, und die ernste Miene wich seinem trägen Lächeln. »Was?«

Sie schüttelte den Kopf. »Nichts.« Eine Pause. Und dann: »Ich liebe deine Familie, das ist alles.«

Den Blick wieder fest auf die Straße gerichtet, nickte Thomas. Einen Moment später sagte er ernst: »Aus dem Mund eines Mädchens, das sein Herz in einem hohen Turm inmitten eines Dornwalds verschlossen hält, ist das ein bemerkenswertes Eingeständnis.«

Sie senkte den Blick und spürte plötzlich Tränen in den Augen.

Und dann, während sie jetzt ebenfalls strikt nach vorn schaute, antwortete sie bedacht: »Du kennst mich wirklich gut, Thomas Cortini.«

8. *Kapitel:*

Etwas Altes

Sara stellte die Dose mit der Möbelpolitur ab und hastete in den Flur, um das Telefon zu erreichen. Zu ihrer großen Freude erklang am anderen Ende der Leitung Ginas Stimme.

»Weißt du noch, wie ich auf dem Nachtmarkt gemeint hab, meine Schwiegermutter Mireille könnte dir vielleicht ein bisschen mehr über die Geschichte des Châteaus erzählen? Also, heute ist ihre Schwester Eliane zu Besuch. Ich hab den beiden von unserem Gespräch berichtet, und die zwei würden nur zu gern rüberkommen und dich kennenlernen. Da hab ich mich gefragt, ob wir die Gelegenheit beim Schopf packen und gleich heute Nachmittag vorbeikommen sollen. Natürlich nur, wenn es dir passt. Falls das so kurzfristig eher ungelegen kommt, dann können wir auch jederzeit einen anderen Termin organisieren.«

»Heute passt es ganz wunderbar«, entgegnete Sara lächelnd und freute sich über die Ablenkung von der Sorge um ihre finanzielle Zukunft, während sie auf den Anruf der Bank wartete. »Kommt doch zur Teezeit vorbei. Ich freu mich schon sehr, die beiden kennenzulernen. Und auch, dich wiederzusehen.«

Pünktlich um halb vier waren sie da, und aus den Türen von Ginas kleinem Auto purzelten zuerst zwei ihrer Kinder – ihre Stieftochter Nathalie und das Baby Pierre –, gefolgt von den zwei alten Damen.

Mireille war unverkennbar die ältere Schwester. Ganz in Schwarz stützte sie sich auf einen Gehstock, doch ihre Augen waren klar, und mit scharfem Blick sah sie sich um. Aufmerksam musterte sie das Château und seine Umgebung, während sie gleichzeitig auch Sara einschätzte. Eliane war etwas größer, weniger gebeugt als Mireille. Das schneeweiße Haar hatte sie sich im Nacken zu einem schlichten Dutt gebunden, aus dem einige Strähnen entwischt waren und ihr ins Gesicht wehten, während sie ein paar Augenblicke dastand und die Aussicht betrachtete, etwas abseits von den anderen, die mit Begrüßungsküssen und Vorstellungen beschäftigt waren. Als sie sich schließlich umwandte, um Sara die Hand zu schütteln, wirkte der Ausdruck in ihren klaren grauen Augen leicht abwesend. Als sähe Eliane etwas anderes als das Knäuel von Frauen und Kindern vor ihr. Den Kopf hatte sie leicht zur Seite geneigt, als lausche sie auf andere Stimmen als die von Sara, Gina und Mireille. Hörte sie Geister, die sich in das Gelächter von Nathalie und dem kleinen Pierre mischten, als die zwei über die Wiese rannten, um auf der Schaukel am anderen Ende zu spielen? Das war zumindest der Eindruck, den Sara hatte. Sie lud die Frauen ein, es sich auf der Terrasse bequem zu machen, und holte das Teeservice nach draußen.

Ein Krug mit blauen und weißen Blumen aus dem Garten des Cottages entlockte Eliane ein Lächeln. »*Cosméa, bourrache, bleuet …*« Jede einzelne benannte sie und berührte die Blüten sacht mit den Fingerspitzen. An den himmelblauen Kornblumen verweilte sie einen Moment. »Die *bleuet* ist das französische Symbol für jene, die im Krieg ihr Leben gegeben haben, wissen Sie. Bei Ihnen in England steht der Mohn für das Gedenken, wir nehmen dafür die Kornblume. Beide wachsen Seite an Seite auf dem Schlachtfeld, die ersten Blumen, die wieder hervorkommen. Neues Leben. Neue Hoffnung nach all der Zerstörung.«

»Eliane weiß alles über das Gärtnern, was man nur wissen kann«, erklärte Gina. »Was Wildblumen angeht, ist sie eine Expertin, und sie findet immer den Ort, wo die besten Pilze wachsen.«

Eliane wandte sich Sara zu, jetzt mit aufmerksamerem Blick. »Diese Blumen ziehen Sie hier, in den Gärten des Châteaus?« Ihre Sprechweise war langsam und bedächtig, sodass Sara sie leicht verstehen konnte, auch wenn der starke regionale Akzent Elianes Worten eine gewisse näselnde Schärfe verlieh.

Sara nickte. »*Oui.* Als ich hier angekommen bin, waren die Gärten völlig zugewuchert. Der Anfang ist gemacht, aber es gibt noch eine Menge zu tun, sowohl bei der Landschaftsgestaltung als auch beim Bepflanzen.«

»Meine Schwester hat früher hier auf Château Bellevue gearbeitet«, merkte Mireille an. »Hauptsächlich in der Küche, aber manchmal auch im Garten. Vor allem im *potager.*«

»Ich führe Sie gern herum und würde mit Freuden hören, wie die Gärten früher ausgesehen haben«, bot Sara lächelnd an. »Aber ich muss Sie warnen«, fügte sie entschuldigend hinzu: »Ich hatte noch keine Gelegenheit, mich um den Küchengarten zu kümmern. Das ist ein Projekt für den kommenden Winter. Ignorieren Sie also bitte das Unkraut, das da im Augenblick sprießt.«

»Aber wie ich sehe, ist der alte Birnbaum immer noch da.« Eliane nickte dorthin, wo die höheren Äste, schwer beladen mit ihren goldenen Früchten, gerade so über die verwitterte Steinmauer des *potager* hinausragten. »Das wärmt mir das Herz.«

Sara reichte Eliane die Tasse Kräuter-*Tisane*, um die sie gebeten hatte, und schenkte sich und den anderen Schwarztee ein. »Für Nathalie und Pierre hätte ich Trinkpäckchen mit Apfelsaft, wenn sie wollen«, bot sie Gina an.

»Super. Aber lassen wir sie fürs Erste, wo sie sind.« Gina sah zu, wie Nathalie dem kleinen Pierre sachte auf der Schaukel Anschwung gab und ihm jedes Mal ein fröhlich gurgelndes Lachen entlockte, wenn sie zwischen den Schwüngen in die Hände klatschte. »Genießen wir unsere friedliche Tasse Tee.«

Vorsichtig nahm Mireille das zarte Porzellan auf, die Hände verkrümmt und knotig vor Arthritis. »Berufsrisiko«, erklärte sie und streckte die steifen Finger kurz, als sie bemerkte, wie Sara mitfühlend darauf blickte. »Ich habe als Schneiderin gearbeitet, damals, bevor es elektrische Nähmaschinen gab.«

Sara wandte sich an Eliane. »Wann genau waren Sie denn hier auf dem Château?«

Es entstand eine Pause. Wieder schienen die grauen Augen der alten Dame sich auf Szenen aus einer weit entfernten Vergangenheit zu richten, als beobachtete sie Dinge, die den anderen am Tisch verborgen blieben.

»Ich habe ungefähr drei Jahre lang in der Küche gearbeitet«, antwortete sie schließlich. »Mit sechzehn habe ich angefangen und mit neunzehn aufgehört.«

»Das war während des Krieges«, führte Mireille aus, »1941 bis 1944. Ein paar Jahre zuvor war ich zu Hause ausgezogen, um meine Lehre in Paris anzutreten, kurz vor dem Ausbruch des Zweiten Weltkriegs. Damals hat Château Bellevue einem

Edelmann gehört, und für diesen *Comte* hat Eliane gearbeitet, als Küchengehilfin. Unsere Eltern haben in der alten *moulin* am Fluss gewohnt: Neben der Mühle hat unser Vater auch einen kleinen Bauernhof betrieben, und unsere Mutter war *sage-femme.*« Hilfesuchend wandte sie sich an Gina, die übersetzte.

»Hebamme. Wörtlich übersetzt heißt es ›weise Frau‹.«

Mireille nickte. »Unsere Mutter wusste alles über den Einsatz von Kräutern und Pflanzen als Medizin. Von ihr hat Eliane einen Großteil ihres Wissens.«

»Und hat der *Comte* das Château im Krieg behalten?« Sara hatte den Eindruck, dass sowohl Mireilles als auch Elianes Miene sich leicht veränderten, ein wenig zurückhaltender wurden. Es war kaum wahrnehmbar, als hätte sich ein feiner Nebelschleier vor die Sonne gelegt. Sie dachte zurück an das, was Thomas ihr erzählt hatte, und an Ginas sanfte Warnung an jenem Abend in Saussignac. Die Leute hier redeten nicht gern über die Kriegsjahre.

»Non.« Mireille schüttelte den Kopf und hob erneut vorsichtig die Tasse an den Mund, um noch einen Schluck Tee zu nehmen. »Die Deutschen haben es ihm 1943 abgenommen. Diese Gegend lag damals genau an der Grenze der besetzten Zone, und sie wollten das Château als Kommandoposten benutzen. Von hier aus haben sie pro-deutsche und pro-Vichy-Propaganda übers Radio ausgestrahlt.«

»Das erklärt vermutlich die Jacke, die ich gefunden habe.« Sara erzählte ihnen von ihrer Entdeckung und auch, wie sie die zerlumpten Überreste verbrannt hatte. Wie sie zugesehen hatte, als die Nazi-Insignien von den Flammen verschlungen worden waren.

Mireille nickte. »Das klingt nach der Uniform einer der

SS-Panzerdivisionen. Die sind im Juni 1944 unweit von hier *en route* in die Normandie vorbeigekommen. Auf dem Weg zum Widerstand gegen die Alliierten, nach dem D-Day.«

Schweigend verdaute Sara diese unheimlichere Seite der Geschichte von Château Bellevue. Jetzt verstand sie, warum ein Schatten über die Gesichter von Eliane und Mireille gehuscht war, als sie an jene finsteren Zeiten voller Angst und Konflikte zurückgedacht hatten. Das Château hatte schon so oft den Eigentümer gewechselt. In ihr stieg eine leichte Übelkeit auf, wenn sie die Möglichkeit in Betracht zog, dass sie es in nicht allzu langer Zeit ebenfalls anderen Besitzern würde übergeben müssen.

Am liebsten hätte sie Tausende Fragen gestellt, um herauszufinden, wie es damals für die beiden Schwestern gewesen war – die eine in diesem verschlafenen Dörfchen und die andere im turbulenten Paris, während der Kriegsorkan ihre Leben durcheinandergewirbelt hatte. Doch sie respektierte die Verschlossenheit der alten Frauen und hielt den Mund. Wenn die beiden ihr etwas erzählen wollten, dann würden sie das schon noch tun. Ihr stand es nicht zu, die Schwestern zu einer Rückkehr in die Vergangenheit zu zwingen, die womöglich alte Wunden aufriss. Vielleicht würde es noch weitere Besuche geben, bei denen Eliane und Mireille ihr etwas mehr erzählten …

Über die Wiese kamen die Kinder zu ihnen zurückgelaufen, Pierre fest an der Hand seiner großen Schwester, während er auf leicht unsicheren Beinen daherwatschelte. Die Mienen der alten Damen erhellten sich, der Wolkenschleier vertrieben vom Lachen der Kinder und Pierres vor Freude weit aufgerissenen Augen beim Anblick eines großen Stücks Zitronenkuchen.

»Kommen Sie, ich zeige Ihnen, was ich bisher im Garten gemacht habe«, bot Sara Eliane an. Gemeinsam schlenderten sie über das Gelände, und die ältere Frau nickte anerkennend, während Sara ihr Bepflanzungskonzept erläuterte, das sorgfältig durchgeplant für Farbenreichtum von Frühling bis Herbst sorgte, um immer eine perfekten Kulisse für die Hochzeitsfotos zu bieten. Dicht hinter ihnen folgte Mireille, auf ihren Gehstock und auf Ginas Arm gestützt.

Schließlich kamen sie beim Aussichtspunkt an. »Guck mal.« Mireille stieß Eliane an. »Von hier aus kann man die alte Mühle sehen.«

»Thomas hat ein Gerücht über einen Geheimtunnel erwähnt, der von der Mühle ganz bis hier herauf zum Château führt«, merkte Sara an. »Aber da steckt wohl nichts dahinter.«

Eliane richtete die grauen Augen auf sie, und plötzlich war ihr Blick so klar wie der Sommerhimmel. »*Mais oui*, Sara, es stimmt. Der Tunnel selbst ist mittlerweile abgesperrt, es wäre zu gefährlich, ihn zu benutzen. Aber er mündet an beiden Enden in eine dieser Höhlen, die wahrscheinlich schon in grauer Vorzeit ein unterirdischer Fluss ausgewaschen hat. Weißt du noch, Mireille? Unten bei der *moulin* haben wir in der Höhle das Schwein gehalten.«

Sara erinnerte sich an die Stalltür, die in die Felswand hinter der Mühle eingelassen war. Und dann erfüllte sie wachsende Erregung. »Und die Höhle am anderen Ende?«

»Nun ja, Kind, die ist direkt unter unseren Füßen!« Als Eliane unvermittelt strahlend lächelte, erhaschte Sara einen Blick auf die atemberaubende natürliche Schönheit der Neunzehnjährigen, die diese Frau einmal gewesen war und die vor all den Jahren hier gearbeitet hatte. »Und der Eingang ist in Ihrem Keller, unterhalb der Küche.«

Eliane voran gingen sie zurück zum Château, wo Sara ihr den Kellerschlüssel übergab und das Licht einschaltete, um die dunkle Kellertreppe zu erleuchten, die in den Weinkeller hinabführte.

»Haben Sie auch eine Kerze und Streichhölzer? Nehmen Sie die mit«, riet Eliane.

»Pierre und ich bleiben hier«, verkündete Mireille bestimmt. »Irgendjemand muss doch einen Suchtrupp losschicken, wenn ihr euch da unten verlauft.«

»Ich war schon hundertmal da unten und habe nie etwas gesehen«, wunderte sich Sara, als sie die Stufen hinabstiegen. »Vielleicht wurde der Tunnel zugeschüttet?«

Plötzlich leichtfüßig wie ein Teenager schritt Eliane an den Regalen vorbei. Friedlich schlummerten die Weinflaschen dort in der kühlen Dunkelheit, die dafür sorgte, dass der Wein in perfektem Zustand blieb, bis er gebraucht wurde, um die oberirdischen Hochzeitsfeierlichkeiten zu beleben. Eliane duckte sich unter einem niedrigen Steinbogen hindurch in einen kleineren Raum, der im Schatten lag, fern von der elektrischen Beleuchtung des Hauptkellers.

»Das Fasslager?«, fragte Sara.

»Oui.« Eliane riss ein Streichholz an und entzündete die Kerze. Im Licht der kleinen Flamme glitzerten ihre Augen. »Der Eingang ist gleich hier. Gut versteckt, *non?*«

Sara blickte sich um. Zu allen Seiten erhoben sich solide Felswände und liefen über ihren Köpfen zu einem Gewölbe zusammen. Auf den abgetretenen Terrakottafliesen vor ihnen lagerten drei große Fässer, aus denen schon lange der Bordeauxwein abgezapft war, den sie einst enthalten hatten. »Ich kann nichts entdecken.«

»Sehen Sie genau hin.« Eliane beugte sich vor und hielt die

Kerze näher zum Boden. »Fällt Ihnen unten an den Fässern irgendetwas auf?«

Sara schaute aufmerksamer hin. Unter zwei der liegenden Fässer befanden sich Holzkeile, die dafür sorgten, dass sie in Position blieben und nicht wegrollten. Doch unter dem dritten waren keine Keile. Sara trat zurück. Jetzt, wo sie darüber nachdachte, schien dieses Fass auch minimal niedriger zu liegen als die anderen, obwohl es eindeutig dieselbe Größe hatte. Sie deutete auf den Boden, der unter der bauchigen Seitenwand des Fasses verborgen lag.

»*Oui*, Sie haben es erfasst. Das Fass liegt auf dem Eingang. Hier, Gina, nimm das.« Eliane reichte die Kerze weiter. »Sara, gehen Sie mir zur Hand.«

Gemeinsam rollten sie das Fass beiseite, und dort, wo es gelegen hatte, führte ein dunkles rechteckiges Loch noch tiefer in die Erde. Am oberen Ende waren gerade so raue Steinstufen zu erkennen.

»Wow! Der Geheimtunnel!«, hauchte die kleine Nathalie atemlos und klammerte sich etwas fester an Ginas freie Hand.

»Gib mir die Kerze und wartet hier.« Unter dem Gewölbe hallte Elianes Stimme etwas. »Wir müssen sichergehen, dass die Luft da unten nicht schlecht geworden ist, nachdem der Eingang so lange versiegelt war.«

»Eliane, lassen Sie mich das machen! Sind Sie sicher, dass das nicht gefährlich ist?« Sara spähte in die gähnende Öffnung hinab, wo Elianes weißes Haar langsam in der Dunkelheit verschwand. »Wartet hier«, wandte Sara sich an Gina. »Ich gehe ihr hinterher und passe auf sie auf.«

In den Schatten des Fasslagers glänzten Nathalies Augen mit einer Mischung aus Angst und Aufregung.

Steil, beinahe senkrecht führten die Stufen hinab, aber Sara konnte den matten Schimmer der Kerze unter sich ausmachen. Die Hände an die rauen Felswände gepresst tastete sie sich vorsichtig nach unten, wo die Stufen in einen sanft geschwungenen Tunnel übergingen, in dem sie gerade so stehen konnte, wenn sie den Kopf einzog. Unvermittelt weitete sich die klaustrophobische Enge, und Sara fand sich neben Eliane wieder. Im flackernden Kerzenschein erstrahlten um sie herum die weißen Wände einer Höhle von beachtlicher Größe. Die Luft war kühl, aber erstaunlich trocken, ohne jeden Hauch von Muffigkeit, obwohl die Höhle so lange versiegelt gewesen war. Triumphierend wandte Eliane sich zu Sara um. *»Et voilà!«*, verkündete sie wie ein Zauberer, der seinen allerbesten Trick präsentiert.

»Oh Eliane, das ist ja unglaublich!«, stieß Sara hervor, überwältigt von diesem magischen Geheimort, der die ganze Zeit gleich unter ihren Füßen geschlummert hatte.

Eliane schien nach etwas zu suchen, dicht hielt sie die Kerze an das Gestein. Flackernd spielte das Licht über die glatten Wände, die Jahrtausende zuvor von der Strömung eines unterirdischen Flusses ausgehöhlt worden waren. Plötzlich wurde ein Umriss im Gestein erkennbar, der von Menschenhand gemacht war. Ein Herz. Mit zwei Paar Initialen darin, tief in das Fundament des Châteaus geritzt. Eliane fuhr die Konturen mit den Fingerspitzen nach, als würde sie Blindenschrift lesen, doch im Kerzenschein strahlte in ihren Augen erneut ein Licht so klar wie ein Sommertag.

»Wer das wohl war.« Sara begegnete Elianes Blick. »Und wann dieses Herz wohl dort eingeritzt wurde.«

Eliane schenkte ihr ein rätselhaftes Lächeln. »Ihr Château ist auf Liebe gebaut, Sara. Liebe und Glück. Ganz egal, was für traurige Dinge hier noch geschehen sein mögen. Denken Sie immer daran.«

»Wow, das ist ja toll!« Hinter ihnen tauchten Gina und Nathalie auf, und über Elianes Miene senkte sich wieder jener undurchdringliche Schleier.

»Lasst uns lieber nicht zu lange hier unten bleiben. Die Höhle muss erst einmal gut auslüften, nachdem sie so lange Jahre verschlossen war.« Eliane nahm die Kerze von der Wand weg, sodass das eingeritzte Herz wieder im glatten Fels verschwand. »Schaut mal, da«, sagte sie mit einer Geste. »Da war früher der Eingang zu dem Tunnel, der ganz bis in die tiefergelegene Höhle bei der Mühle geführt hat.« Am anderen Ende der Kaverne lag ein ehemaliger Durchlass, der jetzt von dichtem Geröll versperrt war. Das Ganze war mit Holzbrettern gesichert, sodass die Trümmer an Ort und Stelle blieben und nicht in die Höhle stürzten.

»Kommt, gehen wir lieber wieder hoch. Sonst denken Mireille und Pierre noch, wir sind in Richtung Erdkern verschwunden.« Eliane lächelte Nathalie beruhigend an, die sich immer noch fest an Ginas Hand klammerte.

Sie stiegen wieder nach oben, ließen das Fass aber neben dem Eingang zur Höhle liegen. Allerdings stapelte Sara vorsichtshalber ein paar Weinkartons vor dem Loch im Boden auf, damit Antoine und Thomas nicht aus Versehen hineinfielen. Sie konnte es kaum erwarten, den beiden Männern das Geheimnis des Châteaus zu zeigen. Das nächste Mal würde sie mit einer Taschenlampe herkommen und einen genaueren Blick auf die Initialen werfen, die dort in die Höhlenwand geritzt waren. Sie bildete sich ein, eins der Buchstabenpaare wäre ein E. M. oder ein E. H. gewesen, aber sicher war sie sich nicht.

Atemlos und triumphierend klopften sie sich Staub und Spinnweben von den Kleidern und kamen wieder in die sonnige Küche, wo Mireille und Pierre auf sie warteten.

»Maman!«, rief Pierre und streckte die Ärmchen nach Gina aus, erleichtert, seine Mutter und seine Schwester heil zurückzuhaben.

»Vielen Dank für den Besuch.« Beim Abschied hielt Sara Elianes Hände in ihren. »Ach, übrigens«, fragte sie beiläufig, »wie ist Ihr Nachname?«

»Dubosq«, antwortete Eliane.

»Oh.« Sara spürte eine leise Enttäuschung, dass der Name nicht mit einem M oder H begann. »Also, es war wirklich schön, mehr über Château Bellevue zu erfahren. Vielen, vielen Dank, dass Sie heute Ihre Erinnerungen mit uns geteilt haben.«

Eliane nickte und zog Sara in eine herzliche Umarmung. »Ich bin froh, dass das Château heute in so guten Händen ist. Wir Franzosen denken nicht gern an die Kriegsjahre zurück. Aber es wird Zeit, dass jetzt ein paar dieser Geister die letzte Ruhe finden.« Sie sah zu den Rosen empor, die sich an den Steinen des Châteaus entlangrankten und ihren süßen Duft in die Spätnachmittagsluft verströmten. »Ein Garten ist ein heilsamer Ort. Ich bin mir sicher, wir begegnen uns bald wieder. Eines Tages erzähle ich Ihnen vielleicht meine Geschichte, denn sie ist eng mit der Ihres Châteaus verbunden. Natürlich ist es eine Geschichte über die Liebe – wie alle guten Erzählungen. Doch in dieser geht es auch um den Krieg und um große Trauer, um Angst und sinnlosen Hass. Das waren grausame Zeiten, die wir Franzosen in den Jahren seither mit aller Macht zu vergessen versuchen. Ich glaube, Sie machen im Augenblick Ihre eigenen Erfahrungen mit Verlust, Sara ... Und vielleicht gehört dazu auch die Erkenntnis, dass Sie eine große Kraft besitzen, die Ihnen hilft, weiter zu wachsen, selbst inmitten von Schmerz und Trauer. In meinen langen Jahren habe ich genug vom Leben gesehen, um zu wissen, dass Freud und Leid dicht beieinanderliegen, so unmöglich das auch in manchen Augenblicken erscheinen mag ... Das Leben ist niemals nur schwarz oder weiß, sondern eine komplizierte, chaotische Mischung aus beidem. Aber ich glaube nicht, dass Ihre Geschichte jetzt schon endet – genauso wenig, wie meine vor all diesen Jahren zu Ende war.«

Dann fixierte sie Sara noch einmal mit jenem klaren, ruhigen Blick und sagte: »Am Ende einer Geschichte heißt es bei uns: ›*Et ils vécurent heureux jusqu'à la fin de leurs jours.*‹«

Sara nickte. »Bei uns sagt man das Gleiche: ›Und sie lebten glücklich bis ans Ende ihrer Tage.‹«

Jetzt hielt die alte Dame für einen Moment Saras Hände fest. »Es macht mich wirklich froh, dass das Château am Ende seine rechtmäßige Bestimmung gefunden hat. Denken Sie immer daran, Sara, selbst in den dunkelsten Zeiten weist das Licht der Liebe den Weg. Immer.«

Eine sanfte Brise wehte ihr ein paar Haarsträhnen über das faltige Gesicht, als sie sich zum Gehen wandte. »Ach, übrigens«, fügte sie hinzu und drehte sich noch ein letztes Mal zu Sara um, bevor sie in den Wagen stieg. »Mireille und ich ... Unser Mädchenname ist Martin.«

9. Kapitel:

Christa & Bill

Christa & Bill

laden Euch ein, ihr Hochzeitswochenende mit ihnen zu verbringen.

Von Donnerstag, 30. August
bis Montag, 3. September
auf Château Bellevue de Coulliac

»Schon komisch, oder?«, bemerkte Karen, während sie Sara half, die Blumen aus dem Garten zu hübschen Sträußen zu arrangieren. Dann verteilten sie sie gemeinsam auf ein Sammelsurium von Krügen und Vasen, die später in die Gästezimmer gestellt werden sollten. »Obwohl es diesmal nur insgesamt vierundzwanzig Gäste sind, ist es fast genauso viel Arbeit wie für hundert oder mehr.«

Sara nickte und trat zurück, um ihr Werk zu bewundern. Nach und nach hatte sie diese bunte Vielfalt von Glasvasen, Flaschen und Krügen auf Märkten und *brocantes* zusammengesucht, um das Château mit Blumen zu füllen. Die Wirkung war zauberhaft und ganz im Einklang mit der schlichten ländlichen Atmosphäre. An diesem Punkt der Saison erstrahlte das Gelände in seiner finalen Spätsommerpracht – von der letzten Rosenblüte bis zu den Wolken von rosa und weißen Kosmeen, die halfen, die Schönheit des Gartens über den Jahreszeitenwechsel hinweg zu erhalten.

»Noch ein paar Stängel für die große Vase, und dann haben wir es, glaube ich.« Sara schnappte sich ihre Gartenschere und ging noch einmal nach draußen, als ihr Handy klingelte und sie es aus der Tasche fischte. Mit zitternden Fingern nahm sie den Anruf an und sah den Namen der Bank auf dem Display aufblitzen. Monsieur Dupuy hielt Wort und meldete sich noch vor Ende der Woche bei ihr zurück …

Als das kurze Gespräch beendet war, legte sie auf und stopfte das Handy zurück in ihre Tasche. Wie eine Schlafwandlerin driftete sie hinüber zum Aussichtspunkt und ließ sich auf die Bank sinken.

Der Ausblick vor ihr schien irgendwie klarer zu sein als sonst: das silberne Glitzern des Flusses heller; das Grün der weinumrankten Hügel leuchtender; die Spätsommerfarben des Laubwaldes im Tal weicher.

Denn jetzt betrachtete sie all das durch die Brille des Verlusts. Innerlich trat sie bereits einen Schritt zurück von einer weiteren Sache, die sie liebte und dennoch würde aufgeben müssen. Ihre schlimmsten Befürchtungen hatten sich bewahrheitet: Die Antwort der Bank lautete *non*. Die Türen zu einer hoffnungsvollen Zukunft, die Sara ein Stück weit zu öffnen gewagt hatte, schlugen zu. Plötzlich lag ihr der schale Geschmack des Bedauerns auf der Zunge. Mühsam schluckte sie und versuchte, die Kraftreserve zu finden, die sie schon viele Male zuvor hatte anzapfen müssen. Dann stemmte sie sich hoch und schleppte sich mit der schweren Last des Verlusts auf dem Herzen zurück in die Küche. Sie würde wohl ihren Stolz herunterschlucken und Monsieur Bonneval kontaktieren müssen, den Makler. Und hoffen, dass die Käufer, von denen er gesprochen hatte, sich noch keine andere Immobilie zugelegt hatten.

Karen musterte sie mit scharfem Blick, als sie zur Tür hereinkam. »Alles in Ordnung mit dir?«

»Ja, alles gut – wieso?«

»Du bist rausgegangen, um noch ein paar Blumen zu holen ...«

Sara griff sich an die Stirn und rang sich ein reuevolles Lächeln ab. »Tut mir leid, im Moment könnte ich glatt meinen Kopf vergessen, wenn er nicht festgewachsen wäre.« Dankbar für die Ablenkung machte sie auf dem Absatz kehrt und marschierte wieder nach draußen in den Garten. Na los, reiß dich zusammen, befahl sie sich – auch wenn sie es langsam leid war, sich das wieder und wieder sagen zu müssen. Doch es half ja nichts, es wurde Zeit, sich auf das kommende Wochenende zu konzentrieren.

Gelächter und Kinderstimmen hallten durch die Korridore des Châteaus, während die weit verzweigte Familie ihre Unterkunft bezog. Die Hausgäste füllten sämtliche Räume, als Bills und Christas Kinder und Enkel sich von den Zimmern über die Empfangsräume bis in den Garten verteilten.

»Entschuldigt den Aufruhr«, bat Bill, als Sara und Karen Tee und hausgemachtes Gebäck auf die Terrasse brachten. »Wir sind alle ein bisschen überdreht.«

»Das ist gar kein Problem«, versicherte Sara ihm. »Diese

Mauern werden richtig lebendig, wenn darin Gelächter erklingt. Was für eine herrlich große Kinderschar!«

»Ja, ich fürchte, wir haben unser Scherflein zur Bevölkerungsexplosion beigetragen. Wir haben jeweils drei Kinder und bis dato vierzehn Enkelkinder ... Und es werden immer noch mehr«, bemerkte Bill. Liebevoll grinsend nickte er in Richtung einer hochschwangeren Schwiegertochter, die mit einem Kleinkind an der Hand über die Wiese zum Swimmingpool unterwegs war.

Mit dankbarer Miene ließ Christa sich auf einen Sessel sinken. »Tee, wie wundervoll. Nach zwei Tagen Fahrt ist das wahrhaft ein willkommener Anblick, muss ich sagen. Und Kuchen gibt es auch. Perfekt.« Sie schnitt sich ein Stück Biskuitkuchen ab, großzügig gefüllt mit Marmelade und Sahne. »Herrlich luftig«, bemerkte sie anerkennend. »Hast du den gebacken, Sara?«

»Nein, unsere Kuchenexpertin ist Karen.«

»Tja, ich sage immer, Kuchen kann man nie genug haben.« Christa nahm einen großen Bissen und leckte sich dann den Zuckerguss von den Fingern.

»Eine wirklich vernünftige Philosophie«, befand Bill und nahm ebenfalls ein Stück entgegen.

»Möchtest du auch was, Liebes?«, fragte Christa eine ihrer gertenschlanken Enkeltöchter im Teenageralter, die es sich in der Nähe auf einem Sofa bequem gemacht hatte.

Das Mädchen erschauderte. »Nein, danke, Granny. Ich ess kein Gluten. Und auch keine Laktose. Mein Körper ist ein Tempel.«

Ihre Großmutter warf ihr über den Rand ihrer Brille hinweg einen Blick zu. »Was für ein absoluter Blödsinn. Mein Körper ist eher ein Bushäuschen, und ich bin trotzdem absolut zufrieden, so, wie ich bin. Aber wie du meinst – so bleibt mehr für mich.«

»Ach, na ja, in Ordnung, immerhin ist es ja ein besonderer Anlass.« Das Mädchen legte das Hochglanzmagazin beiseite. »Aber nur ein ganz kleines Stück ...«

Auf dem Weg zurück in die Küche warf Sara noch einen Blick über die Schulter und stieß Karen an, die sich ebenfalls umwandte – gerade rechtzeitig, um das Mädchen dabei zu beobachten, wie es sich ein dickes Stück Kuchen schmecken ließ.

»Das war herrlich, Liebes.« Christa brachte ihren mit Croissantkrümeln übersäten Teller zur Spüle herüber, wo Sara und Hélène gerade die Lebensmittel vom Frühstück wegzuräumen begannen. »Was für ein Geschenk für uns alle, draußen in der Sonne frühstücken zu können – und das im September, wer hätte damit noch gerechnet! Nun ja, ein paar von den Kindern sollten eigentlich schon wieder in der Schule sein, aber ich glaube, allzu großen Schaden wird ihre Erziehungslaufbahn nicht nehmen, wenn sie ein paar zusätzliche Sommertage genießen können, um die Hochzeit ihrer alten Großeltern zu feiern. Manche Leute«, verschwörerisch senkte sie die Stimme und nickte in Richtung Terrasse, »finden das lächerlich in unserem Alter. Ich war ja ganz dafür, weiter in Sünde zu leben, aber Bill ist so ein Romantiker, dass er unbedingt eine ehrbare Frau aus mir machen wollte, bevor wir vor der Himmelspforte stehen und uns vor Sankt Petrus für unser Verhalten verantworten müssen. Mittlerweile bin ich tatsächlich schon vierundachtzig. Ich wette, ich bin die älteste Braut, die ihr je hattet, was?«

»Weißt du was – ich glaube, das könnte tatsächlich der Fall sein«, entgegnete Sara mit einem verschmitzten Lächeln. »Bisher jedenfalls. Ich finde es bezaubernd.«

»Du findest also nicht, wir sind bloß zwei alte Narren? Dass wir das Erbe unserer Kinder mit so einer Feier verprassen?«

»Natürlich nicht. Was könnte schöner sein als eine Veranstaltung, die euch alle zusammenbringt, um ein so freudiges Ereignis zu feiern? Es muss wundervoll sein, so spät im Leben einen Gefährten gefunden zu haben.«

»Aber ja, Liebes. Und endlich wieder Sex zu haben ist auch ziemlich wundervoll, kann ich dir versichern. Fünfzehn Jahre ohne ist schon keine Dürreperiode mehr, sondern eher ein Gewaltmarsch durch die Sahara.«

Bei dieser Bemerkung fiel der mithörenden Hélène beinahe die Kaffeekanne aus der Hand, die sie gerade abtrocknete.

»Granny! Granny! Gehst du jetzt mit uns schwimmen? Du hast versprochen, dass du nach dem Frühstück mitkommst.« Eine Horde von Enkelkindern fiel in die Küche ein und bewahrte Hélène und Sara vor weiteren pikanten Enthüllungen.

»Aber natürlich, ihr Lieben. Lasst mich nur schnell in meinen Badeanzug schlüpfen. Und dass mir ja keiner in die Nähe des Pools geht, bevor ich zurück bin.« Sie fischte ein Taschentuch aus der Hosentasche und beugte sich hinunter, um einem der kleineren Jungs die Nase zu putzen, dann verschwand sie gemessenen Schrittes auf ihr Zimmer, um sich für ihre Rolle als Anführerin der Wasserspiele bereit zu machen.

Hélène kicherte. *»Quelle femme formidable!«*, flüsterte sie Sara zu.

»Also gut, ihr Rabauken, folgendermaßen funktioniert unsere Schatzsuche.« Bill hatte sämtliche Enkelkinder um sich versammelt, und sogar ein paar der jüngeren Eltern waren dabei. Für den Morgen der Hochzeit hatte er eine Schatzsuche organisiert, um den Eltern die Kinder vom Hals zu schaffen, und Christa würde die Bande anführen. »Im und um das Schloss herum sind sieben Schätze versteckt. Ihr werdet zusammenarbeiten müssen, um die Hinweise zu entschlüsseln und herauszufinden, wo ihr suchen müsst. Ich bleibe genau hier in der Kommandozentrale, und jedes Mal, wenn ihr ein Rätsel gelöst habt, könnt ihr herkommen und mir euren Fund zeigen, dann bekommt ihr den nächsten Hinweis. Wie ihr seht, sind die verbotenen Bereiche mit Absperrband abgetrennt, ich kann euch also versprechen, dass weder am Pool noch in den Häuschen hinter dem Mauergarten etwas versteckt ist. Einige der Hinweise verlangen, dass alle Teammitglieder eine sportliche Herausforderung bewältigen, bevor ihr euch auf die Suche machen könnt; bei anderen ist ein bisschen mehr Gehirnschmalz gefragt. Jeder kann mithelfen, vom Jüngsten bis zur Ältesten« – an dieser Stelle bedachte er Christa mit einem Blick. »Ohne Ausnahme. Und es wird nicht geschummelt« – wieder ein Blick zu Christa, den sie mit engelhafter Miene erwiderte. »Irgendwelche Fragen? Na dann, hier kommt der erste Hinweis.«

Die Schatzsucher strömten hinaus auf die Wiese und waren bald dabei zu beobachten, wie sie zum Aussichtspunkt und wieder zurück rannten (oder in Christas Fall heiter dahinglitten) und dabei jeder einen Federball auf dem Kopf balancierten.

»Endlich Ruhe«, kommentierte Bill grinsend und machte es sich auf seinem Stuhl gemütlich, um den Spaß aus der

Ferne zu verfolgen. Karen und Sara wickelten gerade Besteck in Papierservietten ein, eine Vorbereitung für das Mittagsbüffet, das draußen bereitstehen würde, bevor sich alle Gäste auf ihre Zimmer zurückzogen, um sich für die Hochzeitsfeier am Nachmittag umzuziehen.

»Was für eine tolle Idee«, bemerkte Karen. »Ich glaube fast, die muss ich für unseren Weihnachtsbesuch bei meiner Schwester in Adelaide klauen.«

Zehn Minuten später ertönte aufgeregter Jubel. »Oh-oh, macht euch bereit, da kommen sie wieder.« Bill fischte den nächsten Hinweis aus der Tasche, während die Schatzsucher von der Scheune zurückgeströmt kamen.

»Tiaras! Guck mal, Grandpa, dieser Schatz waren Tiaras!«

»Gut gemacht, genau so ist es. Na, dann los, sämtliche anwesenden Prinzessinnen sollten sich lieber mal eine aufsetzen.« Und schon teilte er sie aus, selbst an die Enkelinnen im Teenageralter, die für den Moment vergessen hatten, wie cool sie waren, und sich die glitzernden Plastik-Krönchen mit genauso viel begeistertem Gekicher aufsetzten wie ihre jüngeren Geschwister.

»Och Manno! Grandpa, Kronen sind doch was für Mädchen. Der nächste Schatz ist aber für Jungs, oder?«, beklagte sich ein kleiner Enkel.

»Tja, dann löst mal das nächste Rätsel und findet es raus. Ab mit euch!« Und während die Meute wieder davonstob, lehnte Bill sich erneut auf seinem Stuhl zurück.

Zum Glück erwies sich der zweite Schatz als eine Ladung Piratenhüte, die an den Zweigen des alten Birnbaums im Küchengarten baumelten, und so waren alle mit ihrem Kopfschmuck für die restliche Jagd zufrieden. Ein kleines Mädchen beschwerte sich, es wolle nicht »so ein albernes Barbie-

Krönchen« tragen, doch glücklicherweise hatte Bill mit Ausreißern gerechnet und ein paar zusätzliche Piratenhüte bestellt. Die verschmähte Krone wurde rasch umverteilt, sodass sie beim nächsten Beutezug fröhlich aus Christas grauen Locken hervorfunkelte.

»Gefunden!«

»Aber was *ist* das?«

»Das ist 'ne Platte, du Dummkopf!«

»Was ist eine Platte?«

»So was wie eine CD, nur die altmodische Version.«

»Ist da Musik drauf?«

»Ja, aber man braucht das richtige Gerät, um sie abzuspielen.«

Eins der jüngeren Kinder brachte die Single vorsichtig zu Bill in die Kommandozentrale (auch bekannt als Küchentisch).

»Grandpa, du solltest dir einen iPod vom Weihnachtsmann wünschen. Dann kannst du ganz viel unterschiedliche Musik hören, nicht bloß ein Lied.«

»Ist es das, wofür ich es halte?«, fragte Christa und griff nach ihrer Lesebrille. »Ach Bill, du alter Romantiker!«

Er nickte. »Das, Kinder, ist nicht bloß irgendeine Platte. Das ist *»Imagine«* vom großen verstorbenen John Lennon. Und zufällig ist das auch die Platte, zu der ich meinen ersten Schmusetanz mit Christa hatte. Auf gewisse Weise ist das also unser Lied. Dazu tanzen wir auch nachher auf unserer Hochzeitsfeier. Und weil ›imagine‹ bedeutet: ›stell dir vor‹, ist das äußerst passend, denn ich hätte nie geglaubt, ich könnte in diesem Lebensalter noch einmal so viel Liebe und ein solches Glück finden. Es ist eine Erinnerung für uns alle, dass wir uns in unserem Leben immer Hoffnungen und

Träume bewahren sollten. Wie sollen wir denn sonst auch nur damit anfangen, sie wahr werden zu lassen?«

Die kleine Piratin zupfte ihn am Ärmel. »Aber Grandpa, wir brauchen dieses besondere Gerät.«

»Keine Sorge«, beruhigte Sara sie lächelnd, »wir haben eins hier. Thomas spielt euch die Platte gern vor.«

Christa beugte sich hinunter und gab Bill einen zärtlichen Kuss.

»Iiih, die knutschen!«, quietschte ein kleiner Junge.

»Ja, echt, Grandpa Bill, das reicht jetzt aber auch«, fiel eine der Teenagerinnen mit ein. »Wo bleibt der nächste Hinweis?«

Kurz darauf brachten die Schatzjäger eine Dose Cashews zum Vorschein, danach eine beachtliche Ladung Schokoladenbonbons und eine Schüssel frisch geschnittene Ananas.

»Das nehme ich alles in Verwahrung. Das können wir später noch gebrauchen.« Bestimmt scheuchte Bill die Kinder vom Tisch weg. »Ach, na ja, also gut, ist ja für jeden Geschmack etwas dabei. Bedient euch, ihr sollt mir ja nicht verhungern.«

»Hey! Granny Christa hat das letzte Stück Ananas genommen.«

»Das ist das Privileg des Alters, mein Schatz. Außerdem muss ich als Braut bei all dem Hin- und Hergelaufe doch bei Kräften bleiben«, verkündete Christa ohne jede Reue.

»Also«, sagte Bill, »noch ein Rätsel. Schaut mal, ob ihr das rauskriegt. Dann bringt mir, was auch immer ihr dort findet, und ihr kriegt den allerletzten Hinweis, um den größten Schatz von allen zu entdecken.«

»Hier steht, da liegt Gold in einem tiefen, dunklen Verlies begraben. Cool! Gibt es hier im Schloss ein Verlies, Sara?«

Sie nickte feierlich. »Die Tür da vorn führt nach unten in die Kellergewölbe. Thomas hier hat den Schlüssel und geht mit euch nach unten, aber nur unter der Bedingung, dass ihr ganz, ganz vorsichtig seid. Und die Finger vom Wein lasst! Passt auf, dass ihr zusammenbleibt, da unten ist nämlich auch schon der ein oder andere Gast verlorengegangen und nie wieder aufgetaucht. Und wer weiß, vielleicht entdeckt ihr ja sogar den Geheimtunnel, der angeblich dort versteckt ist. Hier«, sagte sie zu den Kleinen und teilte Taschenlampen aus, »die werdet ihr brauchen, damit ihr seht, wo ihr hintretet.«

Bill zwinkerte ihr zu, als die Kellertreppe die Schatzsucher verschlang. »Danke, dass du so toll mitspielst, Sara. Mit dir kann man Pferde stehlen.«

»Ist doch gern geschehen, Bill. Mir macht das genauso viel Spaß wie allen anderen. Und ich bin schon sehr gespannt, was wohl der größte Schatz von allen sein mag.«

Einige Minuten später kam die Truppe wieder aus dem Keller hervor, etwas staubiger als beim Hinuntergehen und mit ein paar Spinnweben auf dem ein oder anderen Piratenhut.

»Wir haben ihn gefunden! Sara, wir haben den Geheimtunnel gefunden! Und da war eine Höhle! Mit dem Schatz drin.«

»Diesmal war es wirklich ein vergrabener Schatz! Guck mal, Grandpa!«

Stolz hielten die Kinder eine kleine Schmuckschatulle in die Höhe, und auf dem Samt im Inneren ruhten zwei goldene Eheringe.

»Na, so ein Glück! Ohne die Ringe hätten wir gar nicht heiraten können«, rief Bill aus. »Also gut, dann schauen wir mal, was wir hier haben. Wer hat eine schön ordentliche

Handschrift? Okay, hier hast du Zettel und Stift. Schreib doch mal auf, was für Schätze ihr bisher gefunden habt. Das waren Tiaras, Hüte, *Imagine*, Cashews, Schokolade, Ananas und Ringe. So, und hier habt ihr den letzten Hinweis.«

»Da steht: ›Den größten Schatz von allen findet ihr, wenn ihr die Anfangsbuchstaben von allen Dingen neu sortiert, die ihr entdeckt habt.‹«

Die Zunge im Mundwinkel, listete Christas jüngste Enkelin sorgfältig auf: »T... H... I... C... S... A... R...«

»*Thicsar!* Mama, was ist ein Thicsar?«, wollte ein kleiner Junge wissen.

»Nein, du Dummkopf, wir müssen die Buchstaben neu sortieren und ein anderes Wort draus machen. Es ist ein Rätsel.«

Angestrengt brüteten sie über dem Stück Papier.

»Ar-Tisch!«

»Was um alles in der Welt soll denn ein Ar-Tisch sein?«

»Nein, wartet! Ich hab's!«

»Ich auch, ich auch!«

»Granny Christa, das bist du! Der größte Schatz von allen bist du.«

»Gut gemacht, ihr Lieben. Ihr habt das Rätsel geknackt. Denkt immer daran, Menschen sind wichtiger als alle materiellen Dinge auf der Welt. Sogar wichtiger als ein Auto!« Er wuschelte seinem Enkel über den Kopf. »Und Liebe ist das Wichtigste, was es gibt, egal in welchem Alter.« Mit diesen Worten schloss er seine Braut in die Arme und fischte vorsichtig ein paar Spinnweben aus dem Plastikkrönchen, das leicht schief in ihren grauen Locken saß. »So, und jetzt machen wir hier mal Platz und gehen eine Runde schwimmen. Eure Eltern hatten schon viel zu lange Ruhe und Frieden, außerdem müssen wir Sara und ihre Leute das Mittagessen vorbereiten lassen.« Mit einem Klatschen scheuchte er die Kinder zur Tür hinaus in die Sonne. »Schließlich haben wir noch einiges vor. Habt ihr etwa vergessen, dass heute Nachmittag eine Hochzeit ansteht?«

Saras Kopf ruhte in der Kuhle zwischen Thomas' Schulter und seiner Brust, wo er so perfekt hineinzupassen schien wie ein Puzzlestück an seinen Platz. Die Party nach der Trauung war etwas früher als sonst zu Ende gegangen, und die letzten Gäste hatten sie zufrieden auf der Terrasse zurückgelassen, einen Schlummertrunk in der Hand und die Sterne über sich.

»Was?« Sara betrachtete Thomas' Profil, während er lächelnd an die Decke blickte.

Er wandte den Kopf, um ihr in die Augen zu sehen. »Es war ein schöner Tag, das ist alles. Ich mag dieses alte Pärchen wirklich sehr.« Kummer überschattete seinen Blick. »Es wird furchtbar sein, diesen Ort zu verkaufen. Nicht nur für dich, das wird uns allen in der Seele wehtun.«

Traurig erwiderte Sara sein Lächeln. »Ich weiß. Ich werde Monsieur Bonneval anrufen, aber das mache ich erst nach unserer letzten Hochzeit. Wenigstens eine Woche lang möchte ich es noch einfach genießen, hier zu sein. Ich ertrage den Gedanken daran nicht, das Château zu verlieren. Und dieser Tag hat mir bewusst gemacht, dass ihr alle für mich wie eine Familie geworden seid – Karen, Antoine, die Héls Belles … Ich schätze, es war einfach der Anblick von Bill, Christa und dieser ganzen riesigen Truppe von Kindern und Enkelkindern, der das in mir ausgelöst hat. Alle so unterschiedlich, aber vereint in diesem Moment, um die Liebe in jedem Lebensalter zu feiern. Das ist wirklich ein schöner Anlass für eine Feier. Vielleicht hat dieser Tag sogar meinem Glauben an Hochzeiten neues Leben eingehaucht!«

Thomas nickte, ebenfalls in Erinnerungen versunken. »Hast du gesehen, dass die Enkel bei der Trauung allesamt ihre Piratenhüte und Krönchen auf dem Kopf hatten? Diese ganz Kleine hat sie wahrscheinlich sogar im Bett noch anbehalten!«

»Stimmt. Das alles hat so viel Spaß gemacht heute. Die geheime Höhle hat sie völlig begeistert. Glaubst du, sie haben da unten die Geister aufgescheucht?«

»Mit Sicherheit«, antwortete er lächelnd. »Aber das ist die beste Art, Geister zu vertreiben. Mit Glück und Gelächter. Freude kann selbst den schlimmsten Schmerz und die tiefste Trauer überstrahlen.«

»Also glaubst du, diese Geister kann man tatsächlich vertreiben?«

»Mit der Zeit.« Ernst sah er ihr in die Augen. »Bei manchen dauert es länger als bei anderen, aber mit genug Liebe verschwinden sie am Ende alle.« Er strich ihr eine Haarsträhne aus dem Gesicht, so zärtlich, dass Sara wusste, er sprach nicht mehr über die Geister des Châteaus, sondern über ihre eigenen Dämonen. Und in jenem Augenblick, als sie sich einander zuneigten und seine Lippen auf ihre trafen, glaubte sie sogar an das, was er sagte.

10. Kapitel:

Ein Antrag

Auf dem Château herrschte wieder Ruhe und Frieden.

Zum Mittagessen gönnte Sara sich eine Auswahl der Reste des Menüs von Sonntagabend, dann schlenderte sie hinaus in den Garten. Es war ein traumhafter Herbstnachmittag. Nirgends war eine Wolke in Sicht, und der Himmel hatte ein klares zartes Blau wie die Eier einer Wanderdrossel. Die Sommerhitze hatte ihre Schärfe verloren, und im weichen Septembersonnenschein nahmen die Mauern des Châteaus dieselbe warme Farbe an wie der süße Weißwein, den Thomas' Familie auf Château de la Chapelle bald aus den Trauben pressen würde.

Heute Morgen war er hingefahren, nachdem sie Christa und Bill verabschiedet und ihrer vielköpfigen Familie hinterhergewinkt hatten.

»Papa sagt, er will mich sehen«, hatte er gegrummelt. »Eigentlich wollte ich mit dir zu Mittag essen, nur wir zwei, ganz in Ruhe. Aber er besteht darauf, dass ich nach Hause komme und mit ihm und Robert esse. Wahrscheinlich will er die Pläne für die Weinlese besprechen. Auch wenn ich nicht weiß, warum das ausgerechnet heute sein muss, wenn es bis zur Ernte noch mindestens zwei Wochen dauert.« Er hatte geseufzt.

»Ist doch nicht tragisch«, hatte sie geantwortet. »Ich

mache uns was Leckeres zum Abendessen. Nur wir zwei und eine Flasche Wein auf der Terrasse …« An dieser Stelle hatte sie abgebrochen, um nicht dem unvermittelten Drang nachzugeben, Thomas zu küssen. Der Anblick seines vertraut trägen Lächelns, als er ihrem Blick begegnete, war äußerst verführerisch gewesen.

Jetzt nahm sie sich einen Weidenkorb, der auf der Stufe vor der Küchentür stand, und spazierte in den Garten, um das Fallobst aufzusammeln, das den Boden unter dem alten Birnbaum übersäte. Trunken schwirrten die Wespen durch die Zweige und fraßen sich an den süßen, reifen Früchten satt, die schwer über ihrem Kopf hingen. Von den Birnen zu ihren Füßen stieg ein leicht vergorener Geruch auf, und einige wurden bereits weich und faulten dort, wo sie gelandet waren. Sara sammelte die am wenigsten angeschlagenen Früchte auf und hatte den Korb schon bald randvoll.

Die schwere Wärme des Nachmittags machte sie schläfrig, und so setzte sie sich auf die provisorische Bank, die sie neben dem Birnbaum aufgebaut hatten – ein alter Balken, quer über zwei große steinerne Grundpfeiler gelegt, die an der Gartenmauer lehnten. Den Korb mit den Birnen zu ihren Füßen, lehnte sie den Kopf an die mit Flechten überzogene Wand, drehte das Gesicht in die Sonne und schloss träumerisch die Augen, nur für ein paar Minuten …

Sie musste eingenickt sein, denn das Nächste, was sie bewusst mitbekam, war, wie Thomas sie mit einem sanften Kuss weckte.

»Na, mein Dornröschen? Du siehst so friedlich aus, wenn du schläfst. Eigentlich wollte ich dich gar nicht wecken, aber ich habe Neuigkeiten, und die muss ich dir sofort erzählen!« Seine Augen leuchteten, und es gelang ihm nicht, die Aufregung in seiner Miene zu verbergen. Er setzte sich neben ihr auf die Bank und nahm ihre Hand.

»Wir haben beim Mittagessen einen Familienrat abgehalten, und ich habe einen Vorschlag für dich«, begann er. »Aber wo soll ich anfangen …? Okay, zuerst muss ich dir etwas über das französische Erbrecht erklären. Weißt du, nach dem *Code Napoléon* beinhalten unsere Gesetze hier, dass jedes Kind einer Familie automatisch einen gleich großen Anteil an jeglichem Familienbesitz erbt. Das bedeutet, wenn unser Vater stirbt, besitzen Robert und ich jeweils die Hälfte von Château de la Chapelle. Allerdings entsteht daraus auch ein Problem, denn unseren Kindern und deren Kindern stehen ebenfalls gleich große Anteile zu, und so würde das Gut in immer kleinere Stücke aufgeteilt, bis es nicht mehr wirtschaftlich arbeiten könnte. Und das beinhaltet noch nicht die Möglichkeit, dass sich vielleicht nicht alle einig sind, wie das Gut geführt werden soll, wer wo leben soll und so weiter. Darüber hat Papa sich schon seit einiger Zeit Gedanken gemacht. Und heute hat er Robert und mich zum Mittagessen zusammengeholt, um uns eine Lösung vorzuschlagen. Über die Jahre hat er heimlich, still und leise genug Kapital beiseitegelegt, um einem von uns das Gut hinterlassen und den anderen auszahlen zu können, damit derjenige sich dann woanders eine Existenz aufbauen kann. Er meint, jetzt sei der richtige Zeitpunkt im Leben gekommen, um das Ruder an seine beiden Söhne zu übergeben. Natürlich wollte er, dass wir unter uns ausmachen, wer das Weingut bekommen soll und wer weiterzieht, aber die Antwort ist offensichtlich. Robert lebt für das Gut, und ich hänge einfach nicht mit derselben Intensität daran.«

Sara drückte seine Hand und versuchte, sich über seine

neu gewonnene Freiheit zu freuen, während sie angestrengt den furchtbaren Gedanken fortschob, dass Thomas jetzt die Mittel hatte, um zu gehen. »Ach, das ist ja wundervoll. Dein Traum ist wahr geworden!«

»Ja«, bestätigte Thomas nickend. »Und jetzt, wo es so weit ist, stelle ich fest, dass mein Traum sich ein bisschen gewandelt hat. Weißt du, irgendwie bin ich dem Zauber einer wunderschönen Fee erlegen, die mir die Augen für den Reichtum der Welt gleich hier vor meiner Tür geöffnet hat. Das Netz, das sie in ihrem Schloss auf dem Hügel spinnt, lockt die Menschen von nah und fern hierher. Mit dir hatte ich den besten Sommer meines Lebens, Sara. Ich habe so viele Menschen von den verschiedensten Orten und mit den unterschiedlichsten Hintergründen kennengelernt, habe so vielfältige Weisen gesehen, auf die sie ihre Liebe feiern. Du hast mir sogar ein oder zwei Dinge über meine Heimat beigebracht, die ich noch gar nicht wusste. Und vor allem hast du dein Netz um mein Herz gesponnen, und jetzt will ich gar nicht mehr gehen.« Er hielt inne und küsste sie.

»Mein Vorschlag – der natürlich rein geschäftlicher Natur ist, versteht sich – ist also folgender: Ich würde gern in Château Bellevue investieren und dein Geschäftspartner werden.«

Rasch hob er eine Hand, als sie zu protestieren begann. »Mein Vater, der in solchen Angelegenheiten mein bester und scharfsinnigster Berater ist, ist genauso beeindruckt von der Arbeit, die du hier geleistet hast. Deine Pläne für die Zukunft finden seine vollste Anerkennung. Er fände es großartig, wenn ich ein Teil davon werden könnte. Ich habe nicht das Geld, um Gavins gesamten Anteil zu übernehmen – außerdem hat Papa gesagt, vermutlich willst du dich nach dem, was passiert ist, ohnehin nicht noch einmal in diese Situation begeben. Also schlage ich vor, ich kaufe dreißig Prozent des Unternehmens. Auf diese Weise können wir einen Kredit für den restlichen Betrag aufnehmen, den du Gavin auszahlen musst, und du wirst Hauptanteilseignerin.«

Wieder wollte Sara protestieren. In ihrem Kopf schrillten die Alarmglocken angesichts der Vorstellung, sich womöglich wieder in dieselbe Position wie vorher zu bringen, wenn Thomas ein Teil des Unternehmens gehörte. Panik stieg in ihr auf bei dem Gedanken, ihr könnte die Kontrolle über das Geschäft entgleiten, für dessen Aufbau sie so hart gearbeitet hatte. Oder – noch schlimmer – sie könnte das Selbstbewusstsein wieder verlieren, das sie sich nach Gavins Weggang mühsam zurückerkämpft hatte. Wenn Thomas auf formeller Ebene Teil des Unternehmens wurde, würde das womöglich ihre Beziehung verzerren und entstellen.

Doch dann atmete sie tief durch und bezwang ihre Panik. Sie würde ihre Stimme nicht noch einmal verlieren, jetzt, wo sie sie endlich gefunden hatte. Und so schluckte sie die reflexhafte Zurückweisung hinunter – ihre automatische Schutzreaktion – und legte ihm stattdessen ruhig und klar ihre Ängste dar.

Thomas ließ sie ausreden, hörte ihr aufmerksam zu und beobachtete ihr Mienenspiel, während sie sprach. »Ich weiß, ich weiß, und ich verstehe dich, Sara. Aber zwischen uns wird sich nichts ändern. Wir lassen das alles rechtlich fixieren, sodass du jederzeit die Kontrolle über dein Schicksal behältst. Papa hat mir prophezeit, dass dir das sehr wichtig sein würde. Er hat mir geraten, dich freizulassen – in wirtschaftlicher Hinsicht –, denn dann wissen wir beide: Wenn du dich entscheidest, hier in Frankreich zu bleiben, dann deshalb, weil du es wirklich willst. Als Hauptanteilseignerin wärst du weiterhin die Chefin. Und wir haben diesen Sommer über bereits bewiesen, dass wir in diesem Verhältnis gut zusammenarbeiten können. Keine Sorge, ich glaube, das hält mein männlicher Stolz aus.« Wie zur Bestätigung erstrahlte wieder sein träges Lächeln.

»Aber deine Träume, du wolltest die Welt bereisen ... Ich will nicht diejenige sein, die dich davon abhält.«

Er nickte. »Ich weiß. Es gibt immer noch unheimlich viele Orte, die ich sehen möchte. Ich dachte mir, wenn wir im Sommer richtig hart arbeiten, könnten wir in den Wintermonaten vielleicht ab und zu gemeinsam weggehen. Ich glaube, ich würde meine Abenteuer in der weiten Welt noch viel mehr genießen, wenn du auch dabei wärst. Würdest du mit mir auf Reisen gehen, wenn du wüsstest, dass hier immer dein Zuhause auf dich wartet?«

Langsam nickte Sara. Sprachlos saß sie da, dankbar für den soliden Rückhalt der steinernen Gartenmauer in ihrem Rücken – sonst wäre sie womöglich zusammengebrochen unter all der Verwirrung und Erleichterung, von der ihr der Kopf schwirrte. Während sie Thomas' Vorschlag von allen Seiten betrachtete, begann ihr Herz, schneller zu schlagen, und in ihr machte sich eine Freude breit, die das perfekte Spiegelbild der Freude war, die in das Gesicht des Mannes neben ihr geschrieben stand. Des Mannes, den sie liebte.

»Aber Robert ...?«

»Der ist genauso begeistert. Er hat dann die Leitung über das Weingut. Natürlich werde ich ihm immer unter die Arme greifen, wenn er Hilfe braucht, aber das Marketing kann komplett Gina übernehmen. Und Robert denkt darüber nach, Antoine einen Job im Weinkeller anzubieten: So kann er ein bisschen Berufserfahrung sammeln, die er für sein Studium braucht. Vielleicht ist sogar eine feste Stelle für ihn drin, wenn er seinen Abschluss hat. Christine freut sich auch unheimlich, denn jetzt ziehen sie ins Haupthaus um, sodass die Jungs sich nicht mehr ein Zimmer teilen müssen. Papa geht dafür in ihr Haus …« Hier verstummte er, und eine bedeutungsschwangere Pause hing zwischen ihnen in der Luft.

»Und du ziehst hier bei mir mit ein?« Voll nervöser Hoffnung setzte Saras Herz einen Schlag aus.

»Wenn du mich haben willst. Schließlich bist du der Boss.«

Mit ihrem Kuss sagte sie ihm alles, was er wissen musste.

So blieben sie noch eine Weile sitzen, schmiedeten Pläne, tauschten Ideen aus, erdachten neue Wege, die Firma voranzubringen, und der goldene Nachmittag weitete sich in eine Zukunft voller Verheißungen.

Schließlich, als die Schatten bereits ihre dunklen Finger über das drahtige, unkrautdurchsetzte Gras nach ihnen ausstreckten, standen sie auf.

»Warte, das nehme ich.« Thomas hob den Korb mit den Birnen auf, und gemeinsam schlenderten sie in Richtung Château. Immer noch ins Gespräch vertieft, völlig gefangen von ihren Zukunftsplänen, nahm er sich gedankenverloren eine der goldenen Früchte und biss davon ab.

»Aus dem ummauerten Bereich können wir einen richtig schönen Gemüsegarten machen«, sagte Sara gerade. »Dazu würde ich gerne noch mal Eliane einladen, um mir ein paar Ratschläge zu holen, was ich wohin …« Und dann: »Thomas? *Thomas!*«, schrie sie.

Denn er war verstummt, die Augen weit aufgerissen, das Gesicht reflexartig zu einer Maske der Angst verzerrt. Er öffnete den Mund und würgte das Stück Birne hervor, das er abgebissen hatte – darauf krabbelte, trunken vom süßen Saft, eine Wespe, die gerade ihren Stachel tief in das weiche Gewebe von Thomas' Rachen gejagt hatte.

Die Wirkung trat so schnell ein, dass Sara kaum Zeit zum Nachdenken blieb. Thomas ließ den Korb fallen, dass ihr die Birnen nur so um die Füße kullerten, und sank auf die Knie. Mit beiden Händen umklammerte er seine Kehle, als wolle er das Gift herausziehen. Innerhalb weniger Augenblicke schwollen sein Gesicht und Hals alarmierend an, und vor Panik wurden seine Pupillen weit.

»Thomas! Rede mit mir! Wie kann ich dir helfen? Kannst du sprechen?«

Er röchelte etwas, das sie nicht entschlüsseln konnte. Mittlerweile war seine Zunge so geschwollen, dass sie gegen seinen Gaumen drückte.

»Hilfe!«, schrie Sara. »Ist da irgendjemand? Hilfe!«

Im nächsten Augenblick kamen Antoine und Héloise angerannt. »Oh, Gott sei Dank!«, stieß Sara hervor. »Schnell, ruft einen Krankenwagen!«

»Ruf du den Notarzt«, rief Antoine Héloise zu. *»Je vais chercher son auto-injecteur dans la voiture.«*

Es konnte nicht länger als ein oder zwei Minuten gedauert haben, bis Antoine mit einem kleinen Plastikkästchen zurückkam, doch mittlerweile lag Thomas am Boden und rang immer schwerer nach Atem. Sara hielt seinen Kopf auf ihrem Schoß und bemühte sich verzweifelt, ihre Stimme ruhig zu halten, während sie ihm versicherte, dass Hilfe unterwegs war. Antoine übergab ihr das Kästchen, in dem sie zwei Notfallspritzen mit jeweils einer lebensrettenden Dosis Adrenalin fand, wie sie schwer allergische Menschen immer und überall bei sich trugen. Ein Wunder! Sara begriff, dass Antoine sie irgendwann in Thomas' Wagen gesehen haben musste – dem Himmel sei Dank.

»Ich weiß nicht, was ich machen muss!« Es fiel ihr immer schwerer, die Panik zurückzuhalten. »Thomas, hör mir zu. Wo müssen wir dir die Spritze setzen?«

Er gestikulierte zu seinem Bein, und mittlerweile waren seine Augen nur noch zwei schmale Schlitze in seinem zugeschwollenen Gesicht.

Ohne noch groß zu überlegen, riss sie die Spritze aus ihrer Verpackung, zog die Sicherungskappe ab und stach die Nadel fest in sein Bein. In derselben Bewegung senkte sich auch der Kolben und gab die Dosis in Thomas' Blutbahn ab. Mit angehaltenem Atem richtete Sara all ihren Willen darauf, dass sein Furcht einflößendes Röcheln sich etwas mildern würde.

»Sie sind unterwegs«, rief Héloise, die im Laufschritt zurückkam.

Thomas suchte Saras Blick, und seine Augen weiteten sich, während die Züge in seinem aufquellenden Gesicht jegliche Form verloren.

»Es wird alles gut«, beschwor sie ihn. »Der Krankenwagen ist auf dem Weg. Halt durch, nur noch ein paar Minuten.«

Doch mittlerweile war sein Atem nur noch ein abgehacktes Hecheln, krampfhaft hob sich seine Brust, während sein Körper verzweifelt versuchte, Luft in seine Lungen zu schleusen.

»Schnell, Antoine! Die andere Spritze!« Sara hatte keinen Schimmer, ob es womöglich gefährlich war, ihm noch mehr Adrenalin zu verabreichen, doch sie wusste, dass ihr nur ein Sekundenbruchteil blieb, um die Entscheidung zu treffen. Sie jagte ihm die zweite Dosis in den Oberschenkel.

»Wag es ja nicht, mich zu verlassen, Thomas Cortini«, flüsterte sie und brachte die Lippen dabei dicht an sein Ohr.

Er hörte sie. Für einen Moment weiteten seine Augen sich erneut, und Sara spürte eine Woge der Erleichterung, als seine Miene plötzlich weicher wurde und von so allumfassender Liebe zeugte, dass sie am liebsten in Tränen ausgebrochen wäre. Sie streichelte ihm übers Haar und beugte sich hinunter, um ihn zu küssen, gerade als von fern das Heulen einer Sirene ertönte und Héloise rief: »Sie sind da, ich kann das Blaulicht sehen!«

Doch dann verdrehte Thomas die Augen, und mit einem letzten Röcheln hörte er auf zu atmen.

Das kleine Krankenhaus in Sainte-Foy-la-Grande war ein Labyrinth von Gängen mit Linoleumfußboden, und Saras Schuhe quietschten leise, als sie der Krankenschwester folgte. Vor einer verschlossenen Tür hielten sie schließlich an. »Ist schon gut, Sie können ruhig reingehen«, ermunterte die Krankenschwester sie.

Vorsichtig schob Sara die Tür auf, nicht sicher, ob er wach war. Reglos lag Thomas unter der blütenweißen Decke. Von seinem Körper führte ein Gewirr von Kabeln zu dem stetig piepsenden Monitor neben ihm, und sein Gesicht war von einer Plastikmaske verdeckt, die leise zischend seine Lungen mit lebensspendendem Sauerstoff versorgte. Auf Zehenspitzen schlich Sara zum Bett und sah erleichtert, dass das Signal auf dem Monitor in einem stetigen Zickzackkurs über den Bildschirm glitt.

In jenen furchtbaren Augenblicken, als seine Atmung zusammengebrochen war, hatten die Sanitäter es geschafft, ihn zu intubieren und damit die Atemwege wieder freizumachen. »Wie viel Adrenalin hat er bekommen?«, wollten sie wissen, während sie schnell und geschickt ihre Arbeit machten und sein Herz abhörten. Sara zeigte ihnen die zwei leeren Notfallspritzen. *»Bon«*, lobten sie nickend. »Sein Herz ist nicht stehengeblieben. Sie haben das Richtige getan.« Dann gaben sie ihm noch weitere Injektionen, und unvermittelt, wie durch ein Wunder, hob sich mit einem keuchenden Atemzug seine Brust. Sara spürte, wie sich ihr Herz zusammenkrampfte, und unwillkürlich schluchzte sie vor Erleichterung auf. »Sein Blutdruck ist immer noch gefährlich niedrig. Wir müssen ihn sofort ins Krankenhaus schaffen.« Vorsichtig hievten sie Thomas auf eine Trage und verfrachteten ihn zügig in den Krankenwagen.

Ganz sanft legte einer der Männer Sara eine Hand auf den Arm, als sie zu ihnen in den Wagen steigen wollte. »Tut mir leid«, sagte er. »Es kann sein, dass ich *en route* weiter behandeln muss. Da ist für Sie kein Platz.« Er wandte sich an Antoine. »Können Sie sie nach Sainte-Foy bringen? Vor Ort können wir Sie dann auf den neuesten Stand bringen. Und am besten rufen Sie auch seine Familie an.«

»Natürlich.« Sofort wählte Sara Patrick Cortinis Nummer, doch als er abnahm und sie den Mund öffnete, um zu erklären, was vorgefallen war, brachte sie plötzlich kein Wort mehr heraus. Unkontrolliert strömten ihr die Tränen übers Gesicht. Antoine neben ihr nahm ihr sachte das Telefon aus den zitternden Fingern und sprach mit Thomas' Vater. Ruhig schilderte er die Notsituation. Dann beendete er das Gespräch, legte Sara einen Arm um die Schultern und führte sie zu dem Auto, mit dem Héloise hergekommen war. »Komm. Wir bringen dich hin.«

An die Fahrt nach Sainte-Foy über die kurvenreichen Landstraßen hatte sie keinerlei Erinnerung. Als Einziges war ihr im Gedächtnis geblieben, wie sie sich den Hals verrenkt hatte, um einen Blick auf das flackernde Blaulicht des Krankenwagens vor ihnen auf der Straße zu erhaschen, aber nichts hatte entdecken können. Das und wie ihr Herz sich zu groß für ihre Brust angefühlt hatte, während es erfüllt von der Liebe zu Thomas und der entsetzlichen Vorstellung, ihn zu verlieren, heftig gepocht hatte.

Im Krankenhaus führte man sie in ein Wartezimmer, während Thomas auf seiner Trage geradewegs in die Notaufnahme geschoben wurde, deren Tür sich fest hinter ihm schloss. »Wir sagen Ihnen Bescheid, sobald es etwas Neues gibt«, beschied ihnen die Krankenschwester mit unverbindlicher Miene, doch hinter dem professionell mitfühlenden Lächeln war ihr Gesichtsausdruck ernst. Wenige Minuten später trafen Patrick und Robert ein, und Patrick schloss Sara in seine starken Arme und strich ihr übers Haar, während sie sich an seiner Schulter ausweinte. »Es tut mir so leid«, wisperte sie.

»Du hast dir nun wirklich am allerwenigsten vorzuwerfen«, widersprach er. Und zu mehr Worten waren sie nicht in der Lage, als sie sich Seite an Seite auf die harten grauen Plastikstühle setzten und sich fest an den Händen hielten, während sie darauf warteten und hofften, dass Thomas überleben würde.

Nach einer gefühlten Ewigkeit, in der Sara mit jedem Atemzug all ihren Willen darauf richtete, Thomas zurück ins Leben zu holen, erschien endlich eine Krankenschwester in der Tür. Breit lächelnd nickte sie ihnen zu. »Er ist über den Berg. Er wird wieder ganz gesund.«

Dankbare Rufe der Erleichterung brachen aus, und alle

fünf Wartenden fielen einander unter Freudentränen in die Arme.

»Sie können ihn jetzt besuchen. Aber nur einzeln.« Mit erhobenem Zeigefinger hatte die Krankenschwester den beginnenden Massenansturm gestoppt.

Sara war zurückgewichen, um Patrick den Vortritt zu lassen, doch der hatte den Kopf geschüttelt. »Mein Junge hatte gerade eine Nahtoderfahrung. Lassen wir ihn das Gesicht sehen, das er am dringendsten sehen will. Ich finde, er hat einen wahrhaft schönen Empfang verdient bei seiner Rückkehr ins Land der Lebenden!«

Jetzt stand Sara an Thomas' Bett. Sein Gesicht war kaum wiederzuerkennen, geschwollen und fleckig, die untere Hälfte von der Sauerstoffmaske verdeckt. Reglos lag seine Hand neben dem Körper, und auf der kalten weißen Decke sahen seine von der Arbeit rauen gebräunten Finger hilflos und verletzlich aus. Zögernd streckte Sara die Hand aus und berührte ihn. Er öffnete die Augen, bloße Schlitze in seinem geschwollenen Gesicht. Auf dem Monitor schien der grüne Pulspunkt ein wenig schneller zu hüpfen, und das Piepsen verriet die Reaktion seines Körpers auf ihre Berührung. Sie beugte sich vor und küsste ihn zärtlich auf die Stirn, sodass ihre Freudentränen in sein Haar tropften. Eine Weile verharrten sie so. Nur das leise Zischen der Sauerstoffmaske und das beruhigend regelmäßige elektronische Murmeln des Monitors durchbrachen die Stille.

Schließlich wich sie ein Stück zurück und streichelte mitfühlend sein armes Gesicht. Er hob die Hand und zog sich die Sauerstoffmaske vom Mund.

Hastig legte sie ihm zwei Finger auf den Arm. »Halt! Brauchst du die nicht?«

»Jetzt, wo du hier bist, nicht mehr.« Durch seine geschwollene Zunge waren die Worte noch immer etwas undeutlich. »Tut mir leid, dass ich dir so einen Schrecken eingejagt hab. Und ich glaube, im Augenblick sehe ich wirklich nicht gerade umwerfend aus.«

Gespielt kritisch verengte sie die Augen und musterte ihn. »Na ja, jetzt, wo du es sagst, sehe ich da durchaus eine gewisse Ähnlichkeit mit Shrek. Nur vielleicht ein bisschen weniger grün«, erklärte sie lachend. »Aber eigentlich finde ich, das steht dir ganz gut. Wahrscheinlich könnte ich sogar lernen, diesen Look zu lieben, falls du mit dem Gedanken spielst, öfter mal Wespen zu essen.«

Er lächelte. »Hervorragend. Test bestanden. Jetzt weiß ich, dass du mich um meiner selbst willen liebst und nicht nur, weil ich so unglaublich gut aussehe!«

Sie ging auf die andere Seite des Betts, wobei sie sorgsam die Kabel und Schläuche mied, die ihn mit den Maschinen neben ihm verbanden. »Rutsch rüber«, bat sie und stupste ihn an, dann stieg sie zu ihm aufs Bett und legte sich neben ihn, sodass sie ihn in den Armen halten und auch seine Arme um sich spüren konnte. Thomas zog die Sauerstoffmaske ganz herunter, um sie anständig küssen zu können. »Komisch«, bemerkte er. »Ich spüre nicht das Geringste.« Dann küsste er sie erneut. »Wow. Jetzt prickelt es in meinen Lippen. Ich glaube, du erweckst mich gerade wieder zum Leben.«

Genau in diesem Augenblick ertönte von der Tür her ein zaghaftes Klopfen, und Patrick schob den Kopf durch den Spalt. Als er sie zusammen sah, strahlte er. »Das ist mein Junge«, sagte er anerkennend und trat näher. »Schön, zu sehen, dass du in so guten Händen bist!«

Thomas streckte die freie Hand aus und schloss sie fest um

die seines Vaters. Behutsam setzte Sara die Sauerstoffmaske wieder an ihren Platz und erhob sich vom Bett. Im Vorbeigehen drückte sie Patrick einen Kuss auf die Wange und verließ das Zimmer, um den beiden ein wenig Zeit für sich zu lassen und Robert und den anderen im Wartezimmer von Thomas zu berichten. Ihr Herz schlug noch immer etwas unregelmäßig, bemerkte sie, als sie mit quietschenden Schuhsohlen den Korridor entlanglief. Doch jetzt war es kein entsetztes Hämmern mehr, sondern ein beflügeltes Hüpfen und Flattern, erfüllt von der puren Glückseligkeit, dass Thomas am Leben war: *joie de vivre*.

11. Kapitel:

Pippa & JOSH

Mr Roger Hall
und
Mr und Mrs Humphrey Cavendish

bitten zur Hochzeitsfeier von

Philippa Hall
und
Captain Joshua Cavendish

auf Château Bellevue de Coulliac
am Samstag, 8. September um 15:30 Uhr

Um Antwort wird gebeten:
Mrs Humphrey Cavendish
120 Eaton Square · London SW1W 9BE

»Okay, Leute, die letzte Hochzeit der Saison. Sorgen wir dafür, dass sie genauso gut wird wie all die anderen. Antoine, wir werden deine Hilfe brauchen beim Bettenwechsel. Diesmal machen wir das Gartenzimmer zur Hochzeitssuite. Der Bräutigam sitzt im Rollstuhl, deshalb brauchen wir einen barrierefreien Zugang.«

»Ich kann auch helfen«, meldete Thomas sich zu Wort. Auch er saß bei ihnen am Küchentisch, nachdem er am Abend zuvor aus dem Krankenhaus entlassen worden war. Sein Gesicht war schon beinahe auf die ursprüngliche Form und Größe zurückgeschrumpft, nur seine Lippen waren noch etwas geschwollen. »Jetzt sehe ich aus wie ein Promi«, hatte er gestern Abend im Cottage beim Zähneputzen vor dem Spiegel bemerkt und einen Schmollmund gemacht wie ein Hollywood-Sternchen.

Sara hatte ihm einen Rippenstoß verpasst. »Sei nicht so eitel! Mich erinnerst du an einen Goldfisch, den ich hatte, als ich noch klein war«, hatte sie ihn lachend zurück auf die Erde geholt. Sie konnte nicht aufhören, ihn zu umarmen, ihn bei jeder Gelegenheit zu berühren, sich seiner warmen, soliden Gegenwart zu versichern.

Jetzt wandte sie sich ihm zu. »Thomas, das überlass mal uns. Du musst dich schonen nach allem, was du durchgemacht hast. Spar dir deine Kräfte für Samstagabend.«

»Unsinn«, protestierte er. »Die haben mich im Krankenhaus dermaßen mit Adrenalin und Steroiden vollgepumpt, dass ich jetzt quasi übermenschliche Kräfte besitze.«

Er stand auf und musste sich sofort wieder setzen, als seine Knie unter ihm einzuknicken drohten und ihm sichtlich schwindlig wurde.

»Sei vorsichtig, Tommy-Boy«, warnte Karen und wuschelte

ihm im Vorbeigehen durchs Haar. »Du bist immer noch mehr Gummimensch als Supermann. Für heute kannst du alles von hier aus beaufsichtigen und lenken. Den Rest überlass uns.« Sie wandte sich an Sara. »Ich hole die Sechskant-Schlüssel.«

Während sie das Gästezimmer im Erdgeschoss in einen Raum verwandelten, der eines Brautpaars würdig war, klärte Sara die Héls Belles und Karen auf. »Der Bräutigam ist ehemaliger Soldat, in Afghanistan im Einsatz verletzt. Kann seine Beine nicht mehr bewegen, der arme Mann. Er heiratet seine Physiotherapeutin, die beiden haben sich bei seiner Reha kennengelernt.«

»Oh, das ist *so* romantisch«, seufzte Hélène. »Ein gut aussehender Soldat und eine schöne Therapeutin.«

»Hmm, also nach dem, was ich so mitbekommen habe, steckt schon ein bisschen mehr dahinter als das. Seine Mutter scheint dieser Ehe sehr missbilligend gegenüberzustehen. Anscheinend war er ursprünglich mit einer anderen verlobt, der Mutter zufolge ein ›äußerst adäquates Mädel‹, das allerdings nach Joshs Verwundung beschlossen hat, es doch nicht durchzuziehen. Die neue Braut tut mir ein bisschen leid – sie wird sich mit einem richtigen Drachen von einer Schwiegermutter herumschlagen müssen. Als Mrs Cavendish angerufen hat, um die Buchung zu bestätigen, hat sie erzählt, dass die ursprüngliche Hochzeit schon komplett durchgeplant war. Sie sollte in der Regimentskapelle stattfinden. Aber als die Verlobte sich umentschieden hat, musste natürlich alles abgesagt werden. Und dann hat Mrs Cavendishs Sohn verkündet, dass er sich in – ihre Worte – ›die Pflegerin‹ verliebt hat, und die beiden haben sich geweigert, die Trauung in England zu feiern. Ich nehme an, sie wollten an irgendeinen Ort, der nichts mit den ursprünglichen Plänen zu tun hatte – verständlicherweise.

Aber Mrs Cavendish ist der Verzweiflung nahe, weil sie nichts über Pippas ›Leute‹ weiß, wie sie es ausdrückt – und zwar bei jeder Gelegenheit.«

»Was für ein Snob«, kommentierte Karen abfällig.

»Na komm. Es steht uns nicht zu, über sie zu urteilen. Wobei ich gestehen muss, dass sich mir ein bisschen die Nackenhaare aufgestellt haben, als sie erklärt hat, dass sie alles arrangieren muss, weil Pippas Familie quasi nicht vorhanden ist. ›Kein Stammbaum‹ waren ihre Worte.«

»Tja, ein Glück, dass es eine Hochzeit ist und keine Hundeschau«, gab Karen spitz zurück.

Vom anderen Ende des Zimmers schaltete sich Héloise ein, die gemeinsam mit Antoine dabei war, die zwei Einzelbetten abzubauen. »Solange die beiden sich lieben, ist das alles, was zählt.«

»Außerdem würde ich mal sagen, lieber eine Promenadenmischung als eine falsche Schlange!«, war Karens letzte gehässige Bemerkung, als sie sich auf den Weg nach oben machte, um mit den anderen Zimmern anzufangen.

»Okay, Leute, jetzt reicht es aber auch mit dem Getratsche. Wir sind hier, um diese Hochzeit für alle Beteiligten zu einem schönen Tag zu machen, an den man sich gern zurückerinnert. Im Mittelpunkt steht die Braut, aber ihre Schwiegereltern zahlen die Rechnung, also geben wir unser Bestes, dafür zu sorgen, dass alle es genießen können.«

Die Miene der Braut sprach nicht gerade von glücklicher Vorfreude. Vielmehr spürte Sara Wellen der Anspannung, als sie zur Begrüßung zu Pippa und Josh hinüberging. Josh streichelte seiner Braut die Hand und versuchte, sie zu beruhigen.

»Keine Sorge, es taucht schon rechtzeitig wieder auf. Die von der Fluggesellschaft haben gesagt, sie schicken es auf jeden Fall mit dem Flug morgen, dann ist es doch volle vierundzwanzig Stunden vor der Trauung hier.« Er drehte sich mit seinem Rollstuhl, um Sara und Thomas die Hand zu reichen. »Ich fürchte, wir haben ein kleines Drama mit dem Gepäck. Der wichtigste Koffer ist in Gatwick liegen geblieben. Das Brautkleid, mit allem Drum und Dran.«

Die Braut lächelte. Sie versuchte, sich tapfer zu geben, doch ihre Unterlippe sah ein bisschen wacklig aus. »Außer meinen Brautschuhen und der Unterwäsche hab ich nichts dabei. Wenigstens *die* hatte ich im Handgepäck.«

»Klingt für mich gar nicht so verkehrt«, versuchte Josh, sie aufzuheitern. »Trag einfach das, das reicht doch.«

»Ach, du Arme.« Sara konnte nicht anders, als Pippa tröstend in den Arm zu nehmen. »Das ist ja nun wirklich das Letzte, was du zu diesem Zeitpunkt gebrauchen kannst. Welche Fluggesellschaft war es denn?«

»Tja, darin liegt ja die Ironie«, antwortete Pippa. »Wir haben alle Flüge bei derselben Airline gebucht, sowohl den hier als auch den Anschluss in die Flitterwochen. Auf die Weise war es teurer, aber wir dachten, so gehen wir auf Nummer sicher. Wahrscheinlich wären wir mit einem der Billigflieger besser weggekommen. Aber sie haben uns versprochen, dass der Koffer morgen hier ist.«

»Ich kann nach Bordeaux zum Flughafen fahren und den Koffer holen, wenn ihr wollt«, bot Thomas an. »Dann habt ihr immerhin eine Sorge weniger.«

»Ach, das ist aber lieb – würdest du das wirklich machen?« Diesmal war da eine Andeutung des Strahlens zu sehen, das sie mittlerweile von ihren Bräuten gewohnt waren. Pippas verkrampfte Schultern schienen sich ein klein wenig zu lockern.

»Natürlich – gehört alles zum Service. Na kommt, lasst euch das Château und euer Zimmer zeigen.« Sara ging voran, gefolgt von Pippa, die den Rollstuhl schob, und Antoine als Schlusslicht mit dem Teil des Gepäcks, der mitgekommen war.

Das Paar war einen Tag vor allen anderen Gästen eingetroffen, einschließlich der respekteinflößenden Mrs Cavendish. Sara freute sich, dass Pippa und Josh auf diese Weise Gelegenheit hatten, sich den Ort der Hochzeit in ihrem eigenen Tempo anzusehen und ein paar friedliche gemeinsame Stunden zu genießen, bevor der Trubel begann und Mrs Cavendish sich ins Gefecht stürzte.

Nachdem sich Pippa und Josh in ihrem Zimmer eingerichtet hatten, machte Sara mit ihnen eine kleine Führung durch die Kapelle, das Festzelt für das Essen und die Scheune, wo der Empfang stattfinden würde. Dann brachte sie die beiden im Sonnenschein auf der Terrasse unter und servierte ihnen einen wohltuenden Nachmittagstee. Sie hatte den Verdacht, für Pippa würde die Hochzeit eine ziemliche Quälerei werden. Ständig würden Mrs Cavendish und ihr Trupp von feinen Freunden und Verwandten sie unter die Lupe nehmen und über sie urteilen. Andererseits, warum sollte das arme Mädchen nicht seine Traumhochzeit bekommen?

Durch das Küchenfenster sah Sara einen Konvoi von Mietwagen über die Zufahrt von der Straße heraufkriechen. Sie trocknete sich die Hände an einem Geschirrtuch ab und ging nach draußen auf den Parkplatz. Gerade befahl eine voluminöse, makellos frisierte Dame in einem teuer aussehenden fliederfarbenen Blazer ihrem Ehemann: »Pass ja auf diese Hutschachtel auf, Henry! Hier werde ich wohl kaum einen zweiten Belinda Foster finden, wenn du ihn beschädigst ...« Damit hatte sie sichergestellt, dass jeder in Hörweite wusste: Sie hatte ein beträchtliches Sümmchen in ihre Garderobe investiert, um sämtliche anderen Hochzeitsgäste zu übertrumpfen.

»Mrs Cavendish?« Sara reichte ihr die Hand. »Willkommen auf Château Bellevue de Coulliac.«

Ein paar Stunden später warf Sara zum hundertsten Mal einen Blick auf ihr Handy. Jede Minute erwartete sie eine Nachricht von Thomas mit der Bestätigung, dass er Pippas Koffer am Flughafen von Bordeaux eingesammelt hatte und damit auf dem Weg zum Château war. Sie wussten beide, dass die Braut sich erst entspannen würde – soweit das überhaupt möglich war –, wenn das Kleid sicher in Frankreich gelandet und auf dem Weg zum Château war ... Das Telefon klingelte, und hastig nahm Sara den Anruf an. »Hast du es? Was? Was?! Warum zum Teufel haben sie das denn gemacht?« Ihre Stimme wurde lauter, bevor sie sich zügeln konnte, und eilig riss sie sich zusammen, als Héloise und Hélène mit großen Augen von ihrem Platz am Küchentisch aufsahen, wo sie das Gemüse für das Abendessen putzten. »Aber wie schnell können sie es zurückholen? Gibt es denn gar nichts, was man da machen kann? Sag denen, die sollen das Flugzeug umdrehen lassen!«, stöhnte sie ins Telefon. »Okay ... okay. Ich gehe hin und sage es ihr. Wir sehen uns, wenn du wieder da bist.«

Sara legte auf. Erwartungsvoll blickten die Héls Belles sie

an, während sie ein paar Sekunden lang schweigend dastand. Sie holte tief Luft. »Tja, dann gehe ich wohl mal zu Pippa und erkläre ihr, dass ihr Koffer auf sie warten wird, wenn sie ihre Flitterwochen auf Mauritius antritt. Die haben das Ding ernsthaft in den falschen Flieger gesteckt. Irgendjemand bei der Fluggesellschaft hat die zweite Buchung entdeckt und angenommen, das sei der Zielort … Wir haben also eine Braut, die sich in Bälde der Schwiegermutter aus der Hölle und einer beängstigenden Meute von Snobs stellen muss – ohne Hochzeitskleid.«

Aufgebracht fuhr sie sich mit den Fingern durchs Haar. Die arme Pippa würde am Boden zerstört sein. Und Mrs Cavendish würde diese furchtbare Situation mit Sicherheit weidlich ausnutzen. Was um alles in der Welt konnten sie jetzt noch unternehmen? Es war bereits Freitagnachmittag. Ihnen blieben noch weniger als vierundzwanzig Stunden bis zur Hochzeit. Und hier in den Tiefen des ländlichen Frankreichs waren die Designer-Brautgeschäfte dünn gesät.

Hélène und Héloise tauschten einen Blick, und Héloise nickte.

»Was, denkst du, ist ihre Größe?«, fragte Hélène.

»Hm, besonders groß ist sie nicht. Höchstens achtunddreißig. Wahrscheinlich eher sechsunddreißig.«

»Kann ich mal kurz das Telefon haben? Vielleicht können wir doch noch was tun.«

»Dem Himmel sei Dank!«, rief Sara aus. »Wobei uns jetzt wahrscheinlich nur noch ein Wunder hilft …«

Zaghaft klopfte Sara an die Tür der vorübergehenden Hochzeitssuite. »Herein!«, rief Josh. Er lag auf dem Bett, und Pippa massierte ihm die Beine. »Siehst du, wie wundervoll meine bezaubernde Zukünftige ist?«, fragte er gut gelaunt. »Hält sogar die Durchblutung in Gang für ihren nutzlosen Ehemann. So wunderschön und in so vielen Bereichen so unheimlich begabt. Ich bin wirklich der größte Glückspilz auf Erden. Und irgendwann werde ich auch wieder auf meinen eigenen Beinen stehen, dank ihrer Hilfe.«

Sara wurde die Kehle eng. Sie war sich nicht sicher, ob es die Nervosität angesichts der Hiobsbotschaft war, die sie Pippa gleich überbringen musste, oder der Anblick dieses glücklichen Paars, das die schwierigen Herausforderungen so tapfer meisterte. Während der Saison hatte sie eine große Bandbreite von Pärchen aus nächster Nähe beobachten können: Der emotionale Druck einer Hochzeit war immer ein guter Prüfstein, aber hier hatte sie wirklich den Inbegriff wahrer Liebe vor sich.

»Hast du schon was von Thomas gehört?«, fragte Pippa.

»Das habe ich tatsächlich. Und ich glaube, es ist besser, wenn du dich hinsetzt …«

Pippa wich das Blut aus dem Gesicht, als Sara mit ihrer Erklärung begann.

»Hier musst du rein.« Hélène lehnte sich zwischen Fahrer- und Beifahrersitz nach vorn und dirigierte Sara an der *mairie* des Dörfchens Saint-André-et-Appelles vorbei, den Hügel hinauf über eine von Weinreben und Pflaumenbäumen gesäumte Straße. Als sie auf einen schmalen Schotterweg abbogen, machte Hélène sie auf das Haus von Gina und Cédric aufmerksam, vor dem eine große schwarze Katze saß und sich die Nachmittagssonne auf den Kopf scheinen ließ wie ein pelziger Buddha. Ein Stück weiter hielten sie an einem Häuschen aus dem Naturstein der Region. In der Tür stand eine winzige alte Dame ganz in Schwarz auf ihren Gehstock gestützt und erwartete sie bereits.

Alle vier – Hélène und Héloise, Sara und Pippa – schälten sich aus dem Wagen. »Mireille, wie schön, Sie wiederzusehen«, begrüßte Sara sie herzlich mit zwei Wangenküssen.

»Mamie, je te présente Pippa Hall«, stellte Héloise die Braut vor.

In Sara stiegen Zweifel auf, als die alte Dame sie ins Haus bat. Die Mädchen hatten gesagt, sie hätte ein Kleid, das Pippa vielleicht passen könnte, aber würden sie hier wirklich etwas Annehmbares finden? Tja, in der Not frisst der Teufel Fliegen, dachte Sara und zuckte im nächsten Augenblick innerlich zusammen angesichts ihrer Wortwahl. Genau dafür hielt Mrs Cavendish ihre Schwiegertochter: einen armen Teufel. Unter diesen Umständen wäre ein Wunder vonnöten, um ihr das Gegenteil zu beweisen.

Dumpf pochte Mireilles Gehstock auf die Bretter, als sie ihre Besucher eine enge, steile Treppe hinaufführte. Oben angekommen fanden sie sich in einem Schlafzimmer unter der Dachschräge wieder. An der Tür eines massigen *armoire* aus Mahagoniholz hing ein weißes Leintuch, das unten von Nadeln zusammengehalten wurde, um das Kleid zu schützen. Die Mädchen beugten sich hinunter, um die Nadeln herauszuziehen, und eine kleine Wolke getrockneter Lavendelblüten regnete auf die breiten Dielen und entließ ihren staubigen Duft ins Abendlicht, das zum offenen Fenster hereinfiel. Vorsichtig, beinahe ehrfürchtig nahmen sie das Leintuch nach den Anweisungen ihrer Großmutter ab.

Sara schnappte nach Luft. Dann wandte sie sich zu Pippa

um, die das Kleid sprachlos anstarrte. Mireilles Augen funkelten vor unverkennbarem Vergnügen angesichts ihrer Reaktion. Sachte strich sie mit ihren knotigen Fingern über die weiche cremefarbene Seide.

»So was Schönes hab ich noch nie gesehen«, hauchte Pippa und sah aus, als würde sie jeden Moment in Tränen ausbrechen.

»Das ist ja unglaublich«, sagte Sara. »Das sieht aus wie ...« Sie verstummte.

Hélène nickte. »Das ist von Christian Dior. Der *New Look*. Original von 1947.«

In schnellem Französisch erklärte Mireille etwas, und Héloise übersetzte für Pippa.

»Meine Großmutter war Näherin und hat in Paris für einen kleinen – und damals relativ unbekannten – *couturier* gearbeitet, als sie meinen Großvater kennengelernt hat, der während des Krieges für die *Forces françaises libres* gekämpft hat. Als der Krieg vorbei war, haben sie geheiratet und sind wieder hierher gezogen. Das Kleid hat sie selbst genäht, mit ein wenig Hilfe vom *couturier* persönlich. Es ist aus Fallschirmseide, weil es damals schwierig war, irgendwelche anderen Stoffe für Hochzeitskleider zu bekommen, aber hier sieht man, dass sie es mit Seidengarn bestickt und diese kleinen Perlen aufgenäht hat, die Monsieur Dior ihr zur Verfügung gestellt hat.«

»Es ist im Stil des New Look gehalten«, fuhr Hélène fort. »Seht ihr, wie schmal die Taille ist im Gegensatz zu dem weiten Rock? Das war Diors Reaktion auf das Ende der Rationierung, eine Darstellung von Überfluss nach den engen Röcken der Kriegsjahre.«

In abfälligem Ton setzte Mireille noch etwas hinzu, und die Mädchen kicherten.

»*Mamie* sagt, außerdem war es ein Gegenentwurf zu Mademoiselle Coco Chanel. Diese engen kleinen Kostüme waren ihr Markenzeichen, aber während des Krieges hat sie sich in Paris nicht unbedingt beliebt gemacht. Sie hatte eine Affäre mit einem Nazi und hat sich in die Schweiz verzogen, um dem Skandal und der Missbilligung zu entgehen. Diors neuer Stil war ein echtes Statement, der Beginn einer neuen Ära für Frankreich, in vielerlei Hinsicht.«

Mit einer verkrümmten Hand nahm die alte Dame Pippa beim Arm und schob sie nach vorn.

»Tja«, sagte Sara, »dann wird es wohl Zeit, dass du es anprobierst.«

Im goldenen Abendlicht, zwischen tanzenden Staubkörnchen und umgeben von einem zarten Duft nach Lavendel und Zedernholz, stand Pippa in DEM KLEID vor ihnen. Es passte wie angegossen. Durch den runden Rock wurde ihre schmale Taille hervorgehoben, und wunderschön floss der Stoff ihr von den Hüften, bis er sich über dem voluminösen Unterrock auf Fesselhöhe elegant weitete. Das Oberteil des Kleides, liebevoll mit Blumen bestickt, deren Staubgefäße mit winzigen Perlen hervorgehoben waren, brachte ihre schlanke Gestalt zur Geltung, und der tiefe V-Ausschnitt lenkte den Blick auf ihr hübsches Gesicht.

»*Voilà!*«, sagte Mireille zufrieden und rückte behutsam die letzte Falte des Rocks zurecht. »*Une vraie princesse.*«

Pippa drehte sich, um in die Tiefen eines alten *cheval*-Spiegels zu schauen, ihre vier Zofen im Hintergrund zusammengedrängt. Beim Anblick ihres Spiegelbilds konnte die Braut ein Schluchzen nicht unterdrücken. Unter Tränen lächelte sie Mireille an und ergriff mit beiden Händen die knotigen Finger der alten Dame. »Wie kann ich Ihnen dafür jemals danken? Mit Ihrem Kleid bin ich meines tapferen Ehemannes beinahe würdig.«

Hélène erklärte ihrer Großmutter knapp Joshs Situation, und Mireille antwortete ernst. »*Mamie* sagt, in diesem Fall freut es sie umso mehr, dass du zu eurer Hochzeit ihr Kleid trägst«, übersetzte Hélène. »Ihr habt beide Männer geheiratet, die mutig genug waren, für ihr Land zu kämpfen.«

»Ihr seid alle so wundervoll zu mir! Ich wünschte, meine Mum wäre hier und könnte das alles miterleben. Sie ist gestorben, als ich sechs war, und ich weiß jetzt schon, dass sie mir an einem Tag wie morgen schrecklich fehlen wird. Dad wird mich zum Altar führen, aber ich wollte fragen, ob ich euch um noch einen Gefallen bitten darf. Würdet ihr alle zu meiner Hochzeit kommen und meine Familie sein? Auch du und Thomas, Sara?«

»Oh Pippa.« Vorsichtig nahm Sara sie in den Arm, sorgsam darauf bedacht, die empfindliche Seide nicht zu zerknittern. »Es wäre mir eine Ehre.«

Zurück auf dem Château schmuggelten sie das Kleid ins Cottage. »Halten wir es bis zur letzten Minute geheim. Und dann schreitest du in die Kapelle und haust sie alle von den Socken«, schlug Sara vor. »Auf die Weise kriegt auch dein Bräutigam das Kleid nicht vor der Trauung zu Gesicht, ganz traditionsgemäß. Und wo wir gerade bei Traditionen sind, wollen wir doch mal sehen: Etwas Altes hast du jetzt – ich glaube, ein echtes Diorkleid von neunzehnsiebenundvierzig erfüllt da sämtliche Anforderungen; und deine Brautschuhe sind etwas Neues.«

»Und ich habe pastellblaue Unterwäsche, die ich tragen wollte – etwas Blaues. Die Wäsche zum Glück in derselben Tasche wie die Schuhe.«

»Wenn das so ist: Darf ich dir die hier leihen? Ich glaube, die würde wundervoll zu dem Kleid passen.« Sara öffnete ihre Schmuckschatulle und fischte einen Samtbeutel heraus.

Mit großen Augen zog Pippa ehrfürchtig die dreisträngige Perlenkette mit dem Diamantverschluss hervor, die darin gelegen hatte. Sara legte sie ihr um den schlanken Hals und drehte Pippa um, damit sie sich im Spiegel betrachten konnte. »Die hat meiner Großmutter gehört. Na also – etwas Geliehenes hast du damit auch. Jetzt bist du voll ausgestattet.« Pippas Augen strahlten noch beeindruckender als die Diamanten, die in den Verschluss der Kette eingefasst waren. »Aber jetzt fang mir nicht wieder an zu weinen«, mahnte Sara und musste selbst ein Taschentuch hervorholen und sich die Augen abtupfen. »Sonst kriegen wir beide rote Flecken im Gesicht, und das ist das Letzte, was eine Braut an ihrem großen Tag gebrauchen kann. Geh zu Josh und sag ihm, es ist alles geregelt, aber weiter wird nichts verraten. Du wirst sie alle umhauen – deine Schwiegermutter eingeschlossen –, wenn du deinen großen Auftritt hast!«

»Oh, aber bevor du gehst – eins wollte ich noch fragen«, fuhr Sara fort. »Wie würdest du dazu stehen, wenn ihr etwas zusätzliche Medienberichterstattung über eure Hochzeit bekommt?« Aus ihrer Handtasche wühlte sie ihr Handy hervor und scrollte sich durch ihre Kontaktliste. »Da haben wir sie. Nicola Carter ... Wollen wir doch mal sehen, ob sie es ernst gemeint hat.«

Es war einer dieser perfekten Septembernachmittage, wie aus einem Gemälde von Monet oder Cézanne. Als Erste trafen die Gäste aus den Hotels und Pensionen im Umland ein und flanierten über die Wege, gesäumt von Lavendel und Prachtkerzen mit ihren Schmetterlingswolken winziger Blüten, bevor sie sich nach und nach in der kühlen Stille der Kapelle zusammenfanden.

Zwischen den hohen Zypressen, die den Eingang der Kapelle flankierten, blieb jede Gruppe einen Moment stehen, um für Fotos zu posieren. Eifrig knipste Henri Dupont drauflos, ausnahmsweise ganz auf die anstehende Aufgabe fokussiert, da direkt hinter ihm die Chefredakteurin der *High Society* persönlich stand und die Aufnahmen leitete, während sie sich Namen und Designer-Outfits notierte.

Dann erschienen die Mitglieder der Cavendish-Familie, die im Château untergebracht waren, und nahmen ihre Plätze in den ersten Reihen ein, an denen Reservierungsschilder angebracht waren. Als Cousin Ed und seine ziemlich pferdegesichtige Freundin sich ganz vorn auf die Seite der Braut setzten, kam sofort ein Platzanweiser auf sie zu und flüsterte ihnen taktvoll ins Ohr. »Aber ich dachte, Tante Delia hätte gesagt, sie hat keine Familie«, protestierte Ed ein wenig zu laut. Wieder flüsterte der Platzanweiser ihm etwas zu, und schließlich zog das Pärchen merklich widerstrebend in eine Bankreihe weiter hinten auf der anderen Seite um.

Jetzt hielten Delia und Henry Einzug. Die Mutter des Bräutigams war ein Traum in Kirschrot, und den passenden Hut – in Größe und Form eine Hommage an das Raumschiff Enterprise – trug sie in einem verwegenen Winkel seitlich an den Kopf geheftet. Auf dem Weg durch den Mittelgang ließ sich Mrs Cavendish zu einem beinahe königlichen Winken herab und nickte den Gästen wohlwollend zu, wenn auch etwas vorsichtig, damit ihr Kopfschmuck nicht verrutschte. Offenbar fand sie es wirklich *äußerst* erfreulich, dass die

High Society von der Hochzeit gehört und man Nicola Carter persönlich hergeschickt hatte, um darüber zu berichten. Vor Stolz und Aufregung platzte Mrs Cavendish nun beinahe aus ihrem schillernden Seidenjackett.

Plötzlich brach unter den charmanten Platzanweisern in ihren Cutaways draußen spontaner Jubel aus, und die versammelte Festgesellschaft verrenkte sich die Hälse, um zu sehen, wie Josh und sein Trauzeuge Will am Eingang der Kapelle in Empfang genommen wurden. Sie sahen beide umwerfend aus in ihren scharlachroten Uniformen, wobei Joshs Brust noch von einer ganzen Reihe Orden geziert wurde. Langsam schob Will den Rollstuhl den Mittelgang hinauf. Immer wieder geriet der Einzug des Bräutigams ins Stocken, als ihm die Gäste im Vorbeiziehen die Hand schüttelten, ihn umarmten und ihm auf die Schultern klopften.

Und dann kam eine kleine Gruppe in die Kapelle, ruhig und würdevoll, und wurde von einem Platzanweiser zu den letzten noch reservierten Plätzen ganz vorn geführt. Die Ersatzfamilie der Braut, bestehend aus der uralten Mireille Thibault, den Héls Belles und ihren Eltern sowie Karen und Antoine, alle in ihren besten Sonntagskleidern, füllte die erste Bank gegenüber den Cavendishs. Delia Cavendish schien überrascht und rümpfte missfallend die Nase, konnte sich jedoch ein leichtes Nicken mit der fliegenden Untertasse auf ihrem Kopf abringen, als Mireille sie über den Gang hinweg heiter anlächelte.

Über die Kapelle senkte sich eine erwartungsvolle Stille. Von draußen vor der Tür waren leichte Schritte und leise Stimmen zu vernehmen, das Surren einer ganzen Reihe von Aufnahmen einer Kamera, während im goldenen Sonnenlicht die Braut mit ihrer Begleitung eintraf.

Vor der Kapelle rückte Sara behutsam eine Falte des Rocks zurecht. Sie hielt Pippa auf Armeslänge von sich. »Du siehst einfach perfekt aus«, flüsterte sie. Und dann, mit einem Handschlag für Mr Hall und einer herzlichen Umarmung für seine Tochter, wünschten Sara und Thomas den beiden viel Glück und schlüpften Hand in Hand in die Kapelle, um vorn ihre Plätze neben den Thibaults einzunehmen.

Als die Musik einsetzte und die Braut hereinkam, hörte man die Gäste gleich mehrfach nach Luft schnappen. Zuerst beim Anblick des wunderschönen, strahlend eleganten Mädchens, das von seinem Vater den Mittelgang hinaufgeführt wurde. Und dann, begleitet vom Rascheln eilig aus Ärmeln, Hosen- und Handtaschen hervorgeholter Taschentücher, beim Anblick des Bräutigams: Mithilfe seines Trauzeugen stemmte Josh sich hoch, bis er auf beiden Beinen stand, und erwartete seine bezaubernde Braut mit ausgebreiteten Armen.

12. Kapitel:

Der Anfang

Schrill hallte das Telefon durch das Château, und Sara hastete in die Küche, um den Anruf entgegenzunehmen. Ja … Ja, natürlich. Ich schicke Ihnen gern die Einzelheiten. Würden Sie das bitte einmal buchstabieren? Nächstes Ostern? Ich schaue gleich in den Terminkalender und maile Ihnen die Daten, die noch frei sind. Natürlich … Das bekommen wir hin. Ich hab's mir notiert. Ja … Vielen Dank für Ihren Anruf.«

»Noch eine?« Grinsend schüttelte Karen die Decke auf, die sie gerade abgezogen hatte.

»Du hast es erfasst. Wenn das so weitergeht, wird die nächste Saison um einige Wochen länger. Ich hoffe, du hast für nächstes Jahr keinen Urlaub geplant! Kaffeepause?«

Unten in der Küche nahm Karen wieder einmal die neueste Ausgabe der *High Society* zur Hand und vertiefte sich in die Hochglanzseiten. »Das ist ein tolles Foto von euch. Und sieh mal, Henri Dupont wird sogar als Quelle genannt – der wird das ganze Jahr über kein Getränk mehr selbst bezahlen müssen!«

Der Text zum Bild lautete:

Pippa Cavendish, High Societys *Braut des Jahres. Die Hochzeit fand am 8. September auf Château Bellevue de Coulliac im Südwesten Frankreichs statt. Der Bräutigam ist Captain*

Joshua Cavendish vom Ersten Bataillon der Infanterie Ihrer Majestät. Die Braut trägt ein Original von Christian Dior von 1947 und wurde begleitet von ihrem Vater, Mr David Hall. Erste Reihe v. l. n. r.: Miss Hélène Thibault, Miss Sara Cox, Mr Thomas Cortini, Mrs Mireille Thibault, Mr David Hall, Captain & Mrs Joshua Cavendish, Mr & Mrs Henry Cavendish, Miss Héloise Thibault, Mr Antoine Forestier. Mehr ab S. 142 in unserer Strecke über die Hochzeiten der Saison.

Wenig später verließ Sara das Château mit einem Karton voll übrig gebliebener Cornflakesschachteln und Marmeladengläser. Für einen Augenblick hielt sie inne und genoss den Frieden des Septembervormittags. Tief sog sie die frühherbstliche Luft ein. Ein Hauch von Reife lag darin, der leichte Trüffelduft gefallener Blätter und feuchter Erde, vermischt mit dem Aroma der sonnenwarmen Trauben an ihren Reben, beinahe erntereif. Aus dem Wald im Tal unter dem Château schallte das manische Keckern eines Grünspechts empor.

Als sie ihren Weg zum Cottage fortsetzte, streckte Thomas den Kopf aus der Scheune. »Ah, Sara, da bist du! Kommst du mal kurz?« Sie stellte den Karton auf dem Weg ab und trat in das kühle Dämmerlicht des hohen Raums mit seinen Deckenbalken. An so vielen Samstagabenden war hier laute Discomusik erschallt, doch nun war der Sommer vorbei, und es herrschte Stille.

Obwohl … Erstaunt bemerkte Sara, dass Thomas an den Plattentellern stand. »Augenblick! Bleib genau da stehen …«

Er legte einen Schalter an der Wand um, und die Discokugel setzte sich in Bewegung und warf ihre Sternschnuppenlichter auf Wände und Boden. Dann drückte er einen

Knopf an der Anlage und kam zu Sara herüber, wie sie da im Sternenschein stand, zu ihren Füßen einen Rest Konfetti. »Mademoiselle Sara, ich glaube, sie spielen unser Lied. Darf ich bitten? Den letzten Tanz hab ich mir für dich aufgehoben«, sagte Thomas, und sie trat in seine ausgebreiteten Arme.

Als Elvis zu singen begann, zog Thomas sie an sich und sie tanzten.

Gemeinsam wiegten sie sich im Takt, und in diesem Augenblick war Sara, als stünden sie still, im Mittelpunkt des Universums, und Sonne, Mond und Sterne drehten sich nur um sie. Sie hörte Elianes Stimme: »Ihr Château ist auf Liebe gebaut, Sara. Liebe und Glück. Ganz egal, was für traurige Dinge hier noch geschehen sein mögen. Denken Sie immer daran.«

Und genau das tat sie jetzt: Sie dachte an jedes einzelne der Paare, die hier vor ihnen getanzt hatten, und fragte sich, ob sie dasselbe empfunden hatten. Sie dachte an Niamh, deren blaues Auge nicht die geringste Bedeutung gehabt hatte, weil sie wusste, wie sehr Keiran und ihre Familie sie liebten. Sie erinnerte sich an Matthew und Hamish mit ihrer Gewissheit, dass sie Seite an Seite ganz sie selbst sein konnten und dafür umso mehr geliebt wurden. Lächelnd entsann sie sich an Patti und Thorne, die so sicher erkannt hatten, was hinter all dem Glitter und Glamour wirklich zählte. Dann hörte sie Bill sagen: »Liebe ist das Wichtigste, was es gibt, egal in welchem Alter.« Und schließlich sah sie Pippa und Josh zusammen in der Kapelle stehen, wenn auch nur für einen Augenblick, so entschlossen und so stark in ihrem Vertrauen, dass sie es gemeinsam schaffen konnten, ganz egal, welche Hindernisse ihnen das Leben in den Weg stellen mochte.

Bisher hatte sie jede Hochzeit als einen märchenhaften Abschluss gesehen, den Glücklich-bis-ans-Ende-ihrer-Tage-

Moment eines jeden Paars. Doch jetzt wurde ihr klar, dass das genaue Gegenteil der Fall war. Jede Hochzeit war der Beginn eines Märchens – ein feierlicher Moment, sorgfältig choreografiert von den Nebendarstellern: von ihr und ihrem Team, den Hochzeitsplanern, den Familienmitgliedern und guten Freunden – bevor das Auf und Ab des echten Lebens einsetzte.

Mit einem sanften Kuss streiften Thomas' Lippen ihr Haar. Und in diesem Moment war es, als würde das Dornendickicht, das sich schützend um ihr Herz gerankt hatte, verwelken und vergehen, bis nichts blieb als ein Gefühl von Frieden und Klarheit: ein Gefühl, wie sie es seit ihrer Kindheit nicht mehr empfunden hatte.

In ihr stieg eine weitere Erinnerung auf, von einem kleinen Mädchen mit glänzendem dunklem Haar, das geborgen zwischen seinen Eltern daherspazierte und mit den Füßen das gefallene Laub eines herbstlichen Buchenwalds aufwirbelte. Das Kind trug einen wollenen Dufflecoat – sie wusste noch, wie stolz sie gewesen war, dass sie die hölzernen Knebelverschlüsse selbst zumachen konnte – und war eingehüllt in eine Blase goldenen Lichts, ohne etwas zu ahnen von der Dunkelheit, den schlechten Zaubern und den großen, bösen Wölfen, die auf dem vor ihr liegenden Pfad hinter den Bäumen lauerten. Geborgen in der Gewissheit, dass auch sie geliebt wurde.

Das Lied ging zu Ende, doch eine Weile blieb Thomas noch stehen und hielt sie im Arm. »And I can't help falling in love with you«, flüsterte er ihr den Text des Songs ins Ohr. »Um ehrlich zu sein, hab ich mich gefragt … Geschäftspartner sein ist ja schön und gut. Aber das trägt nicht der Tatsache Rechnung, dass ich dich liebe, mit Haut und Haar, von ganzem Herzen. Also, Sara, meine wunderschöne Chefin, machst du mich zum glücklichsten Mann auf Erden und wirst dazu auch noch meine Frau?«

Sara lächelte zu ihm empor, bevor sie sich auf die Zehenspitzen stellte und ihn küsste. Für einen kurzen Augenblick ließ sie die Wange an seiner Schulter ruhen. »In guten wie in schlechten Tagen?«

»Mit dir gibt es nur gute Tage. Keine schlechten.«

»In Reichtum wie in Armut?«

»Unser Reichtum liegt in unserer Liebe.«

»Bis dass der Tod uns scheidet?«

»Bei einer Liebe wie unserer? Wir haben doch längst bewiesen, dass es dazu schon mehr braucht als den Tod. Ich will den Rest meines Lebens mit dir verbringen. Das ist mir klargeworden, als ich das Bewusstsein verloren habe: Ich hatte grauenhafte Angst, aber dann habe ich in deine Augen gesehen und dieses überwältigende Gefühl von Frieden empfunden. Und ich wusste, wenn dein Gesicht das Letzte wäre, was ich auf Erden sehe, würde ich glücklich sterben.«

Sie blickte ihm tief in die Augen und erkannte die wahrhaftige Liebe, die darin zu lesen war. Eine Liebe, die stark genug war, sie in ein goldenes Licht zu hüllen und alle Dunkelheit fernzuhalten, was auch immer hinter den Bäumen am Wegesrand lauern mochte. Noch einmal hatte sie Elianes Stimme in den Ohren: »Denken Sie immer daran, Sara, selbst in den dunkelsten Zeiten weist das Licht der Liebe den Weg. Immer.«

»Ja«, sagte sie. »Ja, natürlich.«

Wie der Sonnenaufgang an einem Sommertag breitete Thomas' träges Lächeln sich über sein Gesicht, und er küsste sie. Dann trat er zurück und erklärte mit ausladender Geste:

»Na dann komm, Boss. Es wird Zeit, den Thron in deinem Märchenschloss zurückzuerobern.«

Und er legte ihre Hand in seine Armbeuge, und Seite an Seite gingen sie zurück zu dem altehrwürdigen Château auf der Kuppe des Weinbergs, hoch über dem goldenen Fluss.

Danksagung
(und eine kleine Bitte)

Zuallererst danke ich Ihnen (ja, Ihnen, liebe Leserin), dass Sie sich entschieden haben, dieses Buch zu lesen. Ich hoffe, es bringt Sie zum Lächeln und führt Sie in Versuchung, eines Tages herzukommen und dieses Eckchen im Südwesten Frankreichs zu besuchen.

Einige der hier erwähnten Orte existieren tatsächlich und sind auf jeder anständigen Karte zu finden; andere, wie zum Beispiel das Dorf Coulliac, sind meiner Fantasie entsprungen. Ich habe das Glück, in einem Teil der Welt zu leben, in dem es viele wunderschöne *châteaux* gibt, und manche davon dienen als Schauplätze wahrer Traumhochzeiten. Château Bellevue de Coulliac jedoch ist ganz und gar fiktiv; jegliche Ähnlichkeiten mit echten Personen oder Orten sind rein zufällig. Der darunter liegende Kalkstein, der in weiten Teilen dieser Gegend Frankreichs das Muttergestein bildet, ist berühmt für seine Tunnel und Höhlen; wenn Sie neugierig geworden sind und gern einige davon besuchen würden, kann ich Ihnen die unterirdische Kirche von Saint-Emilion und die Höhlen rund um Les Eyzies (in denen sich auch die weltberühmten prähistorischen Höhlenmalereien von Lascaux finden) als magische und faszinierende Orte ans Herz legen.

Es gibt sehr viele Menschen, denen ich zu danken habe,

viel zu viele, um sie hier alle einzeln aufzuführen. Ich schätze mich glücklich, so viele wundervolle Freunde und eine so großartige Familie zu besitzen. Dennoch möchte ich ein großes, öffentliches, herzliches »Danke schön!« an meinen Herausgeber bei Bookouture, Oliver Rhodes, und meine Lektorin Emily Ruston richten, die mich aufs Neue so kompetent durch den Schreibprozess geleitet haben. Ebenso an Debbie Brunettin für ihr minutiöses Gespür fürs Detail und an Lorella Belli, die den Horizont meiner Bücher über die englische Sprache hinaus erweitert hat.

Unglaublich dankbar bin ich auch Joan Harcourt für ihre Unterstützung und Ermutigung aus weiter Ferne (und für Thomas' träges Lächeln); danke an meine bezaubernde Patentochter Nixy und ihre Mutter Pippa, dass ich mir ihre Namen ausborgen durfte. Dank und großer Respekt gehen an James Valpy und Tracy Metz für die Einblicke in ein Leben auf Tour und die technischen Details von Ton und Beleuchtung. Und ein liebevoller Dank an meine gesamte Familie, die mich so treu und enthusiastisch unterstützt hat: an Si, Jan und Nick (der mit Sicherheit ebenfalls Schriftsteller wird); wie immer an Carin (Schwester und Unterstützerin *extraordinaire*) und ihre reizenden Töchter Em und Tash – wir sind eine Familie; an Rupert (Ehemann, bester Freund und Inspiration für all meine Helden) und unsere Söhne James und Alastair, die mich immer wieder zum Lächeln bringen.

Und zu guter Letzt möchte ich mich bei meiner Mutter Aline bedanken (der besten Verkaufsexpertin, die ich mir nur hätte wünschen können), die uns beigebracht hat, dass es sich in Herzensangelegenheiten immer lohnt, der Liebe eine neue Chance zu geben.

Wenn Ihnen die Geschichte von Sara und Thomas gefallen hat, wäre ich *unheimlich* dankbar, wenn Sie eine Rezension dazu schreiben. Ich liebe es, Rückmeldungen zu bekommen, und ich weiß, dass Rezensionen einen großen Anteil daran haben, wenn Leser meine Bücher entdecken.

Merci, et à bientôt!

Fiona

Werde Teil der Bastei Lübbe Welt
You Tube
www.lesejury.de
Lesen, rezensieren, Bücher gewinnen
Lerne Autoren, Verlagsmitarbeiter und andere Leser kennen